두 번 사는 랭커

사도연 판타지 장편소설

ORIGINAL FANTASY STORY & ADVENTURE

dream
books
드림북스

두 번 사는 랭커 15 차정우

초판 1쇄 인쇄 2020년 2월 14일
초판 2쇄 발행 2020년 12월 21일

지은이 사도연
발행인 오영배
편집 편집부
일러스트 우문
표지 · 본문 디자인 오정인
제작 조하늬

펴낸곳 (주)삼양출판사 · 드림북스
주소 서울시 강북구 도봉로 173
대표 전화 02-980-2112 **팩스** 02-983-0660
편집부 전화 02-987-9393 **팩스** 02-980-2115
블로그 blog.naver.com/dreambookss
출판등록 1999년 3월 11일 제9-00046호

ⓒ 사도연, 2020

ISBN 979-11-283-9773-8 (04810) / 979-11-283-9659-5 (세트)

드림북스는 (주)삼양출판사의 판타지 · 무협 문학 브랜드입니다.

dream books
★

|전영광|

묵향

다크레이디

15

ORIGINAL FANTASY STORY & ADVENTURE

정통 판타지 장편소설

목차

Stage 46.

그 물기 디

우우웅—

아스트라이오스의 몸뚱이에 박힌 여의봉이 길게 울음을
토해 냈다.

그리고.

츠츠츠—

아스트라이오스가 검은 연기로 화해 확 하고 흩어지더니
여의봉 쪽으로 빨려 들어가기 시작했다. 황금색 광채가 더
환하게 빛을 토해 냈다.

그러다 여의봉의 끝단에 글자가 천천히 아로새겨졌다.

στερία

아스트라이오스의 신명이 그렇게 새겨지고, 여의봉은 다시 분해되어 연우의 손으로 떨어졌다.

상황을 지켜보던 모든 이들의 얼굴이 딱딱하게 굳어 버렸다. 몇몇은 순간 상황을 이해하지 못한 채였다.

그만큼 연우가 저지른 짓은 상상을 초월한 행동이었다.

봉신(封神)!

과거 신과 악마들이 제천대성을 가장 악랄하다고 여기게 만든 그 권능이 발생하고 만 것이다. 신과 악마의 영혼을 강제로 찢어 여의봉이라는 감옥에다 봉인시키고, 권능을 강탈하여 소유주에게 전달하는 힘!

[신의 인자를 흡수합니다.]
[신의 인자를 흡수합니다.]
......

[마신룡체의 각성 작업이 재개됩니다.]

콰드득, 콰득—

연우는 아스트라이오스를 죽이고, 신살자라는 칭호를 얻

으면서 체내에서부터 신의 인자가 부쩍 차오르는 것을 느낄 수 있었다.

영혼이 바짝 고양되었다. 세포가 빳빳하게 일어났다. 감각이 곤두세워졌다.

[외부의 충격에 유의하십시오.]

하지만 그런 상황 속에서도.

전장을 지켜보던 사람들은 섣불리 어떻게 나설 수가 없었다.

신살도 충격적이지만, 협정이 단 몇 분 사이에 결렬된 건 더 말도 안 되는 일이었기 때문이다.

하데스와 티폰은 각각 타르타로스를 양분하고 있는 절대자들. 그들 간에 신명으로 이뤄진 협정은 자칫 신격에 영향을 끼칠 수 있을 정도로 엄청난 의미를 내포하고 있었다.

그런데 그런 협정이 한낱 필멸자에게, 그것도 디스 플루토도 아닌 난입자에 의해 깨지고 말았으니.

충격이 클 수밖에 없었다.

더군다나 아스트라이오스는 티탄 중에서 가장 최약체로 분류된다고 하지만, 그래도 신격을 소지한 '신'이었다.

초월자가 너무나 손쉽게 당하고 말았으니.

신살은 갖가지 기괴한 일들이 벌어지는 타르타로스에서 도 좀처럼 발생하지 않는 이벤트였다.

아니, 상식적으로 그런 일이 가능할 거라고 여기는 사람 도 거의 없었다.

하지만 '혹시나' 했던 일은 현실로 벌어지고 말았다.

그리고.

하데스의 권속들은 재빨리 하데스 쪽으로 시선을 돌렸 다. 대신격들 간에 발생한 협약이 깨졌으니, 큰 타격을 입 을 하데스를 구하기 위해서였다.

하데스가 정말 위중해진다면, 자칫 이 기회에 티폰이 남은 기가스들을 이끌고 재침공을 시도할지도 모르는 일이었다.

하지만.

"하하하! 제천대성이나 올포원과 마찬가지로 미친놈이 있었군!"

하데스는 말과는 다르게 재미있다는 듯이 연우 쪽을 보 면서 크게 웃음을 터뜨렸다. 평소 시니컬하던 태도와는 전 혀 다른 모습. 게다가 전혀 타격을 입지 않은 모습이었다.

'어떻게 된……?'

'설마?'

순간, 눈치가 빠른 권속들은 상황이 어떻게 된 것인지 빠 르게 알아챌 수 있었다.

하데스와 티폰 사이에 체결된 협정은 크게 보면 디스 플루토와 티폰—기가스 간에 벌어진 것.

하지만 연우는 어느 소속도 아니었다.

비록 디스 플루토를 도와 싸웠다지만 하데스의 권속도 아니었고, 성역과 어떤 관련이 있는 것도 아니었다.

그러니 갑자기 훼방을 놓았어도, 협정에 전혀 저촉되는 바가 없었던 것이다.

'어떻게 이런 기가 막힌 우연이?'

'아냐. 이건. 그렇다고 하기엔 너무 절묘했어.'

'혹시 계산에 둔 행동은…… 아니겠지?'

그들은 혹시 연우의 돌발적인 행동이 '계산'이 아니었을까 하고 의심했다. 그리고 몸을 파르르 떨었다. 만약에 진짜 계산이었다면 대단한 짓이었으니까.

이건 단순히 계산만으로 가능한 일이 아니었다. 만약 조금이라도 어긋났더라면. 시스템이 그를 디스 플루토의 아군으로 판단했다면, 큰 페널티가 따랐을지도 모르는 일이었다.

여간한 심산과 배짱이 아니고서야 절대 시도조차 할 수 없는 짓이었던 것이다.

"다들 무엇 하느냐! 어서 놈을 보호하지 않고!"

하데스의 서슬 퍼런 명령에 디스 플루토는 일제히 정신을 차리고 연우를 보호하기 위해서 움직이기 시작했다.

협상이 결렬되었으니 다시 티탄들이 맹공을 퍼부을지도 몰랐기 때문이었다.

하지만.

『참으로…… 재밌구나…….』

티폰도 하데스와 같은 생각이라는 듯, 다시 구름 사이로 눈이 활짝 열렸다.

그 눈은 분명히 웃고 있었다.

『아주 재미있어…….』

티폰은 그 말을 마지막으로 남기면서 조용히 사라졌다. 티탄들을 감싸던 빛의 기둥도 어느새 모두 사라지면서 전장엔 조용한 적막이 내려앉았다.

"……."

"……."

모두가 침묵을 지킨 채.

그들은 홀로 우두커니 서 있는 연우를 멍하니 바라만 보고 있었다.

　　　　*　　　　*　　　　*

　칸 등이 도착한 것은 모든 전투가 끝나고도 한나절이 지난 뒤였다.

　브라함으로부터 명왕의 신전이 티탄들의 포위망에 갇혔다는 말을 듣고 전력을 다해 달려서 도착한 것이다.

　하지만 그들이 본 것은 모든 전투가 끝난, 한창 어지러워진 전장이었다.

　곳곳에 병사들이 바닥에 아무렇게나 주저앉아 거칠게 숨을 몰아쉬고 있었다.

　하나같이 피곤한 기색이 역력한 얼굴들.

　사방이 마물들의 사체며 부서진 육편으로 가득해서 썩은 내가 진동을 해 댔지만. 그런 것을 치울 엄두도 내지 못하고 있었다.

　특히 성벽은 반쯤 부서지고, 결계도 상당수가 허물어져 있었으니.

　일행은 대체 여기서 어떤 격전이 벌어졌었는지 도무지 짐작도 할 수 없었다.

　그저 한때 드높은 신격이었던 브라함만이 사태를 파악하고 작게 중얼거릴 뿐이었다.

　"생각했던 것보다 더 개판인 모양이로군."

브라함은 아무래도 타르타로스의 상황이 예상보다 더 심각한 것 같다는 생각이 들었다.

반쯤 망가지다시피 한 성역만 봐도 알 수 있었으니까.

성역은 곧 신의 의지가 강림하는 장소. 신이 하계에서 유일하게 온전히 머물 수 있는 집이었다. 그런 곳이 이렇게까지 위태롭다면, 다른 정황이야 불에 보듯 뻔한 일이었다.

"그대들이 카인을 따라온 자들인가?"

그때, 일행들에게로 누군가가 조용히 다가왔다.

조금 작은 체구에 어깨까지 내려오는 단발을 한 여인. 하지만 사자 갈기처럼 헝클어진 머리카락 사이로 비치는 눈이 매서웠다. 전투의 여파가 남아 있어서 그런지 풍기는 기도도 살벌했다.

하지만 일행들은 다른 이유로 조금 놀라고 말았다.

자신들과 똑같은 '플레이어'의 냄새가 났으니까.

이따금 타르타로스로 수행을 떠나는 플레이어들이 있다는 말은 들었지만, 이렇게 손쉽게 만나게 될 줄은 몰랐던 것이다.

"그렇네만."

브라함이 대표로 조용히 고개를 끄덕였다.

여인은 일행을 쓱 훑어보다가 무미건조한 말투로 말했다.

"하데스 님께서 너희를 직접 데리고 오라 하셨다. 따라오도록."

여인은 자신의 용건만 말하고 뒤로 홱 돌아 어디론가 걷기 시작했다. 일행들이 제대로 따라오든 말든 신경 쓰지도 않는 눈치였다.

칸 등은 어떻게 해야 하나 싶어 브라함을 돌아보는데.

"따라가세. 아무래도 하데스가 자신의 사도를 보낸 듯싶으니."

브라함이 고개를 끄덕이면서 조용히 여인의 뒤를 따랐다.

일행도 따라 걸으면서 조금 놀란 눈으로 여인을 바라봤다. 하데스의 사도라고? 그렇다는 건, 포세이돈의 사도였던 벤티케만큼이나 뛰어난 실력자란 뜻이었다. 아니, 풍기는 기세만 본다면.

'더 높은 것 같은데. 어느 정도인 거지? 저런 실력자가 있다는 말은 들어 본 적이 없었는데.'

칸은 여인을 위아래로 빠르게 살피면서 작게 중얼거렸다.

그때, 갑자기 여인이 걸음을 도중에 멈추더니 칸을 노려봤다.

"경고하지. 쓸데없는 짓은 하지 않는 게 좋을 거야. 여기서는 그딴 짓을 하다가 목이 달아나도 할 말이 없거든."

칸은 자기도 모르게 손으로 자신의 목을 쓰다듬었다. 짧은 순간 목 언저리에 섬뜩한 느낌이 들었던 것이다.

여인은 그 말만 하고 다시 길을 걸었지만. 칸은 한참 동안 식은땀을 흘리면서 서 있어야 했다.

'어쩌면…… 아홉 왕 급.'

*   *   *

"오랜만이로군, 하데스."

사방에서 사나운 눈길이 쏟아졌다. 주인의 이름을 함부로 부른 사람에게 당장이라도 달려들 것 같은 살의가 들끓었다.

하지만 브라함은 전혀 아랑곳하지 않았다.

그 역시 한때 〈데바〉를 대표하던 3주신 중 한 명이었으니. 비록 천계가 싫어 영육신으로 내려오면서 대부분의 권능을 유실하고, 끝내 아가레스에게 비참하게 당해서 한낱 플레이어의 권속으로 전락하고 말았지만.

그렇다고 해서 지난날의 성격까지 사라지는 건 아니었다.

더군다나 하데스는 폐쇄적이던 브라함과도 교류를 나누던 몇 안 되는 인사 중 한 명.

하데스 역시 브라함처럼 천계를 경멸하는 공통점이 있었

던 덕분이었다.

하데스는 옥좌에 앉은 채로, 손을 높이 들어 휘하 제장들의 살의를 진정시켰다. 그리고 한 팔로 턱을 괴면서 피식 웃었다.

"전투가 끝난 지 얼마 되지 않아 제장(諸將)들이 아직 흥분이 가시지 않아서. 이해해 줬으면 좋겠군."

"이해하네."

"그래. 하여간 아주 간만이야, 브라흐마. 아주 우스운 꼴이 되어서 왔어."

어떻게 보면 이제 한낱 필멸자도 되지 못하는 브라함의 처지를 비웃는 것처럼 여겨질 수도 있는 말투.

하지만 브라함은 하데스의 말투가 원래 시니컬하다는 것을 잘 알고 있었다. 자신만큼이나 세상사를 냉소적으로 보던 인사였으니.

다만, 세샤를 만나면서 조금씩 바뀌었던 자신과 다르게, 하데스는 더 뾰족하고 날카로워진 것 같아 보였다.

그래서 그는 가볍게 어깨를 으쓱거렸다.

"꼴이 우습긴 하지만…… 오히려 더 즐겁다네."

"즐거워?"

"그럼. 여태 귀찮기만 하던 것을 벗어던지니 오히려 너무 홀가분하다네."

하데스는 눈을 가느다랗게 좁히면서 브라함을 노려봤다. 뭔가를 캐내려는 듯. 그러다 그의 입가에 미소가 만연한 것을 보고 가볍게 콧방귀를 뀌었다.

"시바에게도 폭언을 퍼붓던 또라이가 그런 모습을 하고 있으니 도저히 적응이 되질 않는군."

"자네도 그 버겁기만 한 짐짝을 벗어던지는 게 어떤가? 사실 매번 개판만 치고 다니던 형제들과 다르게 자네는 너무 성실해."

"말은 고맙군. 하지만 쓸데없는 말을 삼갔으면 좋겠어."

브라함은 속으로 혀를 찼다. 사실 그도 말했던 것과 다르게, 하데스가 의무와 책임을 벗어던질 수 있을 거란 생각은 해 본 적도 없었다.

그만큼 하데스는 책임감이 너무 강했다.

올림포스의 맏형이라는 책임감. 언제 감옥을 뚫고 나올지 모르는 티탄과 기가스를 막아야 한다는 의무감. 저승을 제대로 통치해야 한다는 성실감.

그 모든 것들이 오늘날 하데스를 있게 만든 원동력이었다.

'문제는 그것들이 이제 하데스를 좀먹어 가고 있다는 것인데.'

가뜩이나 막중한 책무로 괴로워하고 있는 녀석이, 티탄

과 기가스의 반란까지 홀로 막아서려 하니 아무리 철인이라고 해도 무너질 수밖에.

'그런데도 올림포스에 별다른 지원 요청을 하지 않고, 아내인 페르세포네에게까지 비밀로 하고 있다는 건…… 역시 뭔가가 있나?'

브라함은 거기까지 생각이 미쳤지만, 굳이 깊게 캐묻지는 않았다.

신과 악마는 여러 사회 집단으로 묶여 있어도, 하나하나가 개인주의적 성향이 아주 강한 자들이었다. 하데스의 그런 선택에 물음을 던지는 건 결례였다.

아니, 그런 것을 떠나서라도, 브라함은 하루라도 빨리 퀴네에를 만들어 주고, 차정우의 행방에 대한 단서를 얻는 데에만 관심이 있었다. 굳이 사서 고생할 필요는 없는 것이다.

"한데, 내 주인은 어디로 보낸 건가?"

연우와의 연결 고리는 계속 이어져 있었다. 하지만 이상하게 너무 희미해서 정확한 위치를 파악할 수가 없었다. 계속 말을 걸어 보아도, 무언가에 가로막혀 전달도 되지 않았다.

"브라흐마의 입에서 '주인'이라는 말이 나오다니. 하! 정말 오래 살고 볼 일이야."

"쓸데없는 서두는 붙이지 말고. 정말 어디에 있나?"

하데스는 검지로 바닥을 가리켰다.

브라함이 미간을 찌푸렸다.

"지하?"

"감옥에 있다."

"무슨……!"

"그놈이 건방지게도 내 신명을 걸었던 협정을 너무 쉽게 깨 버렸거든."

브라함은 손으로 이마를 짚었다. 아무래도 자신의 주인이 무슨 인성질이라도 한 모양이었다.

주변을 둘러보니 하데스 권속들의 표정도 그다지 좋지 않았다. 하지만 나쁘지도 않았다. 뭔가 찝찝한 표정. 그러면서도 몇몇은 후련하다는 표정을 짓고 있기도 했다.

"우리 주인께서 또 교묘한 방법으로 사고를 치셨나 보군."

"아주 교묘하게 쳤지. 아스트라이오스를 잡았거든."

"……!"

이번에는 브라함도 크게 놀라고 말았다. 다만, 아스트라이오스가 누군지 모르는 다른 일행들은 멀뚱한 표정을 지을 뿐.

"카인이…… 신을 잡았다는군."

"……!"

"……!"

신살자라는 업적은 플레이어들 사이에서도 전설로만 회자되는 이야기였다.

77층의 올포원이나 해낼 수 있지 않을까 하는 소문이 돌았던 일을 연우가 해냈다고?

"티탄이라고 하기엔 사실 많이 덜떨어지는 놈이긴 했지만……. 그래도 대단하군. 파하하!"

브라함은 역시 자신의 주인이 될 자격이 있다면서 크게 파안대소를 터뜨렸다. 그럴수록 칸 등의 표정은 묘하게 변했지만.

그러다 브라함은 돌연 익살맞게 웃었다. 그리고 입술을 달싹였다. 메시지 마법이 하데스의 귓가를 파고들었다.

『이러다 자칫 격과 관련된 비밀이 하계에 새어 나갈 수도 있는데, 괜찮나?』

하데스는 가볍게 코웃음을 쳤다. 그는 브라함과 다르게 육성으로 대답했다.

"그 정도도 감당 못 할까. 당해 내지 못하는 것들이 머저리일 뿐."

다른 권속이나 플레이어들은 무슨 대화인지 영문을 몰라 두 눈을 말똥말똥하게 떴지만.

"역시 자네는 자네야. 쉽게 바뀌질 않는군. 좋아. 그럼 다시 본론으로 돌아와서."

브라함은 다시 한번 더 기분 좋게 웃으면서 진지한 눈빛
으로 물었다.

"우리 주인께서는 지금 밑에서 뭘 하고 계시나?"

벌써 퀴네에 제작이라도 들어간 것일까.

"모른다."

"그게 무슨……."

"사실 감옥에다 자신을 처박아 달라고 한 건 놈이었거든."

　　—죄를 저질렀으니 죗값을 받겠습니다. 저를 가
　둬 주십시오.

하데스는 모든 일이 끝난 뒤에 황망하게 서 있는 병사들
사이를 가로질러 와서 당당하게 말하던 연우를 떠올렸다.

하데스가 봤을 때, 연우는 절대 그렇게 호락호락하게 자
수를 할 인간이 아니었다.

분명히 다른 꿍꿍이가 있는 게 분명한데.

대체 또 무슨 짓을 저지르려는 걸까?

하데스는 자기도 모르게 피식 실웃음을 흘렸다. 따분하
기만 하던 타르타로스 생활에 처음으로 자극제가 생긴 것
같았다.

　　　　*　　　　*　　　　*

그 시각. 지하 감옥에서는.

[마신룡체의 각성이 막바지에 다다랐습니다. 구
성 작업을 시작합니다.]

콰드득, 콰득―
연우는 끔찍한 고통 속에서 육체를 재조립해 나가는 중
이었다.

　　　　*　　　　*　　　　*

일행들이 축객령에 따라 모두 떠난 자리.
거대한 홀에는 하데스와 도일만이 남아 있었다.
하데스는 페르세포네의 냄새가 잔뜩 풍기는 도일을 보면
서 쓰게 웃고 말았다.
반면에 도일의 표정은 가면을 쓴 것처럼 아무런 감정도
어려 있지 않았다.
하데스의 쓴웃음이 더 진해졌다. 슬픈 기마저 다분히 묻
어나는 웃음. 결국 그가 나서서 적막을 깰 수밖에 없었다.

"그동안 잘 지냈었소, 페르세포네?"

*   *   *

연우의 몸은 펄펄 끓고 있었다.

육체가 재각성을 시도하면서 생기는 열도 있었지만, 대부분이 전투가 끝나면서 찾아온 900여 개 채널링의 반작용으로 인한 것이었다.

그래서 연우는 열을 다스리면서도, 각성 작업에 집중해야 하는 처지였다.

[헤르메스가 흥미로운 시선으로 당신을 지켜봅니다.]

[아레스가 남자는 힘이라며 주먹을 불끈 쥡니다.]

[혼돈이 조용히 주시합니다.]

[아가레스에서 메시지가 도착했습니다.]

[메시지: 그깟 저급한 신의 인자 따윈 집어치우고, 내가 건네는 인자를 받……!]

[다른 신과 악마들의 권한으로 아가레스의 메시지가 잠시간 차단되었습니다.]

[아테나가 도와줄 것이 없나 싶어 발을 동동 구릅니다.]

[타나토스가 지켜봅니다.]

[네르갈이 지켜봅니다.]

[오시리스가 지켜봅니다.]

......

[비마질다라가 당신의 고행(苦行)에 길이 있기를 기원합니다.]

[케르눈노스가 침묵합니다.]

여러 메시지들이 계속 올라오면서 연우의 정신을 어지럽게 만들었지만.

오히려 연우는 지금 이 순간이 너무 즐거웠다. 강해진다는 것은 그만큼이나 기분 좋은 일이었으니까.

더군다나 여름여왕과 미후왕의 허물을 삼킨 뒤로, 도저히 어떻게 손을 써야 할지 모를 정도로 깊어진 잠재력의 끝을 드디어 확인해 볼 수 있는 좋은 기회이기도 했다.

화아악—

연우의 생각이 끝나기 무섭게, 몸을 따라 검은 기류와 황금색 광채가 뒤섞이면서 묘한 광경을 연출했다.

그것들은 서로 한데 어울리면서 세 개의 꽃을 그리더니, 곧 붉은 뱀으로 변하면서 연우의 정수리 쪽을 파고들었다.

외뿔부족에서는 무공론에 따라 경지를 아주 세세하게 구분 짓는 편이었다.

삼화취정에 이은 적사투관(赤蛇透關).

여러 갈래로 쪼개진 내공을 하나로 묶고, 그것을 도로 삼키면서 육체와 영혼의 비약적인 발전을 이뤄 낸다는 경지.

어렴풋하게나마 발을 들였던 명인 급의 경지가 완숙에 이르렀다는 증거였다.

그리고 영혼이 깊어진 만큼, 육체도 저절로 따라오면서 각성도 마무리 단계에 접어들었다.

세포 깊숙한 곳에 신의 인자가 박히고, 기존에 있던 용, 마의 인자들과 묘한 균형점을 이뤘을 때.

여태껏 어떻게든 먼저 주도권을 잡고자 서로를 잡아먹으려 들던 용, 마의 인자들이 섣불리 움직일 수 없는 3자 대치 형상이 이뤄진 순간 모든 각성이 끝났다.

[신의 인자가 각성됩니다.]
[신의 인자가 각성됩니다.]
……
[신의 인자가 성공적으로 자리를 잡았습니다.]

[마와 용의 피를 따라 신혈(神血)이 더해집니다.]

[마와 용의 뼈에 신성(神性)이 단단히 새겨집니다.]

......

[신의 인자가 마와 용의 인자와 합쳐지는 데 성공했습니다.]

[성질 변환이 성공적으로 이뤄졌습니다. 특성 '마룡체'가 '마신룡체(魔神龍體)'로 변경되었습니다.]

[최초로 탄생한 육체입니다. 육체가 가진 한계와 자질에 대해 밝혀진 바가 전혀 없습니다. 육체에 대한 정보는 스스로 터득하세요.]

......

[누구도 쉽게 이루지 못할 위대한 업적을 이뤄 냈습니다. 추가 공적치가 제공됩니다.]

[공적치를 100,000만큼 획득했습니다.]

[추가 공적치를 200,000만큼 획득했습니다.]

['신성(神聖)'과 '초월성(超越性)'에 대한 단서를 획득하였습니다.]

[죽음의 신들이 당신을 지켜봅니다.]

[죽음의 악마들이 당신을 지켜봅니다.]

[전쟁의 신들이 당신에게 축복을 내립니다.]

[전쟁의 악마들이 당신에 대한 격을 재논의합니다. 심사에 더 긴 시간을 필요로 합니다.]

연우는 천천히 눈을 떴다.

몸 하나 누이면 끝인 작은 공간. 새하얀 벽면과 천장, 그리고 쇠창살이 전부였다. 각성과 신열로 몸이 말을 듣지 않을 때, 주변의 방해를 받기 싫어서 하데스에게 부탁해 들어왔던 곳.

다행히 타인의 방해는 전혀 없었고, 각성은 완료되었다.

연우는 망막을 가득 채운 메시지 중에서 '최초'라는 단어가 유독 눈에 밟혔다.

마룡이 된 용종은 있을지언정, 여기에 신과도 거래했던 존재는 여태껏 없었다더니. 정말이었던 모양이었다.

'달라진 게 있나?'

마룡체를 처음 이뤘을 때에는 몸이 터져 나갈 것 같은 힘에 취해 도저히 정신을 차릴 수 없었다. 덕분에 육체의 임계점을 단번에 돌파하면서 3차 각성까지 이룰 수 있었던 것이다.

하지만 마신룡체는 그때와는 많이 달랐다.

분명히 시스템 메시지는 많은 게 달라졌다고 말을 하고 있는데도 불구하고.

정작 연우는 자신이 어떻게 달라졌는지 도무지 알 수가 없었다. 그냥 평상시 몸 상태 그대로였다.

'아냐. 신열이 가라앉았어.'

그러다 뒤늦게 몸을 익게 만드는 게 아닐까 싶었던 신열이 완전히 사라졌다는 것을 깨달을 수 있었다.

그렇다고 해서 채널링이 완전히 사라진 건 아니었다.

연우는 자신을 둘러싼 900여 개의 시선을 확실하게 감지할 수 있었다. 아니, 이전보다 훨씬 선명하게 포착할 수 있었다.

어디서, 어떻게. 어떤 존재가 자신을 지켜보고 있는지.

"여기가 헤르메스, 여기가 아테나, 여기가 케르눈노스. 그리고 여기가…… 비마질다라."

연우는 차례대로 손가락으로 짚으면서 중얼거렸다.

[헤르메스가 만족스럽게 고개를 끄덕입니다.]
[아테나가 감동하며 눈물을 글썽거립니다.]
[케르눈노스가 조용히 당신을 바라봅니다.]
[비마질다라가 고행의 성취를 이룬 당신에게 축복을 전달합니다.]

[아가레스가 자신을 지명하지 않은 일에 불만을 가집니다.]

[아가레스에서 메시지가 도착했습니다.]

[메시지: 난 왜 안 불······!]

[다른 신과 악마들의 권한으로 아가레스의 메시지가 잠시간 차단되었습니다.]

[아가레스가 자신의 권한으로 차단을 해제하였습니다.]

[아가레스에서 메시지가 도착했습니다.]

[메시지: 이것들이 미······!]

[다른 신과 악마들의 권한으로 아가레스의 메시지가 잠시간 차단되었습니다.]

연우는 오늘도 길길이 날뛰는 아가레스를 무시하면서 채널링을 하나하나씩 짚어 나갔다. 권능과 연결된 초월적 존재들 각각이 어렴풋하게나마 느껴졌다. 바로 옆에 존재하는 것처럼.

'권능이 가진 특징이 조금씩 달라. 이것이 신성인가?'

여태껏 연우는 권능을 즐겨 사용하면서도 각 특성과 효과에만 치중했을 뿐이었다. 오로지 도구로만 사용한 것이다.

하지만 더 세세한 감지가 가능해지자, 권능이 가진 깊이는 그것만이 아니란 것을 알 수 있었다.

권능이 지닌 깊이는 도저히 끝이 없었다.

각 신과 악마들이 가진 대략적인 신위뿐만 아니라, 그 속을 가득 채우는 신성도 확인할 수 있었다.

'죽음'을 다루는 같은 신이라고 해도, 타나토스와 네르갈이 서로 다르듯이.

각 권능들을 이루는 카테고리가 '죽음'이라 할지라도, 그 속에 담긴 세부적인 내용이 전혀 달랐던 것이다.

그런 것을 이제 느낄 수 있게 되었으니, 권능을 더 깊게 다룰 수 있는 건 당연했다.

어쩌면 신의 인자를 대거 보유하게 되면서 생긴 현상인지도 몰랐다.

아니면 육체가 더 단단해지면서 그릇이 저 많은 것들을 수용할 수 있게 된 것이거나.

물론, 그렇다고 해서 아직까지 900여 개의 권능들이 완전히 자리를 잡은 건 아니었다. 여전히 삐거덕대는 부분은 있었지만, 이전처럼 권능을 전면으로 개방한다고 해서 쓰러지거나 하는 일은 없을 것 같았다.

이것만 해도 아주 큰 발전인 셈.

연우는 더 자세하게 파악하기 위해서 정보창을 열었다.

[특성: 마신룡체]

설명: 용종과 악마와 신은 아득하게 먼 옛날부터 초월을 이루며 세상의 정점에 섰던 지고의 종족들이었다.

그런 이들의 인자를 한꺼번에 보유한 존재는 여태껏 전례가 없었기에 가진 가능성은 무궁무진하다.

'최초'의 업을 이룬 당신이 걸을 길이 곧 앞으로 태어날 마신룡의 길일 것이다.

* 골드 드래곤

용종과 악마와 신의 권능을 조금씩 개화할 수 있다.

* 용과 마와 신의 영역

자격 여부에 따라 일정한 범위에 걸쳐 가진 권능을 최대한으로 발휘할 수 있는 자신만의 영역, '비나'를 선포할 수 있게 된다.

* 용과 마와 신의 지식

자격 여부에 따라 용종이 탐구한 '호크마'와 악마가 구성한 '네차흐', 신이 성립한 '예소드'를 열람할 수 있다.

* 용과 마와 신의 권능

자격 여부에 따라 용종이 터득한 '케테르'와 악마

가 통달한 '티페레트', 신이 구축한 '헤세드'를 발현
할 수 있다.

하지만 정보창에서 확인할 수 있는 내용은 거의 없었다.
대개 '최초'라는 업적이니 네가 해내는 것이 곧 한계라는 듯.
연우는 정보창을 닫으면서 가부좌를 틀었다. 이왕 이렇
게 된 것, 몸 상태를 정확하게 파악할 참이었다.
'게다가 신성과 초월성이라는 것도 확인할 필요가 있고.'
연우는 모든 의식을 아래로 깊게 가라앉혔다.

*   *   *

그 날 밤.
하데스는 연우에게 내린 근신 처분을 회수하고, 곧바로
퀴네에를 제작할 것을 명령했다.
연우가 협약을 깨 버린 이상, 티폰이 언제 티탄과 기가스
를 이끌고 재침공을 할지 모르기 때문이었다.
그래서 그 전에 대신물을 완성시키고, 군을 재정비해서
곧 있을 전투에 대비코자 했다.
성역은 여전히 강한 전운이 맴도는 중이었다.
"이곳이다. 필요한 것이 있으면 다시 부르도록."

람은 일행을 대장간까지 안내해주었다. 만약 하데스의 명령이 아니었다면 절대 하지 않았을 거란 태도가 가득 묻어났다. 돌아가기 전에는 연우를 한 번 노려보고 갈 정도였다.

연우는 람이 왜 그러는지 잘 알고 있었다.

현재 디스 플루토 내에서 그를 보는 시선은 극과 극이었다. 노려보거나, 응원하거나.

전자는 하데스의 협정을 가볍게 깨 버린 것에 화를 내는 입장이었고, 후자는 티탄을 사살한 것에 즐거워하는 입장이었다.

물론, 연우는 둘 다 신경 쓰지 않고 있었다.

지금은 그저 퀴네에를 빨리 제작하고, 회중시계의 봉인을 풀어야겠다는 생각밖에 머릿속에 남아 있지 않았다.

「이곳도 정말 오랜만이로군.」

「아아! 이렇게 다시 돌아오게 될 날이 있을 줄이야!」

키클롭스 브론테스와 스테로페스는 넓은 대장간을 둘러보며 깊은 감회에 젖었다.

막내인 아르게스는 울컥했던지 손으로 눈가를 매만졌다. 삼 형제가 이렇게 다시 망치를 쥘 수 있는 날이 오게 될 거라고는 여태 생각도 해 보지 못했으니까. 꿈속에서나 그리던 일이었다.

하지만 감동에 젖은 그들과 다르게.

"손을 써야 할 곳이 너무 많은 것 같은데."

"이런 곳에서 여태 어떻게 무기를 제련할 수 있었던 걸 까요?"

"그만큼 디스 플루토가 처한 상황이 많이 열악했단 뜻이 겠지. 티탄과의 싸움에서 버틴 것이 용할 정도야."

브라함과 빅토리아, 헤노바는 깊은 한숨을 내쉬었다.

대충 훑어보기에도 모든 게 엉망이었다. 제 기능을 유지 하고 있는 화로는 몇 개 되어 보이지도 않았고, 모루며 망치 등은 낡아서 금방 깨지는 게 아닐까 싶을 정도였다.

창고에도 쇠는 거의 남아 있지도 않았다. 그나마 있는 것 들도 다 망가져 가는 창칼이 전부. 수리는 생각도 못 할 수 준인 것 같았다.

차라리 하계의 거대 클랜들이 보유하고 있는 창고가 훨 씬 부유해 보일 지경.

하데스는 한때 모든 신과 악마들을 통틀어 가장 부유하 다고 소문이 날 정도로 많은 재산을 축적하고 있었다.

하지만 이제는 그마저도 모두 동나 버리면서 아무것도 남지 않았으니.

아르게스도 할 말이 없던지 씁쓸한 표정을 짓고 말았다. 한때 〈올림포스〉의 헤파이스토스도 아래로 본다고 하던 대 장장이는 남아 있지 않았다.

"그래도 이 불길은 다른 것 같습니다만."

연우는 화로 속에 남아 있는 불을 묘한 눈빛으로 바라보았다. 겉보기엔 크게 다를 게 없어 보이는 불길. 하지만 용마안으로 바라보는 세상 속에는 결이 잔뜩 헝클어져 있었다.

아르게스는 당연하다는 듯이 고개를 끄덕였다.

"그렇겠지. 태초에 우주가 어둠에 잠겨 있을 적, 처음으로 밝혀졌다는 빛에서 가져온 '최초의 불'이니까. 프로메테우스가 애지중지하던 것이기도 하지. 모든 게 망가진 이 대장간에 유일하게 남은 자랑거리이기도 해."

순간, 연우의 시선이 그쪽으로 돌아갔다. 말뜻을 깨달은 다른 일행들도 놀란 눈이 되었다.

"그럼 이건……?"

아르게스는 무겁게 고개를 끄덕이면서 대답했다.

"루시엘의 빛. 영혼석에서 뽑아낸 불일세."

"……!"

"……!"

연우는 반사적으로 품속에 넣어둔 회중시계 쪽으로 손을 가져갔다.

째각, 째각—

손끝에서 회중시계가 잘게 떨리고 있었다.

마치 바람에 살랑이는 불꽃처럼.

『그럼 이제 퀴네에를 만들어 보세.』

맏이인 브론테스가 소매를 걷으면서 눈을 크게 떴다.

[퀴네에의 제작 단계가 시작되었습니다.]

『우선은 재료들부터 보세.』

작업은 키클롭스 삼 형제의 주도하에 시작되었다. 연우는 브론테스 앞에다 자신이 가져온 재료들을 모두 꺼냈다.

그리고 마지막으로 핵심 재료인 아다만틴 노바를 꺼냈을 때, 브론테스는 주먹을 꽉 쥐었다.

『정말 구해 왔을 줄이야……!』

아다만틴 노바는 탑에서도 구하기 힘든 광물인 아다만티움을 극한으로 압축시킨 물질이었다. 그래서 항상 찬란한 빛을 뿜어내며, 극소량만 얻어도 기적이라고 말할 수 있을 정도였다.

문제는 퀴네에의 기본 구성 재료가 그런 아다만틴 노바라는 점이었다. 아주 많은 양을 필요로 한다는 것이다.

그런데 연우가 가져온 양이라면 퀴네에를 제작하고도 조금 남을 것 같았다.

게다가 누가 가공한 건지, 질도 무척 뛰어났다.

『이것이라면 남는 것으로 디스 플루토의 장비들을 대거 강화시켜 줄 수 있……!』

"이건 제 겁니다."

브론테스가 잔뜩 흥분해서 들뜨는데, 연우가 갑자기 찬물을 확 끼얹었다.

브론테스는 정신이 확 들었다.

『뭐?』

"작업을 시작하기 전에 한 가지는 확실하게 짚고 넘어가야겠습니다. 여기 있는 것들은 전부 제 겁니다. 잊지 마십시오."

『……!』

"퀴네에를 하데스에게 드리는 건, 어디까지나 제 부탁을 들어주는 대가일 뿐이죠."

브론테스의 얼굴이 일그러졌다.

『그게 무슨 소린가! 무려 타르타로스의 안위가 걸린 일이네! 티탄과 기가스가 일어나는 것이야말로 큰 환란을 부르……!』

"올림포스에 한정된 이야기일 뿐이죠."

『무슨……!』

"제 말이 틀렸습니까?"

연우는 고요한 눈빛으로 브론테스와 다른 두 키클롭스를

바라봤다. 동시에 자신에게 연결된 채널링을 한껏 열어 그들에게 보여 주었다.

그 순간, 브론테스는 자신도 모르게 헛바람을 들이켜고 말았다.

너무나 많은 시선들이 자신에게로 쏟아지고 있었다. 강렬하면서도 두려운 시선들. 하나같이 상위 격에 해당하는 신과 악마들의 눈이었다. 그리고 그 속에는 몇몇을 제외하면 대개 멸시와 냉소가 담겨 있었다.

아테나와 헤르메스 등, 〈올림포스〉의 신들이라 예상되는 이들만이 안타까워할 뿐. 그마저도 아레스는 코웃음을 치면서 이쪽을 보고 있었다.

그제야 브론테스는 자신들의 처지를 깨달을 수 있었다.

티탄과 기가스는 어디까지나 〈올림포스〉의 주도권을 두고 다투다가 쫓겨난 인물들일 뿐. 그들이 타르타로스를 뚫고 나온다고 하더라도, 다른 사회의 신과 악마들에게는 별다른 감흥을 주지 못하는 것이다. 애당초 관할 지역이 다른 셈이니.

물론, 티탄과 기가스가 타르타로스를 뚫고 가장 먼저 침범할 구역은 30층 이후의 스테이지이기는 했다.

하지만 그 속에는 관리자들이 있고, 다른 신과 악마들의 견제가 있었다.

한바탕 소란이 벌어지더라도, 〈올림포스〉처럼 발을 동동 구를 일은 아니란 뜻이었다.

결국 이 일은 너희들의 일일 뿐. 강제는 하지 말라는 의미였다.

더군다나.

브론테스는 연우의 말 한 마디 한 마디에 영혼이 짓눌리는 것을 느낄 수 있었다.

숨이 턱턱 막혔다.

이미 죽은 몸으로 숨이 막힌다는 표현은 우스울지도 모르지만.

브론테스는 정말 그런 느낌을 받고 있었다.

연우와 연결된 고리가 사슬이 되어 자신을 칭칭 감고 있는 듯한 느낌이었다.

어떻게든 벗어나려고 하면 더더욱 강하게 옥죄는 사슬.

연우에 대해 부정적인 사고조차도 할 수 없었다. 강제로 고개를 숙이게 만들고, 따르게 하는 마력이 숨어 있었다.

경배하라!

굴종하라!

분명 아무런 소리도 들리지 않는데도 불구하고. 귓가를 따라 그런 목소리가 왱왱 울어 대는 것 같았다. 마치 최면을 걸듯이.

그제야 브론테스는 자신이 더 이상 연우를 거스를 수 없게 되었다는 사실을 깨닫고 말았다.

그래서 자결도 생각해 보았지만, 그조차도 뜻대로 되지 않는 것 같았다.

연우가 사리사욕을 부리려 하면 스스로 영혼을 사멸시키겠다던 호언장담은 허무로 돌아가 버린 것이다. 이미 자신의 영혼은 자신의 것이 아니었다. 연우가 소유한 컬렉션일 뿐이었다.

어떻게 이런 일이 가능한 거지?

아무리 격이 하락했어도 그는 한때 신격이었다. 한낱 필멸자에게 구속된 것만 해도 사실 말이 안 되는 일이었을 텐데. 아니, 신살자이니 다른 것일까?

브론테스는 순간 시야에 비치는 연우가 너무 두렵게 느껴졌다.

여태껏 하데스와 디스 플루토를 부흥시킬 도구로만 생각했던 대상이, 사실은 자신들을 얼마든지 집어삼킬 수 있는 야수처럼 보이기 시작했다.

사납게 두 눈을 뜨며 송곳니를 드러낸 야수로.

결국.

『……알겠네. 일단은 따르도록 하지.』

브론테스는 꺾일 수밖에 없었다. 주도권이 저기에 있다

면 최대한 고개를 숙일 수밖에.

비교적 이성적인 성격인 스테로페스도 지금만큼은 입을 꾹 다문 채 침묵을 지키고 있었다. 연우와 큰형 사이에 벌어진 신경전의 결과, 승기가 어디로 넘어갔는지 너무나 잘 보였다.

"이렇게 너무 눌러도 되겠소?"

크로이츠가 조심스레 다가와 연우에게 물었지만, 연우는 단호하게 고개를 가로저었다.

"오히려 이런 건 처음부터 확실하게 선을 그어야 하니까."

이번 일 어디에서도 연우는 주도권을 놓을 생각이 전혀 없었다.

*   *   *

[첫 번째 단계, '제련'이 시작되었습니다.]

[현재 전체 공정률: 2%]

『……우선 가장 중요한 건, 태초의 불을 다루는 것일세.』

브론테스는 아다만틴 노바를 천천히 녹일 화로를 가리켰다. 설명을 하는 내내 굳은 표정이었지만, 지금은 공정에만 신경 쓰는 중이었다.

"이유가 있습니까?"

『아다만틴 노바를 손실 없이 녹일 수 있는 건, 태초의 불 밖에 없기 때문이지.』

"그 불은 영혼석에서 뽑아내는 겁니까?"

『맞아. 하데스 님이 오래전에 구한 것이지. '순결(Castitas)' 의 돌일세.』

7대 주선과 7대 죄악, 총 14개로 나뉘었다는 영혼석. 그 중 하나가 하데스의 손에 있었다. 그리고 키클롭스 아르게 스는 여기서 뽑아낸 불을 바탕으로 여태 무구를 제련하고 있었다.

전력상 열세에 놓였는데도 불구하고, 여태 계속 디스 플 루토가 버틸 수 있었던 원동력이기도 했다.

태초의 불을 보는 연우의 눈빛이 기괴하게 일렁였다.

'저 방법을 알 수 있다면…….'

이것으로 확실해졌다. 현재 영혼석을 제대로 다룰 수 있 는 건 키클롭스 형제들밖에 없었다. 저 방법을 알 수 있다 면. 똑같은 영혼석이라는 회중시계의 봉인도 풀 수 있을 것 이다.

『하지만 이 불을 다룰 수 있는 건 우리밖에 없어. 불길이 자칫 잘못하면 영혼마저 삼키기 때문이지. 그러니 그동안 자네들은 다른 일들을 도맡아 줬으면 좋겠…….』

브론테스가 말을 끝내기도 전에 갑자기 헤노바가 화로 쪽으로 다가갔다. 여태 심드렁한 표정으로 주변을 둘러보다가 심심했던 것 같았다.

브론테스가 아차 싶어 뜯어말리려 했지만, 헤노바는 그보다 먼저 풀무질을 하고 있었다.

그리고.

화르륵!

"불길이 너무 거세. 아무리 아다만티움의 끓는점이 높다고 해도, 열을 고루 분산시켜 주지 않으면 오히려 추후에 불순물이 섞일 우려가 크지. 안 그렇소?"

『그…… 렇긴 하지.』

"쇳물은 내가 보고 있겠소. 아무리 질이 좋은 것이라 해도, 최대한 불순물을 제거해야 신성도 그만큼 잘 녹아들 테니."

헤노바는 그렇게 말하더니 화로 앞에 앉아 풀무질을 시작했다. 그럴 때마다 불길은 화르륵 크게 타올랐다가 다시 가라앉았다. 별달리 힘들어하는 것 같지는 않아 보였다.

아니, 오히려 험난한 바깥보다는 이곳이 편한 듯, 입가에 엷은 미소마저 달고 있었다.

『블랙 드…… 워프라 그런가?』

브론테스는 그런 헤노바를 조금 놀란 눈으로 바라보다

가, 가볍게 헛기침을 하면서 다른 재료들을 꺼냈다. 45장
이나 되는 아포디스의 비늘이었다.

『이것은 안쪽에 마감 처리를 해서 신력의 유동을 부드럽
게 해야 하지. 하지만 술식이 너무 복잡한 데다가, 새겨 넣
는 작업이 쉽지 않⋯⋯.』

"이건 내가 맡도록 하지."

"저도 도울게요."

브론테스의 말이 끝나기도 전에, 브라함이 먼저 아포디
스의 비늘을 챙겼다. 빅토리아가 바로 뒤를 따랐다.

브론테스가 허겁지겁 두 사람을 뜯어말렸다.

『술식을 새기는 방법은 알고 있나? 그것이 틀리면 모든
게 형클어진단 말일세!』

"말일 '세'?"

브라함의 한쪽 눈썹이 말려 올라갔다. 순간, 브라함의 정
체를 떠올린 브론테스가 꼬리를 말았다.

『⋯⋯말이오?』

브라함은 크게 코웃음을 쳤다.

"카트란 액과 하디스 심장에서 추출한 피를 3 대 1의 비
율로 배합하고, 다시 트라잔을 1 대 1로 섞어서 190도의
온도로 3일간 끓인 액을 사용하면 되지 않나? 그 뒤로 두
개의 마도전핵을 주축으로 공명을 끌어내면 되고. 됐나?"

『……마, 맞소.』

"다음부터는 내 앞에서 잘난 척을 하지 않았으면 좋겠군. 이런 쪽 지식은 그래도 내가 그대보단 나을 테니까."

브라함은 빅토리아를 데리고 한쪽으로 가서 술식 작업을 시작했다.

그 뒤로도 제련 외에 필요한 공정 작업은 키클롭스 삼 형제들보다 연우 일행들의 손에서 더 빠르게 이뤄졌다.

때문에 키클롭스 삼 형제를 비롯해 그들을 보좌하기 위해 있던 여러 대장장이들은 멍하니 그들의 작업을 바라봐야만 했다.

그나마 퀴네에의 작업 순서를 알고 있는 브론테스가 나서서 작업 방향을 잡아 주는 것이 거의 전부일 뿐.

세부적인 내용은 오히려 이쪽이 더 나을 때도 있었다.

특히 헤노바가 제시하는 다른 방식이 더 효율적일 때가 있었고, 브라함이 의견을 더할 때면 방향은 전혀 다른 곳으로 흘러가기도 했다.

가장 지식이 뛰어난 스테로페스가 놀라워하는 경우도 더러 있었다.

숙련도나 속도에 있어서는 대부분 연우 일행이 훨씬 나았던 것이다.

여태 필멸자라면서 그들을 내심 업신여기고 있던 이들로

서는 황당할 수밖에 없는 일이었다.

『우리의 실력이 퇴보를 한 것인가, 아니면 잠들어 있는 동안 세상이 그만큼 발전을 한 것인가?』

"어쩌면 둘 다일지도 모르지."

스테로페스와 아르게스는 묘한 표정으로 공정 과정을 계속 지켜봐야만 했다.

　　[제작이 빠르게 이뤄지고 있습니다.]
　　['제련'이 끝났습니다.]
　　['정련'이 34% 진행되었습니다.]
　　['단조'가 19% 진행되었습니다.]
　　……

키클롭스 형제들이 생각했던 것보다 훨씬 빠른 속도였다. 분업이 이뤄진 덕분이었다.

헤노바, 브라함, 빅토리아는 각자가 맡은 파트를 말끔하게 처리했고, 그렇게 완성된 부분들은 마치 한 사람이 해낸 것처럼 너무 깔끔하게 맞아떨어졌다.

언제부턴가 아르게스의 제자들도 그들의 손발에 맞춰 바쁘게 움직였으니. 핵심 재료를 다루는 브론테스의 망치도 시간이 갈수록 바쁘게 움직였다.

땅, 땅, 따앙—

퀴네에는 〈올림포스〉가 자랑하는 3대 신물 중 하나. 당연히 제작하는 데도 그만큼 한세월이 걸릴 거라고만 여기고 있었다. 어쩌면 그사이에 다시 티탄과 기가스의 침공이 있을지도 몰라, 단단히 각오까지 하고 있던 차였다.

그런데 도무지 믿기지 않는 속도로 공정이 빠르게 이뤄지고 있으니.

하지만 그건 어떻게 보면 당연한 일이었다.

브라함은 마도 지식에 있어서만큼은 그 경지가 이미 신격들도 무시할 정도로 깊었다.

괜히 한때 '창조'의 브라흐마라고 불렸을까. 게다가 그는 헤노바와 함께 연금술의 총집합체인 현자의 돌을 만들어 내기도 했었다.

그리고 여기에 간간이 부가 의견을 더해 주기도 했다.

이제 파우스트의 지식을 어느 정도 되찾으면서 에메랄드 타블렛을 복구하기 시작한 그의 의견은 많은 도움이 되었고, 이따금 빅토리아의 깊은 혜안도 공정 속도에 박차를 가했다.

거기다 이들에 뒤질세라, 키클롭스 삼 형제들도 바쁘게 뛰어다니면서 쉬지 않고 망치질을 해 대니.

당연히 전체 공정 작업 속도가 덩달아 상승할 수밖에 없었다.

그리고.

그런 와중에도 연우는 용마안을 활짝 열어 작업을 일일
이 눈에 담고자 했다.

['용마안'의 스킬 숙련도가 대폭 향상됩니다.
82, 83, 84%…… 96, 97%…….]
['호크마'의 열람 권한이 확장됩니다.]
['네차흐'가 재구성됩니다.]
['예소드'가 정립되어 체계를 갖춥니다.]

['화안금정'과 연동됩니다.]
[마신룡체의 특성이 적용됩니다.]
[초월성의 단서가 적용됩니다.]

이미 현자의 돌을 완성하면서 대폭 상승시킨 적이 있던
용마안은 다시 대신물을 제작하면서 비등한 발전을 이뤘
다.

여기에 화안금정이 더해지면서 이해력이 더 높아져 초월
성까지 적용할 수 있었다.

아스트라이오스를 잡으면서 획득한 초월성은 사실 거창

한 이름과 다르게 별 내용이 없었다.

[초월성의 단서]
'격'을 이룰 단서. 다양한 곳에 조금씩 적용된다.
쌓이면 쌓일수록 효과가 커지며 영혼의 성장에 영향
을 미친다.

쉽게 말해, 앞으로 터득하거나 사용할 스킬이나 가호에
조금씩 촉진제로 사용할 수 있단 뜻이었다.

아니, 정확하게는 마신룡체라는 새로운 육체에 걸맞게,
기존의 능력치들을 재조정하는 역할을 맡았다는 표현이 옳
을 것 같았다.

덕분에.

연우는 용마안을 빠른 속도로 성장시킬 수 있었고.

['용마안'의 스킬 숙련도가 상승했습니다. 98,
99%…… 100%.]

[축하합니다! '용마안'의 스킬 숙련도를 Max치
까지 달성하는 데 성공했습니다.]

[스킬과 관련된 모든 능력치가 향상됩니다.]

[체력이 15만큼 상승합니다.]

[마력이 20만큼 상승합니다.]
……

[스킬과 관련된 새로운 깨달음을 얻었습니다. 상위 스킬을 오픈합니다.]
[상위 스킬 '용천안(龍天眼)'을 오픈합니다.]
['용천안'의 스킬 숙련도가 대폭 상승하여 빠르게 Max치를 달성하는 데 성공했습니다.]
……

[플레이어의 능력치를 산정하여 새로운 스킬을 탐색합니다.]

[스킬 '용신안(龍神眼)'을 오픈합니다.]

연우는 초감각에 버금가는 새로운 상위 스킬을 획득하는 데 성공했다.
그리고.

['정련' 과정이 완성되었습니다.]
['단조' 과정이 완성되었습니다.]
['접철' 과정이 완성되었습니다.]

......

[마지막 작업 '신성 부여'만이 남았습니다.]

[전체 공정률: 98%]

공정이 열흘에 다다랐을 때 즈음.

퀴네에는 제대로 된 형태를 갖추면서 마지막 작업을 바로 눈앞에 두고 있었다.

*　　*　　*

"혹시나 했지만. 그래도…… 이렇게 빨리 가져올 줄이야."

하데스는 헛웃음을 흘렸다. 보통 기대도 하지 않았던 행운이 갑자기 찾아왔을 때 흘리는 웃음.

그의 앞에는 너무나 오랫동안 보고 싶었던 투구가 놓여 있었다.

퀴네에.

한때, 티탄 일족과 전쟁을 치를 때, 크로노스의 목을 칠 수 있게 해 주었던 절대 신물.

'죽음은 소리 없이 찾아온다'는 자신의 신화를 너무나 잘 표현해주었지만. 마찬가지로 부서질 때도 모래성처럼 잘게 부서져 흔적도 없이 사라져 버렸던 신물이, 다시 나타나 주었다.

『한번 만져 보시지요.』

브론테스와 스테로페스, 아르게스도 감동한 표정으로 고개를 숙이고 있었다.

하데스는 고개를 끄덕이면서 퀴네에 쪽으로 손을 가져갔다. 손끝에서 검은빛이 터지면서 투구 안쪽으로 스며들었다.

신성 부여. 특성을 새겨 넣어 소유주를 각인시키는 작업이었다.

화아아—

옥좌를 따라 검은 기운이 일렁거렸다. 밝은 빛은 아니었으나, 성스럽다는 표현이 너무나 잘 어울리는 광경이었다.

『아아……!』

"드디어!"

키클롭스 삼 형제는 옛 추억에 젖어 잔뜩 흥분해서 몸을 떨었고.

연우는 깊게 가라앉은 눈으로 퀴네에를 둘러싼 여러 변화를 천천히 읽어 갔다.

눈이 깊게 가라앉으면서 세로로 두 번째 동공이 열렸다.

[용신안]

등급: 권능

숙련도: 6.1%

설명: 고룡 '칼라투스'에게서 비롯된 권능.

용은 성장하면서 많은 것들을 눈에 담을 수 있다. 그중에는 절대 관찰할 수 없을 진리의 이면도 내포되어 있어, 많은 지식을 탐구할 수 있게 한다.

* 관찰자 시점

모든 것을 탐구하고 관찰할 수 있는 눈. 마주친 대상이나 물건에 대해서 정보를 빠르게 파악할 수 있게 된다.

그 결과로, 결(缺)과 혈(穴)의 흐름 파악이 가능해지며, 숙련도가 높아질수록 더 많은 파악이 가능하다.

* 절대자의 눈

용종은 태생부터 모든 존재들을 앞서는 존재다. 감히 그 눈을 마주쳐서 온전할 수 있는 대상이 없었으므로, 상대의 기백을 눌러 압도되게끔 만든다.

'눈'으로 연결된 여러 스킬 혹은 권능들을 자동적으로 수용한다.

**현재 연계된 스킬

─화안금정: 미후왕의 눈. 제천대성의 힘을 일부
빌려 제천류를 열 수 있게 한다.

─현인의 눈: 비마질다라의 눈. 아수라왕의 옛 경
험들을 일부 공유할 수 있게 된다.

─???

용신안이 처음 열린 순간, 연우는 자신이 드디어 새로운
길을 열었다는 것을 깨달을 수 있었다.

여태 그가 사용하던 용마안은 사실 유아기나 성장기 때
의 용종들이나 사용하는 눈.

하지만 용종은 보통 성숙기에 접어들어서는 용마안을 사
용하는 일이 거의 없었다. 수천 년 이상의 긴 세월을 살면
서 관찰한 대상들이 이미 너무 많기 때문이었다.

그러나 고룡 칼라투스만큼은 달랐고. 오랫동안 지식을
정리하면서 눈을 새롭게 개화해 권능으로 빚어냈다.

그런 눈이…… 연우에게로 내려오게 된 것이다.

[이름을 알 수 없는 대상이 당신을 관찰합니다.]

연우는 50층, 용의 신전 어딘가에 있을지 모르는 고룡
칼라투스가 크게 성장한 자신을 위해 그의 눈을 내려 준 게

아닐까 하고 여기는 중이었다.

그렇지 않고서야 주인도 없는 권능을 이렇게 쉽게 개화할 수는 없을 테니.

['용신안'의 스킬 효과가 적용되어 대신물 '퀴네에'의 정보를 열람합니다.]

[퀴네에]
종류: 머리 방어구
등급: 대신물
설명: <올림포스>의 신, 하데스의 신물.
티타노마키아에서 큰 활약을 벌였던 그의 상징물과 똑같은 형태를 띠고 있다. 하지만 아직 신성이 부여되지 않아 특성이 개화되질 못했다.
현재, 신성이 부여되고 있는 중이다.

**소유주인 하데스의 의지와 별도로 '퀴네에'의 사용 권한이 있습니다. 단, 사용 권한을 발동할 시, 하데스의 분노를 살 수 있으니 주의하세요.

용신안이 빚어내는 세상에서 보이는 퀴네에는 두 개의

실선과 연결되어 있었다.

하나는 하데스 쪽으로.

다른 하나는 연우, 자신 쪽으로.

아마 이것이 정보창에서 말하는 '사용 권한'일 테지. 아직 신성이 덜 부여되었기 때문인지, 두 개의 연결 고리 중 아직까지 연우 쪽이 더욱 뚜렷했다.

연우는 연결 고리에 의념을 집중하면 퀴네에가 곧바로 반응하리라는 것을 알 수 있었다.

그리고 바로 그 뒤에 벌어질 결과도.

'그 자리에서 곧바로 칠흑왕의 세트가 완성되겠지.'

사실 연우가 혹하지 않은 건 아니었다.

칠흑왕의 세트가 완성된다면 그토록 간절히 원하던 죽음의 힘에 근접할 수 있게 된다. 동생의 행방을 찾을 단서를 하나 더 얻게 되는 것이다.

하지만.

'거기서 끝이겠지.'

하데스와 디스 플루토의 진노를 감당할 수 있을까? 연우는 없을 거라고 생각했다. 아무리 티탄—기가스와의 전쟁에 몰두하고 있다고 하더라도, 신이 한번 큰 분노를 품었을 때에 줄 수 있는 제지나 방해는 무수히 많았으니까. 아니, 아예 타르타로스를 온전히 빠져나갈 수 없을지도 몰랐다.

더군다나 칠흑왕의 권능을 모두 찾는다고 하더라도, 그것을 온전히 사용할 수 있다는 보장이 없기도 했고.

'비탄을 얻었을 때도, 옵션이 바로 열린 건 아니었으니까. 세 번째 형틀도 다른 조건이 주어져야 할지도 모르는 일이지.'

그렇기 때문에 연우는 차근차근히 일을 진행하고자 했다.

아직까지 퀘스트를 완수했다는 메시지는 뜨지 않았지만, 그래도 약속대로 퀴네에를 바쳤으니 키클롭스 삼 형제도 자신을 도울 것이다.

'우선 회중시계의 봉인을 풀어 보고…… 그래도 안 된다면 그때 퀴네에를 노려도 늦지 않아.'

티탄―기가스와의 전쟁에서 공을 세워서 퀴네에를 포상으로 받는 방법도 있었지만.

람이라는 사도가 있는 이상, 그것도 쉽지는 않을 것 같았다.

그래서 연우는 천천히 생각하기로 했다. 상황에 따라서 얼마든지 결정이 달라질 수 있을 테니.

어차피 신성 부여 작업은 하루 이틀 한다고 해서 완성되는 것도 아니었다.

아직 시간은 충분했다.

[현재 공정률: 99%]

하데스는 퀴네에서 손을 떼면서 조용히 한숨을 돌리고 있었다.

*　　　*　　　*

연우 일행이 하데스에게 퀴네에를 진상하던 그 시각.

"이곳이 앞으로 너희들이 머물 곳이다."

칸과 도일, 갈리어드와 크로이츠는 하데스의 사도, 람의 안내에 따라 디스 플루토를 방문하고 있었다.

장인의 신분으로 퀴네에 제작에 참여한 연우 등과 다르게. 그쪽으로 재주가 없는 그들은 전투 요원으로 배치되었기 때문이었다.

'그것참 되게 쌀쌀맞네.'

칸은 람의 뒤를 따라다니면서 속으로 혀를 찼다.

처음 안내를 해 주었을 때도 느끼긴 했었지만. 람은 자신들을 탐탁지 않게 여기고 있었다.

아니, 경계를 한다는 표현이 옳은 걸까. 마치 자신의 영역을 침범하는 다른 고양이를 경계하는 고양이처럼.

'그래도 앞으로 이쪽 생활이 편해지려면 친해질 필요는 있는데.'

다만, 아직은 때가 아닌 것 같았다. 천천히 접근해서 경계를 풀 필요가 있을 것 같았다.

그러다 칸은 자기도 모르게 등골을 쭈뼛 세웠다. 왠지 모르게 빅토리아의 앙칼진 도끼눈이 보이는 것 같았다.

'내가, 뭐, 우리 할망구랑 그렇고 그런 사이도 아닌데. 그렇다고 내가 하데스 사도를 꼬시겠다는 것도 아니고.'

칸은 속으로 되도 않는 변명을 주절대다가 재빨리 생각의 방향을 돌렸다.

'그나저나.'

칸은 군영의 내부들을 둘러보면서 눈을 반짝였다.

"플레이어가 이렇게 많을 줄은 정말 생각도 못 했어."

도일이 불쑥 끼어들면서 작게 탄식을 흘렸다.

타르타로스는 존재 여부도 크게 알려지지 않은 히든 스테이지. 거기다 접근하기도 아주 어려운 곳이었다.

그래도 이따금 20층 고행의 산으로 만족하지 못하고, 이곳을 찾는 사람들이 더러 있다는 말은 들었었는데.

하지만 막상 찾아와서 보니, 예상했던 것보다 훨씬 많았다.

병사들 중 상당수가 플레이어였던 것이다. 개중에는 탑

에서 자취를 감춘 지 오래되었다는 예전 랭커들도 더러 보였다.

그게 너무 신기했다.

'사실 따지고 보면, 탑 내에서 이곳만큼 치열한 격전이 벌어지는 곳도 없을 테니까.'

하루가 멀다 하고 계속된 성장을 이루는 연우가 사실 예외일 뿐.

대부분의 플레이어들은 어느 정도 성장을 마치고 나면, 벽에 부딪혀 오랫동안 성장이 지체되는 경우가 많았다.

그것을 깰 수 있는 가장 쉬운 방법이 바로 전투였다. 생사가 오락가락하는 치열한 전장에서 뭔가 얻어 갈 수 있는 것들이 많기 때문이었다.

그러니 타르타로스를 찾는 것도 무리는 아니었다.

다만, 신적인 존재들이 충돌을 하다 보니, 이따금 어떻게 플레이어로서 거스를 수 없는 경우가 많아 사상률이 너무 높을 것 같았다.

하지만 그런 위험성에도 불구하고, 이렇게나 많은 플레이어들이 모여 있다는 건.

'그만큼 타르타로스가 그들에게 주는 긍정적인 영향도 크다는 뜻이겠지.'

도일이 그런 생각을 하고 있는데.

"찌찌뽕."

"……?"

난데없이 칸이 불쑥 자신의 가슴에다 손을 가져다 댔다.

도일은 또 이게 무슨 이상한 짓인가 싶어 인상을 찡그렸다.

"내가 하려던 말을 똑같이 해서."

"형은 어떻게 나이를 먹어도 똑같…… 아니다. 됐다."

보통 사람은 큰일을 겪고 나면 뭔가 변하는 게 많다던데. 한결같은 칸을 보니 저절로 한숨이 나올 지경이었다.

칸은 피식 웃으면서 그런 도일의 등을 세게 두들겼다.

"어린놈이 뭐가 그렇게 한숨이 많아? 좀 웃고 살자."

도일은 고개를 절레절레 흔들었다. 그러다 피식 웃었다. 이런 형이니 마군에 억류되었던 자신을 끝까지 포기하지 않고 구해 줬던 거겠지.

그런 생각을 하는데.

갑자기 군영 한쪽이 어수선해지기 시작했다.

칸과 도일은 그쪽으로 고개를 돌렸다. 갈리어드와 크로이츠도 따라서 그쪽을 봤다가 표정을 살짝 굳혔다.

갓 전투를 치르고 왔던지, 하나 같이 험하게 다친 몰골을 하고 있었다.

하지만 두 눈빛만큼은 흉흉했다.

"……엘로힘, 저들이 여기는 왜 있는 거지?"

8대 클랜 중에서도 유달리 엘로힘은 눈에 띄는 편이었다. 자신들을 제외한 사람들은 모두 열등하다는 오만함과 과시욕 때문일 것이다.

저기 눈에 띄는 이들이 그랬다.

여러 플레이어들이 모여 그들을 축하해 주는 와중에도. 그들은 그것을 너무 당연하게 받아들이고 있었다.

"앞에 있는 여인은 산생과 생명의 공동 가주인 듯하고, 다른 하나는 광요의 가주인 것 같소. 한데, 광요 가주의 꼴이…… 말이 아니군."

엘로힘의 무리를 이끄는 수장은 단발을 짧게 친 여인, 파네스였다. 아이테르는 바로 그 뒤를 비루한 개처럼 따라다니고 있었다. 그의 목에는 긴고아가 개 목걸이처럼 처량하게 매여 있었다.

연우가 퀴네에의 재료를 구하기 위해 타르타로스를 잠깐 떠난 사이.

파네스 일행은 디스 플루토에 합류해 맹활약을 펼치고 있었다.

그들끼리 원정을 떠나서 티탄의 영토를 침범해 성을 빼앗거나, 마물들의 핵을 부수는 등 혁혁한 공을 세우면서 이제는 디스 플루토의 중심이 되다시피 하고 있었다.

지금도 마찬가지.

티탄이 성역을 침범하는 동안, 그들은 오히려 역공을 꾀했다. 상대적으로 방어가 약해진 곳을 노려 홀로 떨어진 티탄을 사냥하고자 했던 것이다.

그리고 그 결과는.

[<올림포스>의 신, 포세이돈이 '신살자'의 칭호를 얻은 당신을 기꺼워하며 새로운 가호를 내립니다.]
[헤스티아가 함께합니다.]
[데메테르가 함께합니다.]
[헤라가 함께합니다.]

그녀가 가져온 수레에는 티탄 메가에라의 머리가 놓여 있었다.

"아스트라이오스에 이어서 메가에라까지⋯⋯."

"게다가 퀴네에까지 곧 만들어진다 하지 않는가."

"어쩌면. 이번 전쟁, 이길 수 있을지도."

하급 신격인 하데스의 부관들은 잔뜩 고양되어 흥분하고 있었다.

파네스도 이미 이곳으로 오던 중에 전황을 모두 들었기에 담담하게 고개를 끄덕였다.

하지만 그녀의 뒤를 개처럼 따라다니던 아이테르는 겉보기와 달리 그녀의 심기가 많이 불편하다는 것을 알 수 있었다.

원래대로라면 메가에라를 척살한 것에 대해 모든 영광과 찬사를 그녀가 받아야 옳았지만.

그보다 먼저 떡 하니 신살자의 칭호를 따내면서 영광과 찬사를 가로챈 도둑고양이가 있었다.

독식자.

그자가 돌아온 것이다.

파네스는 이를 바득 갈았다. 언젠가 마주쳐야 할 상대이긴 했지만. 이렇게 자신의 공을 무색하게 만드니 짜증이 났다.

하지만 그녀는 되도록 차분해지고자 했다.

여기서 괜히 적의를 크게 드러낼 필요는 없었으니. 게다가 어차피 그녀는 독식자와 대립할 수밖에 없는 운명이었다.

[포세이돈에게서 메시지가 도착했습니다.]
[메시지: 약조한 대로, 저들을 모두 찢어 죽여라.
한 놈도 살려두지 말고. 전부. 모조리.]

파네스는 저 어딘가에서 자신을 지켜보고 있을 포세이돈과 다른 세 여신들에게 말했다.

"그리하신다면 정말로……!"

　[포세이돈에게서 메시지가 도착했습니다.]
　[메시지: 다시 한번 더 약속한다. 나 포세이돈과
헤스티아, 데메테르, 헤라의 이름으로.]
　[포세이돈에게서 메시지가 도착했습니다.]
　[메시지: 신탁을 완수해 낸다면. 너희 일족들에게
대대로 내려진 굴레를 거둬 줄 것이다.]

　필멸자로 영락해 버린 일족의 명운을 다시 끄집어 올려
주겠다던 약속.
　파네스가 원정군을 이끌고 출발하기 전에 받았던 신탁
(神託)이 이제야 비로소 시작되고 있었다.

Stage 47.
차정우

『퀴네에를 완성할 수 있게 도와준 것에, 다시 한번 고맙다는 인사를 하겠네.』

브론테스는 연우를 앞에 두고 고개를 숙였다.

아주 잠깐 동안 미묘한 갈등이 있긴 했지만. 그래도 브론테스는 모든 게 끝났다고 생각했던 절망적인 상황 속에서 구원의 동아줄을 가져온 사람이 연우라는 사실을 절대 잊지 않았다.

연우가 이렇게 나서지 않았더라면. 키클롭스 삼 형제가 다시 한자리에 모일 수도, 퀴네에를 완성할 수도 없었을 것이다.

그들 형제들에게도, 타르타로스에게도. 연우는 은인이었던 셈이었다.

『나 역시.』

"동감일세."

스테로페스와 아르게스가 차례대로 고개를 숙였다. 크기가 수 미터나 되는 단안기형의 괴물들이 그러니 뭔가 어색했다.

『그러니 무엇이든 시켜만 주시게. 따르도록 하지.』

"말씀드렸지만, 이건 거래였을 뿐입니다. 그리고 제 조건은."

연우는 잠시 말을 끊으면서 품에서 회중시계를 꺼냈다. 브론테스의 하나밖에 없는 눈동자가 가늘게 떠졌다.

『그것의 봉인을 푸는 것이었지?』

"예."

『잠시 이리 주겠나?』

연우는 회중시계를 브론테스에게 조심히 건넸다.

[대상의 정보를 정확하게 파악할 수 없습니다.]
[대상의 정보를 정확하게 파악할 수 없습니다.]
……

['용신안'의 권한으로 대상의 정보 파악을 재시도합니다.]

[일부를 파악하는 데 성공했습니다.]

[결과를 표시합니다.]

[헤븐윙의 회중시계]

분류: ???

등급: ???

설명: 헤븐윙 차정우가 남긴 회중시계. 루시엘의
영혼석, '오만(Superbia)'의 돌로 만들어졌으며 안
에 어떤 비밀이 담겨 있는 듯하다.

여전히 많은 정보를 파악할 수는 없었지만. 그래도 용신
안은 여태 연우가 수없이 도전했던 것보다 훨씬 많은 결과
를 노출시키는 데 성공했다.

특히 오만의 돌로 만들어졌다는 문구가 눈에 들어왔다.

영혼석에 대한 정보를 파악할 수 있다는 것은, 숙련도를
더 높인다면 영혼석을 분석할 수도 있게 된다는 뜻이니까.
첫 단계가 어려울 뿐이지, 그다음부터는 진행이 쉬웠다.

『이 돌에 대해서는 얼마나 파악하고 있나?』

"7대 죄악의 오만을 성질로 띠고 있다는 것밖에는 모릅
니다."

브론테스가 조금 놀란 눈이 되었다.

『벌써 그것까지 파악했나? 그렇다면 이야기가 빠르겠군.』

설명이 계속 이어졌다.

『말했듯이 루시엘이 죽으면서 남긴 영혼석은 모두 14개. 선악 개념으로 분류되어 각각 7대 주선과 7대 죄악으로 불리지. 그리고 각 영혼석은 불리는 명칭마다 특징이 다 달라. 우리가 사용한 태초의 불은 '순결'하기 때문에 신물을 제작할 수 있었던 걸세.』

연우는 비에라 듄을 대지모신으로 만들어 준 영혼석의 명칭은 무엇일까 잠깐 궁금해졌다.

언뜻 짚이는 명칭은 있었다.

색욕(Luxuria).

『반면에 오만은 모든 것을 압도하지. 고고하고, 드높고. 또한 단단해서 절대 굽히는 법을 몰라. 잘 부서지지도 않으니 뭘 숨기기엔 아주 제격인 셈이지. 돌 위에다 회중시계를 덧씌운 형태인 것 같은데. 이것을 제작한 사람이 누군지는 몰라도…… 기예가 아주 깊군.』

"뭘 숨기려 했던 것 같습니까?"

브론테스는 어깨를 으쓱거렸다.

『그걸 내가 어찌 알겠나? 만든 사람만이 알겠지. 다만.』

"다만? 뭔가 짚이는 게 있습니까?"

『봉인이 완전하지 않고, 한 곳에 구멍이 나 있는 것으로 보아 뭔가 조건이 걸린 듯싶네. 특정 조건하에서만 어떤 반응을 보일 수 있도록.』

연우는 고개를 끄덕였다. 이 역시 짚이는 게 있었다.

일기장.

『그러니 봉인을 해제하려면 바로 이 지점을 주로 공략할 필요가 있을 것 같아.』

"어떻게 말씀이십니까?"

『애당초 이 시계를 만든 사람이 마음을 먹었다면, 안에 든 물건은 영원토록 단단히 봉인을 시켰을 걸세. 그런데도 구멍을 내놓은 것은 언젠가 봉인을 풀어 달란 뜻이라네.』

브론테스의 눈이 빛났다.

『열쇠 구멍이란 뜻이지.』

*　　　*　　　*

'열쇠 구멍.'

연우는 홀로 화로 앞에 앉아 회중시계를 손으로 매만졌다. 화르륵, 화로가 불을 내면서 따스한 온기를 보내 주었다.

—그리고 사실 탁 터놓고 말하자면, 나는 이 봉

인을 풀 자신이 없네. 아니, 풀 수 없다는 말이 옳겠군. 여태껏 영혼석의 비밀을 풀어낸 사람은 아무도 없었네. 만약 그게 가능했다면…… 영혼석을 가진 모든 이들이 신적인 존재로 탈바꿈했었겠지.

헤노바는 말했었다. 어쩌면 키클롭스 삼 형제라고 해도, 봉인을 완전히 풀 수 없을지도 모른다고.
그 말이 정확했던 셈이었다.

　―그래도 '다루는 것'은 또 다른 법이니. 일단 여기에 대해서 가르쳐 줌세.

　―다만, 열쇠 구멍에 들어갈 열쇠가 무엇인지 알 수만 있다면 봉인을 정말 풀 수도 있을 텐데 말이야. 그게 아쉽긴 해.

연우는 작게 중얼거렸다.
'열쇠 구멍.'
그것은 분명 일기장일 것이다.
그렇다면.
'열쇠는 무엇일까?'

이 역시 정답은 금방 나왔다.

'나.'

동생은 일기장을 남기면서까지 자신에게 무언가를 전달하고자 했다.

클랜 하우스까지 와서 엘릭서를 가져가길 바란다는 말을 남기긴 했지만. 단순히 그게 전부라고 하기에 일기장에는 여러 마법적 장치들이 많이 남아 있었다.

녀석이 오랜 연구 끝에 발견한 여러 히든 피스들, 각 층계의 공략 방식, 스킬 트리 등등.

단순히 엘릭서만 가져가라고 말하기 위한 것이라기엔 너무 방대한 자료들이었다.

더군다나 일기장은 끝마무리가 어설펐다.

여기에 다른 무언가가 더 있다는 듯이.

'역시 일기장의 진본을 찾는 수밖엔 없겠어.'

연우는 생각을 정리하면서 두 눈을 크게 떴다. 이미 영혼석의 구조나 기초적 특징에 대해서는 브론테스에게서 모두 들어 알고 있었다.

그렇다면.

해결 방법은 자신이 찾아야 했다.

'일단은 열쇠 구멍부터.'

연우는 회중시계 안쪽으로 마력을 밀어 넣었다. 회중시

계가 잘게 떨리기 시작했다. 시침이 혼란스럽게 흔들거렸다. 금방이라도 부서질 것처럼 위태로워 보였다.

예전에는 정말 부서질 것 같아 더 많은 마력을 쏟아부을 수가 없었지만.

회중시계가 영혼석으로 만들어졌다는 것을 알게 된 이상, 이제 그런 것을 신경 쓸 필요가 없었다.

뱅그르르—

회중시계가 손바닥 위에서 둥실 떠올라 팽이처럼 회전하기 시작했다. 막대한 양의 마력이 그쪽으로 쏠렸다.

마력량이 급격하게 늘어났다. 실내를 따라 강풍이 불다가, 끝내 마력 폭풍이 일어났다.

쿠쿠쿠!

연우가 있던 대장간이 크게 들썩거렸다. 누군가 본다면 전쟁이 벌어졌다 착각할 정도로 거친 지진이었다.

화로 속의 불길이 크게 출렁거리고, 벽에 걸렸던 갖가지 무구들이 힘없이 바닥에 떨어졌다. 모루가 한쪽으로 쓸렸다. 대기가 이리저리 휘어지기까지 했다.

"무슨 일이 벌……!"

밖에서 브론테스 등과 이야기를 끝내고 연우가 나오기를 기다리고 있던 헤노바 등이 허겁지겁 문을 열고 들어왔다. 그리고 크게 놀라고 말았다.

연우를 중심으로 마력 폭풍이 거세게 일면서 모든 것을 부숴 나가고 있었으니.

이대로 있다가는 대장간뿐만 아니라, 하데스의 신전도 같이 날아갈 판국이었다. 성역 한가운데에 커다란 폭탄이 떨어지는 것이다.

브라함은 사태의 심각성을 깨닫고, 헤노바를 곧바로 뒤로 잡아당기면서 연우를 따라 심상 결계를 구축하기 시작했다. 빅토리아도 재빨리 여기에 손을 얹었다.

마법진이 차례로 나타나면서 결계가 중첩되고, 연우를 중심으로 한 공간이 유리되었다.

그런 와중에서도.

연우는 회중시계를 노려보는 것을 멈추지 않았다.

[용신안]
[화안금정]
[검은 구비타라— 현인의 눈]

고룡 칼라투스의 눈이 열리면서 황금색으로 빛났다. 그리고 여기에 아수라왕 비마질다라의 눈까지 더해지면서 회중시계를 이루고 있는 표층을 계속 깊숙하게 파고들었다.

모든 의념이 그쪽으로 쏠리고 있었다.

몇 겹이나 되는 표층을 계속 벗겼다. 마치 양파 껍질을 벗기듯이, 회중시계라는 겉면을 넘어, 여러 톱니바퀴를 지나, 그 속에 담긴 핵까지 다다랐다.

영혼석이 보랏빛으로 빛나고 있었다.

신성하게 보이기도, 불길하게 보이기도 하는 광채.

광채는 영혼석을 따라 감돌지만, 한쪽 지점에서 발원하고 있었다. 너무 작아서 집중해서 보지 않으면 절대 보이지 않을 아주 미세한 구멍.

열쇠 구멍이었다.

연우는 의념을 그쪽으로 밀어 넣었다.

찰칵—

착각인지 모르지만. 연우는 왠지 모르게 그런 소리를 들은 것 같았다. 열쇠가 알맞은 열쇠 구멍에 맞물려 들어갔을 때 나는 소리. 그리고 열쇠를 완전히 돌려 그 문을 완전히 열어젖혔을 때.

"……!"

연우의 의식이 구멍 안쪽으로 빨려 들어갔다.

['루시엘의 영혼석(오만)'과 연결되었습니다.]

[동기화가 이뤄집니다.]

영혼석의 내부는 망망대해였다.

외부를 따라 흐르던 보라색 광채는 아무것도 아니라는 듯이.

너무나 많은 양의 광채가 세상을 떠돌아다니고 있었다. 헤아릴 수도 없을 만큼 너무나 많은 양.

그것 하나하나가 전부 마력이었다.

신력이었고, 마기였고, 용력(龍力)이었다.

또한, 요력이었으며, 영력이었고, 주력(呪力)이기도, 술력(術力)이었다가 법력이기도 했다. 그러다 원기로 변하면서 내공이 되기도 하는 등 다시 다른 다양한 성질을 폈다.

탑의 세계에 존재하는 수많은 기운들이었다.

무엇이든지 될 수 있는 기운. 어디든 수용이 가능하고, 삼킬 수도 있었다.

그런 기운이 많아도 너무 많았다.

끝을 헤아릴 수도 없을 만큼.

'이게…… 루시엘의 영혼인가?'

연우는 그것을 보면서 어떻게 비에라 듄이 대지모신을 잡아먹었는지를 알 수 있을 것 같았다. 이렇게 무한하고 무궁무진한 기운을 다룰 수 있다면 무엇인들 못 할까!

그리고 영혼석 하나만 해도 이만한 힘을 품고 있을진대. 14개가 모두 모인다면? 신과 악마들이 두려워할 법도 했다. 어째서 루시엘이 신과 악마들의 타깃이 되었는지도 짐작이 갔다.

'문제는 이것을 어떻게든 치워야 할 것 같다는 건데.'

연우는 너무 많은 양의 기운을 보면서 잠깐 고민에 잠겼다. 여기에 대해서 브론테스가 했던 당부도 있긴 했다.

─그 속에 담긴 내용물은 아주 천천히 뽑아내는 수밖엔 없네. 태초의 불도 바로 거기서 뽑아낸 것이니.

─하지만 함부로 손을 대지는 말게. 그랬다가는 기운이 폭발하고 말 테니까. 신화 속의 루시엘처럼 아주 사납거든. 모든 과정이 아주 정교하게 이뤄져야 하네. 그러지 않으면 자네도, 여기 있는 우리들도 모두 다쳐.

─그리고, 한 가지 문제가 더 있어. 빼낸 기운을 어디다 담아야 하냐는 것이지. 순결은 화로라는 매개가 있지만…… 오만은 모르겠네. 어떤 게 될지. 그리고 담는다고 해도 그 전부를 수용할 수도 없을 것이고.

순결의 돌은 천 년이 넘는 시간 동안 디스 플루토에 태초의 불을 제공해 줄 정도로 방대한 양의 기운을 품고 있었다.

그리고 지금도 마르지 않는 샘처럼 기운을 뽑아낸다고 한다. 키클롭스 삼 형제도 화로로 쓰는 게 전부일 뿐, 돌을 온전히 다룰 생각을 좀처럼 하지 못하고 있었다.

오만의 돌이라고 다르지는 않을 것이다.

브론테스는 바로 이 점을 우려했다.

오만의 돌에 새겨진 열쇠 구멍을 찾고, 어떻게 열쇠를 넣어 문을 열어젖힌다고 하더라도.

그 뒤에 있을 기운을 감당하지 못한다면, 그 너머에 숨겨져 있을 봉인을 풀지 못하기 때문이었다.

하지만.

연우에게는 키클롭스 삼 형제가 모르는 게 있었다.

'현자의 돌.'

세상 모든 것을 수용할 수 있는 또 다른 심장이라면. 어떻게든 영혼석을 담을 수 있지 않을까.

연우는 문득 현자의 돌에 잠들어 있는 마성이 떠올랐지만.

일단은 시도해 볼 생각이었다.

자칫 마성에게 막대한 힘을 실어다 주는 결과를 낳을 수도 있을 테지만.

현자의 돌에 영혼석의 기운을 모두 담을 수 있다면 반대로 자신 역시 그만큼 괄목한 성장을 이룰 수 있단 뜻이었다.

'요즘 들어 하급 악마 정도로는 동력원으로 부족하다 싶었던 참이었으니. 잘된 일인지도 모른다.'

새로운 동력원을 맞출 수도 있는 것이다.

그래서 연우는 브론테스가 가르쳐 준 방식대로.

순결의 돌에서 태초의 불을 추출해 내듯이, 오만의 돌에서 보라색 기운을 천천히 뽑아냈다.

그리고 아주 천천히 자신의 심장 옆에 자리 잡은 현자의 돌 쪽으로 인도하기 시작했다.

……후후. 재미난 짓을 하는군.

어디선가 마성의 웃음소리가 들리는 것 같았다.

목소리는 언제 그랬냐는 듯이 사라지고 없었다.

역시 녀석은 평소 자고 있는 것처럼 조용하게 있어도, 모든 것을 지켜보고 있었다.

연우는 조금 짜증이 났지만 개의치 않고 보라색 기운을 빠른 속도로 뽑았다. '무르익을 때를 기다린다'고 했던 것처럼, 아직은 자신을 건드리지 않으리란 확신이 있었다.

쏴아아—

보라색 기운을 옮기는 것은 별로 어렵지 않았다. 쭉 뽑아

올리니 점성이 있는 것처럼 한꺼번에 현자의 돌로 딸려 갔다.

너무나 많은 양이라서 정말 이대로 수용이 가능할까 싶었지만. 연우는 멈추지 않았다.

현자의 돌이 뜨겁게 달아올랐다.

혹시나 폭발하는 게 아닐까 싶을 정도로 너무 과열되어서 연우도 크게 고생을 해야만 했다.

그리고, 몸이 타들어 갈 것 같은 끔찍한 고통을 계속 참으며 버티던 끝에. 모든 보라색 기운을 옮기는 데 성공했다.

아니, 오히려 현자의 돌은 그것으로도 모자라다는 듯 더 크게 웅웅 울어댔다.

그 많던 양이 전부 어디로 갔나 싶을 정도였다.

연우는 사방으로 흩어 놓았던 의념을 하나로 뭉쳐 유체(幽體)를 형성했다. 영혼석을 더 깊게 탐구하기 위해서는 아무래도 이렇게 해 두는 게 더 편할 것 같았다.

그리고 다시 눈을 떴을 때.

연우는 거짓말처럼 텅 비어 버린 현자의 돌 속에서 무수히 많은 활자들을 볼 수 있었다.

언젠가 이 일기를 들을 형에게.

너무 많이 들어서 이제는 외우다시피 한 일기장의 첫 문장부터.

……미안해. 아마 나 때문에……
……휴대폰에 이상한 문자가 도착했다……
……그렇게 난 현실과의 연결을 끊었다……
……생각했던 것보다 엘릭서를 구하는 게 빠를 수 있을지 모르겠다는 생각이 들었다……

일기장의 끝 장을 차지하던 마지막 문장까지.

녹음으로 듣고, 동생이 남긴 환영으로 보았던 목소리들이. 글자가 되어 생생하게 돌아다니고 있었다.

'일기장.'

연우는 자신이 영혼석의 핵심 부위에 다다랐다는 사실을 깨달았다. 일기장을 발동할 수 있게 해 주는 마법적 장치. 그렇다면 이 속에 분명히 동력원이 있을 터였다.

활자들을 면밀히 살폈다.

하지만 헤아릴 수도 없을 만큼 많은 활자들은 마치 바닷속을 유영하는 물고기들처럼 저들 멋대로 돌아다니기 바빴다. 이리저리 뭉치면서 새로운 문장을 만들어 내기도 하고, 의미를 알 수 없는 단어를 만들기도 했다.

연우는 자신도 그 활자들 속에 녹아 이리저리 어우러져 다녔다.

활자들이 만들어 내는 건 단순한 단어나 문장만이 아니었다.

때로는 저들끼리 조립되면서 어떤 형상을 갖추기도 했다. 일기장 속의 내용을 표현하려는 건지 정우의 모습을 띠는 게 많았다. 검을 들고, 날개를 펼치며, 세상을 굽어다 보는 헤븐윙의 모습.

그러다 다시 흩어져 다른 형태로 조합되었다.

연우는 인형극을 보는 것처럼 활자들이 만들어 내는 여러 광경을 한없이 바라보다, 끝내 어떤 규칙을 찾아낼 수 있었다.

흐름을 천천히 되짚어 가면서 중심부에 다다랐다.

활자의 밀도도 그만큼 짙어지면서 순백색이던 세계는 어느새 흑색으로 가득 채워지고 있었다.

그리고 끄트머리에서. 연우는 자기도 모르게 걸음을 주춤거리고 말았다.

그곳에는.

사람이 있었다.

아무 옷도 입지 않은 나신으로, 양 무릎을 끌어모아 거기에 얼굴을 묻고 있는 사내.

등에 난 새하얀 날개로 몸을 덮고 있어 생김새를 알 수 없었지만.

두근.

연우는 자기도 모르게 심장이 크게 뛰는 걸 느낄 수 있었다.

'설마……?'

사내는 활자가 이리저리 뒤엉킨 구체에 갇힌 채 전혀 얼굴을 들 생각을 하지 않고 있었다. 깊은 잠에 빠진 걸까. 연우의 인기척을 느꼈을 텐데도 불구하고 꿈쩍도 않았다.

두근.

두근.

그럴수록 연우의 심장은 더 크게 뛰었다. 지금 여기에 있는 건 의념으로 만들어진 유체인데도 불구하고. 진짜 심장이 뛰는 것 같았다. 호흡이 가빠졌다. 아무 생각도 나지 않았다. 머릿속이 새하얬다.

그저 귓가를 따라 한 가지 단어만 왱왱 울어 댈 뿐이었다.

형.

페르세포네의 신전에서 나올 때에 얼핏 들었던 목소리. 자신을 애타게 찾던 그 목소리가 왜 자꾸만 떠오르는 걸까.

연우는 퍼뜩 정신을 차리고 허겁지겁 사내가 있는 곳으로 달려갔다.

혹시나 놓칠까 싶어서.

……사랑하는 사람이 생겼다……
……지금도 시간은 자꾸만 흘러가는데……
……전쟁은 계속 길어져 모두가 힘들어했다……

활자들이 사내를 따라 뱅그르르 돌았다. 역시나 숱하게 들었던 문장들이 춤을 추면서 연우에게 이리 오라고 손짓을 하고 있었다.

단어 하나하나, 아니, 음운 하나하나에 전부 동생의 손때가 묻어났다. 녀석이 외롭게 지낸 세월들이 만들어 낸 흔적들이었다. 기쁨과 회한과 슬픔이 고스란히 거기에 담겨 있었다.

……하나둘, 팀원들이 떠났다……
……몸이 무거워졌다……

연우는 활자의 홍수를 거슬러 올라갔다. 글자들이 연우의 몸에 계속 부딪혔다. 그럴 때마다 유체에 멍 자국과 생채기가 생겼다.

그게 아팠다.

너무.

……형이 보고 싶다……

연우는 여기 있다고 소리치고 싶었다. 하지만 아무런 목
소리도 낼 수 없는 이 세계에서 의사를 전달할 수 있는 방
법은 없었다. 벙어리가 된 것처럼 너무 답답했다.

그래서 어떻게든 빨리 다가가고자 했다.

하지만 활자의 홍수가 너무 거세서 어떻게 돌파하기가
힘들었다. 자칫 삐끗하면 같이 휩쓸릴 판이었다.

……아르티아에는 나 혼자만이 남았다……

그래도 어떻게든 녀석이 있는 곳에 다다르고자 한 걸음
한 걸음을 천천히 옮겼고.

……대체 어디서부터 잘못되었던 것일까……

드디어 다다를 수 있었다.

……어디에도 내 편은 없었다……

헉.

헉.

연우는 거칠게 숨을 내뱉었다. 사내는 너무 가까운 곳에 있었다. 손만 뻗으면 닿을 거리. 하지만 활자를 마구 뱉어 내는 구체는 더 이상의 접근을 차단하고 있는 중이었다.

어떻게 구체를 부술 수 있는 방법이 없을까 싶었지만.

연우는 당장 유체가 홍수에 휘말리지 않게 버티는 것만 으로도 힘이 들었다.

어떻게 하면 좋을까.

무언가 방법이 있을 텐데.

'안 된다면…… 힘으로라도!'

연우는 이를 악물었다.

[3차 용체 각성]
[권능 전면 개방]

연우는 900여 개의 채널링을 전부 끌어왔다. 그만큼 많은 시선들이 찰싹찰싹 달라붙었다. 영혼석에서 뽑아 올린 보라색 기운이 처음으로 그의 뜻대로 움직였다.

화아악—

불의 날개가 활짝 펼쳐졌다. 아스트라이오스 때보다도 더 충만해진 느낌. 이제는 웬만한 아홉 왕과도 견줄 수 있으리라 자신할 수 있을 정도였다.

콰앙!

그런 힘을 두른 채, 전력으로 충돌했다.

하지만 구체는 부서지기는커녕 더 많은 활자로 뒤덮이면서 연우를 거세게 튕겨 냈다.

쾅, 쾅, 콰앙—

콰르르!

그래도 연우는 절대 멈추지 않았다. 자신을 밀어내면 더 강한 힘으로 부순다는 각오로 몸을 던졌다.

그럴 때마다 현자의 돌과 마력회로가 미친 듯이 돌아갔다. 의념이 더 단단해지고, 감각이 더 세밀해졌다. 화안금정으로 빛나는 눈은 약점을 찾기 위해 바쁘게 돌아다녔다.

하지만 구체는 그래도 꿈쩍도 않았다.

금이 간 구석도 없었다.

부서진 건 음운 단위로 쪼개진 글자들뿐. 하지만 그마저도 파도에 이리저리 뒤섞이더니 새로운 글자로 조합되었다.

'이걸로는 부족해.'

브론테스는 자신을 가리켜서 열쇠라고 했다. 열쇠 구멍에 딱 들어맞고, 잠금장치를 풀 수 있는 유일한 열쇠.

그래서 여태 영혼석의 봉인을 풀고 안쪽으로 들어왔을 때 전부 끝났다고 생각했다.

하지만 진짜 잠금장치는 따로 있었다.

이 수많은 활자들.

일기장이, 자물쇠였던 것이다.

……대체 어디서부터 잘못되었던 것일까……

언제부턴가 눈에 띄는 활자들은 온통 후회로 가득한 것들밖에는 없었다.

아마도 녀석이 하고 있는 생각들이 고스란히 묻어나는 것일 테지.

차라리 행복한 기억을 떠올리고 있다면 좋을 텐데.

왜 생각해도 하등 도움 안 되는 것들만 되짚는 건지.

'빌어먹을 새끼.'

연우는 녀석을 보면서 욕지거리를 내뱉었다.

지구에 있을 때도 매번 이런 식이었다. 겉으로는 밝은 척 굴지만, 속은 우울하기만 한 녀석이었다. 자신의 말 한마디에 상대가 다치지는 않았을까, 늘 전전긍긍하던 소심한 녀석.

그걸 두고 뭐라고 한마디 하면 '형이 뭘 아냐' 면서 되레 따지던 녀석. 방구석 여포 같은 녀석이었다.

그러니 제 몸이 죽고, 여기 일기장에 있으면서도 계속 후회만 되짚는 것이다.

그리고 이렇게 자신을 이렇게 힘들게 만들기도 하고 있고.

......사람을 너무 믿어서? 아니면 힘들어하는 팀원들을 돌보지 않고 내 욕심만 채우려고 해서?......

이 빌어먹을 활자들만 어떻게 해도 좋을 것 같은데.

아니, 이렇게 우울한 녀석이 대체 어떻게 최고 랭킹이 된 거야? 거기다 아르티아는 클랜 랭킹 6위까지 올랐다면서? 탑에 오른 뒤로 성격이 나아졌나 싶었더니 꼭 그런 것도 아닌 모양이었다.

......그것도 아니면......
......가족들을 버리고 떠나서?......

연우는 이대로는 안 되겠다는 생각이 들었다.

더 많은 힘이 필요했다.

이것을 단번에 부숴 버릴 만한.

'도와줄 놈, 없어?'

연우는 고개를 위로 높이 들었다.

자신에게로 이어지는 900여 개의 채널링. 그 너머에 훨씬 더 많은 신과 악마들의 시선이 숨어 있었다.

어떻게든 자신을 엿보고자 하는 작자들.

신살이라는 이벤트를 수행하면서 호기심을 품게 된 초월자들이었다.

[신의 사회, <딜문>의 '아다드'가 네르갈의 도움으로 당신을 엿보고 있습니다.]

[신의 사회, <아스가르드>의 '토르'가 비마질다라에게 소정의 대가를 지불하여 당신을 관찰하고 있습니다.]

[신의 사회, <천교>의 '이랑진군'이 나타태자와 당신에 대해 어떤 대화를 나눕니다.]

……

[악마의 사회, <르 인페르날>의 '시트리'가 아가레스에게 접근해 당신을 지켜봅니다.]

……

[현재 가능한 권능 수: 2,711개]

900여 개의 채널링을 한 번에 받아들였을 때보다 훨씬 많아진 숫자들.

하지만 녀석들은 하나같이 타르타로스라는 장벽에 가로막혀 연우를 관찰하지 못하자, 이미 채널링이 연결된 신과 악마들에게 접근해서 소정의 대가를 지불하고 시야를 공유하고 있는 중이었다.

아마도 그 대가란 아주 클 것이다.

필멸자로서는 어떻게 엄두도 내지 못할 만큼.

그만큼 '연우'라는 인물이 신과 악마들 사이에서 지대한 관심을 받고 있다는 증거였다.

그리고 연우는 이왕에 이렇게 된 것, 그 권능들까지도 전부 받아들일 생각이었다.

아니, 앞으로 들어오는 족족 전부 받을 생각까지 하고 있었다.

'의념만으로 버틸 수 있을지 모르겠지만.'

연우는 육체가 아닌 유체 상태로도 과연 권능을 제대로 받아들일 수 있을까 싶었지만, 전혀 아랑곳하지 않았다.

지금 그에게 당장 필요한 건 막강한 화력이었다.

['아다드'의 권능, '에―카르카라'를 획득했습니다.]

['토르'의 권능, '천둥신의 망치'를 획득했습니다.]

['이랑진군'의 권능, '교룡살(蛟龍殺)'을 획득했습니다.]

……

[너무 많은 권능을 획득하고 있습니다. 육체가 버티지 못합니다. 예비 사도 계약을 중단할 것을 권고합니다.]

[경고! 너무 많은 권능을 획득하고 있습니다. 육체가 붕괴할 우려가 있습니다.]

[경고! 너무 많은 권능을…….]

……

[신의 인자가 작동합니다. 신의 권능을 수용합니다.]

[마의 인자가 작동합니다. 악마의 권능을 포용합니다.]

[용의 인자가 작동합니다. 용체를 강화시킵니다.]

[현자의 돌이 강화되었습니다.]

……

[마신룡체가 강화되었습니다.]
[마신룡체가 강화되었습니다.]

그 순간에도, 녀석을 둘러싼 활자는 계속 변하고 있었
다.

……내가 중독을 치료할 거라고 생각했던 걸까……
……모두가 날 죽이려 달려오기 시작했다……

콰드득, 콰득—

연우는 어느 정도 화력을 끌어 올렸다 싶자, 다시 한번
더 있는 힘껏 몸을 날렸다.

콰르르릉—

이대로 활자들을 모두 불사르는게 아닐까 싶을 정도로
막강한 화력이 세상을 뒤덮었다. 너무나 강한 반동에 연우
의 상반신 중 절반이 그대로 날아가 버릴 정도였다.

하지만 그런 폭발 속에서도 구체는 전혀 꿈쩍도 않았다.
그 흔한 그을음조차도 없었다.

하지만.

그래도 연우는 버텼다.

……어디에도 내 편은 없었다……

반동에도 굴하지 않고. 재생 스킬을 계속 전개하면서 몸을 빠른 속도로 수복해 구체 쪽으로 손을 뻗었다.

다행히 불의 파도가 가진 특성 때문에 튕겨 난 불씨들이 연쇄 폭발을 일으키면서 구체를 쉴 새 없이 흔들어 놓는 중이었다.

그래서 활자들을 이리저리 교란시킬 수 있었다. 그리고 끝끝내 구체에 손길이 다다랐다.

……그제야 알았다……
……내 편은 세상에 한 명밖에 없다는 사실을……

하지만 마지막까지 버티는 이 빌어먹을 구체를 어떻게 하면 치울 수 있을까.

힘껏 밀어 봐도 역시나 밀리지도 않았다. 아니, 그래도 작은 균열은 생겨서 손가락 하나는 겨우 밀어 넣을 수 있었지만, 그마저도 언제 닫힐지 몰랐다.

조금만 더 힘이 있다면.

누군가가 밀어주기만 한다면.

그런다면 어떻게든 녀석에게 다다를 수 있을 것 같은데. 그렇게만 된다면 어떻게든 깨울 수 있을 것 같았다.

그때.

······하지만 놈들에게 약한 모습을 보여 줄 수는 없었다······

연우는 정말 누군가가 뒤에서 자신의 등을 미는 것 같은 착각을 받았다. 그것도 하나가 아니라 두 개였다.

여기에 누가 있는 거지? 놀란 얼굴로 뒤를 돌아보는데. 너무나 익숙한 얼굴이 이쪽을 보면서 싱긋 웃고 있었다. 아니, 정확하게는 한쪽 입술을 말아 올리면서 비웃고 있었다.

'미후······ 왕?'

[이름 없는 다른 누군가가 당신을 보면서 입술을 달싹입니다.]

병신같이 뭘 하는 거냐. 힘도 못 쓰고. 그래서 미래에 마누라가 만족하겠어?

분명히 흡수되어서 존재조차 사라졌을 미후왕의 허물이었다.

그리고 그 옆에는.

[이름 없는 누군가가 당신을 보면서 코웃음을 칩니다.]

타오를 것 같은 붉은 머리칼을 길게 늘어뜨린 여인이, 고고한 눈매를 한 채 코웃음을 치면서 말했다.

너는 마음에 안 들지만. 저기 있는 놈에게는 할 말이 있어서.

역시나 허물처럼 사라져서 이곳에 없어야 할 자였다.

그제야 연우는 어렴풋이 남아 있는 기억을 떠올릴 수 있었다.

한창 신열로 고생하고 있을 때, 갑자기 나타나서 불필요한 채널링을 모두 정리해 주었던 두 존재들. 그들이 이들이었던 것 같았다.

하지만 두 남녀는 연우가 어떤 질문을 던지기도 전에 힘껏 연우의 등을 밀었고.

덕분에 연우는 유체가 활자에 몇 번씩이고 찢기는 고통을 느끼면서도 가까스로 녀석에게 다다를 수 있었다.

두려운 나머지 벌벌 떨면서 날개로 몸을 숨기는 아기 새처럼 있는 동생에게로.

  연우는 수고했다는 듯이 양팔을 뻗어 동생을 있는 힘껏 끌어안았다.

  그 순간에도.

  활자는 계속 일기장의 내용을 나타내고 있었다.

  ……그래서 여기서 이 일기장을 마무리 짓는다.

  이 일기장을 남겨 놓는다면 형이 언제고 이곳으로 올 수 있을 거라고 믿기 때문에……

  그 순간, 빛무리가 터졌다.

  수많은 활자들이 잘게 부서지면서 연우와 정우를 둘러싼 세계를 전부 뒤덮었다.

  화아악!

  *　　　*　　　*

  삐비빅.

  삐빅.

머리가 너무 어지러웠다.

술을 마신 것도 아닌데 왜 이러지?

술?

잠깐. 내가 술을 마셔 본 적이 있었나? 지난번 생일에 형과 같이 몰래 소주를 한 병 사다가 마신 적은 있었지만, 입에 맞지 않는다는 형 때문에 나도 입맛만 다시고 그 뒤로 마셔 본 적이 없었는데.

아니다.

발데비히 녀석과 밤새 죽어라 마신 적이 있었지.

헤노바가 술 창고에서 맥주를 담그고 있는 걸 눈치채고, 몰래 밤중에 숨어들었었는데. 한두 잔 정도만 맛본다는 게 그만 너무 맛있어서 그 자리에 주저앉아 오크통을 다섯 개나 비웠던 기억이 있었다.

그러다 술기운에 잠드는 바람에 다음 날 헤노바에게 들켜서 곰방대로 머리통을 두들겨 맞았었지만.

그래도 맞는 걸 감수할 만큼 너무 맛있었다. 아, 이렇게 생각하니까 군침이 도네. 또 어떻게 구할 수 없으려나? 헤노바가 다른 곳에다 몰래 담그는 것 같기는 하던데. 이참에 한번 뒤를 몰래 밟아 봐?

그런데 잠깐만.

헤노바?

헤노바는 또 누구지?

두서없는 생각들이 자꾸 꼬리에 꼬리를 물면서 머릿속을 가득 채웠다.

밤새 별 이상한 꿈이라도 꾼 걸까.

계속 희한한 이름들이 머릿속에 떠오르다가 사라진다. 동시에 여러 가지 기억들도. 군데군데 구멍이 나 있고, 토막이 나 있어서 도저히 흐름을 알 수 없지만. 마치 어제 겪은 일처럼 생생한 것들이었다.

즐겁고, 행복하고, 애틋했다가, 우울해지고, 슬퍼지다가, 끝내 비장해지는…… 뭐, 꼭 슬픈 영화를 본 것 같은 기분.

하지만 그런 혼재된 기억들은 금세 흐려졌다. 아무리 선명하게 꾸던 꿈이라도 눈을 뜨면 갑자기 기억이 나지 않는 것처럼. 그 광경들도 모두 파도에 쓸려 가는 모래성처럼 덧없이 사라졌다.

"……뭐지?"

나는 관자놀이를 꾹꾹 누르면서 눈을 떴다. 반듯하게 놓인 책상과 침 자국이 가득한 책들이 보였다. 옆에는 펜이 아무렇게나 뒹굴고 있는 노트가 하나. 밤새 공부를 하다가 나도 모르게 잠이 들었던 모양이었다.

대체 사라진 기억들은 무엇이었을까.

분명히 중요했던 것 같은데. 도저히 기억이 나지 않는다. 그래도 어떻게든 떠올리려 하면 떠오를 것 같아 인상을 찡그리면서 되짚어 보려는데.

삐비빅. 삐빅.

다시 알람 시계가 요란하게 울리면서 정신을 현실 세계로 끌어당겼다. 더불어서 머릿속을 꾹꾹 누르던 두통도 거짓말처럼 씻겨 내려갔다.

아니.

정확하게는 그런 걸 의식할 새도 없었다.

[07:32]

"……엿 됐다."

등교 시각은 오전 8시.

지각이었다.

나는 서둘러 자리에서 일어났다.

이미 꿈속의 혼탁한 기억 따윈 머릿속에 남아 있지 않았다.

*　　　*　　　*

"후! 겨우 살았다."

"뭐야, 너? 살아남았어?"

"당연하지. 흐흐. 날 뭘로 보고?"

"젠장. 이젠 대놓고 사람 차별이네. 공부 못하면 서럽지, 서러워."

온통 소란스럽기만 한 고등학교 교실 안.

땀내 풀풀 나는 징그러운 남자 새끼들만 가득한 남고라서 그런지, 오늘도 교실은 시끄럽고 소란스러웠다.

우당탕탕. 한쪽에서는 말뚝박기를 하고 있었는지, 뚱땡이가 하늘을 날다가 미끄러지고 말았다. 덕분에 옆에 있던 책상이며 의자들이 줄줄이 도미노처럼 넘어갔다.

졸지에 서랍에 넣어 둔 책과 과자를 바닥에 죄다 떨어뜨리고 만 아이들은 욕을 해 대면서 뚱땡이를 발로 지근지근 밟고 있었다.

그야말로 혼돈만 가득한 짐승들의 소굴.

젠장.

이딴 곳에 다시 오게 될 줄이야. 그래도 오랜만에 와서 반갑기도 하고 즐겁기도 했었는데. 그런 추억들이 단박에 날아가는 기분이었다. 피만 끓는 이 짐승 새끼들을 대체 어떻게 하면 좋겠니.

……응?

오랜만?

어제도 왔었던 교실인데 무슨 생각을 하는 건지. 나는 검지로 관자놀이를 꾹꾹 누르면서 다시 떠오르는 이상한 기분을 지웠다. 이게 전부 다 아침에 있었던 편두통 때문이었다.

"왜 그래? 머리 아파?"

친구 녀석이 조금 걱정하는 얼굴로 물었다. 방금 전까지 같이 즐겁게 농담 따 먹기를 하던 녀석. 고1 때부터 3년 내내 같은 반을 하면서 친해진 친구였다. 이름이…… 어? 뭐였더라?

"너 보건실 안 가도……."

"괜찮아. 괜찮아. 그리고 형한테는 말하지 마. 또 옆에서 잔소리나 해 댈 거 같으니까."

나는 재빨리 손사래를 쳤다.

어렸을 때부터 잔병치레를 많이 했던 나는 몸살로 고생할 때가 많았다.

지금은 그래도 몸이 많이 나아지면서 이따금 편두통을 앓는 게 전부였지만. 그래도 집안 내력 때문에 몸조심을 하는 편이었다.

어머니도 많이 편찮으셨으니까. 의사들은 늘 우리 모자지간이 겪는 증세가 현대 의학으로 진단하기 힘든 희귀병이라고 했다. 학회에 따로 보고를 해야 할 정도라나? 덕분에 나온 소정의 보상으로 어머니의 병원비를 마련하고는 있었지만, 그래도 참 거지 같은 병이었다.

"그래도 연우한테는 말하는 게……."

"됐다니까. 내 몸은 내가 더 잘 알아. 이건 좀만 참으면 돼. 그리고 교문 앞에서 빠따 맞고 있을 놈 데리고 오면 나만 욕 처먹을걸?"

툭 하면 비실대는 나와 다르게, 형은 아주 건강했다. 태어난 형질이 똑같다는 일란성 쌍둥이 형제이면서도, 별다른 희귀 증상도 없이 운동도 곧잘 했으니까. 싸움도 죽어라 해 댔고.

덕분에 문제아로 낙인찍혀서 매번 선생님들한테 맴매 신세(?)를 면치 못했지만.

우등생으로 분류되는 나와 성격이 너무 달라서, 우리 형제는 학교에서도 제법 유명했다.

지금도 마찬가지.

허겁지겁 뛰어온다고 왔는데도 10분을 넘게 지각한 나는 선생님들의 따스한 배려(?)로 어물쩍 넘어갈 수 있었지만.

나보다 5분 더 늦게 도착한 형은 그런 배려는커녕, 얄짤 없이 교문 앞에서 엎드려뻗쳐 자세로 학생 주임에게 몽둥이찜질을 당하고 있는 중이었다.

아마 모르긴 몰라도, 열심히 두들겨 맞으면서 잔뜩 이를 갈고 있을 게 분명했다.

지각인 걸 알면서도, 방에서 늘어지게 자고 있던 걸 보고 몰래 나왔었거든.

오늘 하루는 형을 피해 몰래 도망쳐 다닐 생각이었다.

그러게 누가 어제 냉장고에 남겨 뒀던 내 망고 젤리 허락 없이 먹어 치우랬나?

복수를 하니 속이 다 시원했다.

뭐, 쪼에에금 소심한 복수이긴 했지만.

그래도 어쩌겠냐고.

힘으로 안 되면 이렇게라도 해야지.

"뭐, 그렇다면 다행이고. 하여간 못 참겠으면 바로 이야기해. 저번처럼 또 참다가 픽 쓰러지지 말고. 씨발. 연우한테 하도 뒤통수 맞아서 이제 뒤가 납작하다고."

친구 녀석은 그렇게 투덜거리면서 고개를 절레절레 흔들었다. 그러고 보니 이 녀석도 우리 형의 인성질에 툭 하면 당하는 피해자였지.

안타까웠다.

좀 잘 챙겨 줘야겠다.

"우리 형이 좀 그렇긴 해. 그치?"

"너네 형제들, 둘 다 똑같거든?"

친구 녀석은 내가 아무렇게나 둘러댄 말에 인상을 팍 찡그렸다. 그 말에 나도 같이 정색했다.

아무리 그래도 내가 형보단 낫지.

아니지. 비교할 게 아니지.

어떻게 비교를 해도 그런 인성 파탄자랑 비교를 하나?

"형이란 놈은 심심하면 통수 치고, 동생이란 놈은 매번 주둥이로 사람 기만하고. 차이가 뭐냐?"

"잘생긴 거? 내가 더 낫잖아?"

이래 봬도 남고에 있으면서도 옆 동네 여고생들한테 고백도 몇 번 받아 본 몸이다, 이거야.

"이 개새······! 어휴! 말을 말자."

친구 녀석은 한숨을 푹 내쉬었다. 때마침 1교시를 알리는 종소리가 울리고 있었다.

이렇게 매번 툴툴대면서도 우리 형제를 가장 옆에서 잘 챙겨 주는 고마운 놈이었다.

츤데레 같으니.

꼭 헤노바 같단 말이야.

······헤노바? 또 갑자기 이상한 이름이 떠올랐다. 뭔가 그리운 이름인 것 같은데. 전혀 기억이 나지 않는다. 왜 그럴까. 무슨 철학자 이름이었나?

어느새 자기 자리로 돌아가 앉는 친구 녀석을 보면서 생각했다.

그런데.

정말, 쟤 이름이 뭐였지?

*   *   *

[우리 못난 인성 파탄자] 개새끼야. 넌 뒤진다. 진짜.

[나] 뿌잉?

[우리 못난 인성 파탄자] 좀 깨워 주고 가면 덧나냐?

[나] 잉잉?

[우리 못난 인성 파탄자] 씨발.

[나] 뀨잉?

[우리 못난 인성 파탄자] 치워라. 욕 처먹기 전에.

[나] 뀨잉 뀨잉?

[우리 못난 인성 파탄자] 이상한 거 쓰지 말라고.

[나] (두 손 모아 간절히 바라보는 고양이 이모티콘)

[우리 못난 인성 파탄자] 오늘 진짜 참교육 좀 하자.

[나] 뀨우우?

[우리 못난 인성 파탄자] 으아아아%T$@#!@#

"하여간. 진짜 말싸움 못 한다니까."

나는 욕설로 도배되다시피 하는 채팅 앱을 보면서 피식 웃었다. 메시지가 계속 올라가는 걸 보니 화가 나도 단단히 난 모양이었다. 숫자 1은 계속 사라지는데 답장도 하지 않으니 아마 지금쯤 속이 답답해서 견딜 수 없을 테지.

"으아암."

하품이 가볍게 나올 정도로 수업 시간은 지루했다.

으레 그렇듯이 고3 수험생의 수업 내용은 이미 다들 학습해 둔 것들투성이였다. 수업도 내신을 위해서 가끔 할 뿐이지, 그마저도 수능이 다가오는 지금은 대부분 자습으로 채워지고 있었다.

선생님도 학생들이 대놓고 다른 문제집을 꺼내 놓고 공부를 하는 것에 대해 터치를 일절 하지 않는 중이었다.

덕분에 나는 편하게 휴대폰을 만지고 있었다. 물론, 선생님의 눈에 너무 띄면 바로 압수였지만. 그것도 적당히 핑계를 대면 금방 돌려주시곤 했다.

이래서 모범생이란 신분이 중요하단 말이지. 사회생활을 어떻게 하면 좋을지 벌써부터 이 작은 사회에서 체득하고 있는 셈이었다.

나도 다른 친구들처럼 문제집을 꺼내서 공부라도 할까 싶었지만. 이상하게 별 감흥이 들지 않았다.

오늘 아침부터 계속 이랬다.

무언가 놓치고 있는 듯한 기분.

대체 뭘 놓치고 있는 걸까?

중요한 게 있었던 것 같은데…….

하지만 아무리 기억을 되짚어 봐도 이렇다 하게 떠오르는 게 없었다.

그래서 그런지 하루 종일 멍하니 앉아서 휴대폰만 만지작거리고 있었다.

기분도 싱숭생숭하고, 여태 공부도 많이 했으니. 오늘 하루는 조금 농땡이를 피워도 괜찮지 않을까 하는 안일한 생각을 하면서.

물론, 점심시간이 끝나고 나면 머릿속을 비우고 다시 펜을 들 생각이었지만.

웅, 우웅—

그때, 손에 쥐고 있던 스마트폰이 갑자기 울어 댔다. 게임이나 하나 다운받을까 싶어서 만지던 차였는데.

(광고) 오벨리스크의 끝에 오르면 소원을 이룰 수 있습니다.

참여하시겠습니까?

YES or No?

"또 이거네."

하루가 멀다 하고 찾아오는 스팸 문자였다.

매번 차단을 하는데도 불구하고 전화번호를 바꿔서 오는 게 짜증이 났었는데. 한 달이 넘도록 같은 시간에, 같은 내용으로, 꼬박꼬박 찾아오니 이제는 신기할 지경이었다.

'오벨리스크.'

신에 대한 찬사나 승전의 내용을 기록하는 기념비.

다만, 여기서는 어떤 의미의 '탑'을 말하는 것 같았다.

전형적인 게임 광고인데.

문제는 'Yes or No'라고 적힌 부분에도, 다른 어디에도 따로 링크가 되어 있지 않다는 점이었다.

심심해서 한번 플레이를 해 보려 마음을 먹어도 다운을 받을 수 있는 버튼이 딱히 없다. 대체 하라는 건지, 말라는 건지.

도무지 영문을 알 수가 없는 문자였다.

웅, 우웅—

때마침 스마트폰이 한 번 더 울렸다. 이번에도 문자였다. 그러다 발신자의 이름을 보고 인상이 딱딱하게 굳었다.

아버지

나는 문자 내용을 제대로 확인하지도 않고 곧바로 삭제했다. 보지 않아도 어차피 내용이야 뻔했다.

게다가 이 사람과 연락을 하고 있는 사실을 형한테 들키기라도 하는 날에는…… 사달이 나도 단단히 날 게 분명했다.

평상시 내가 짓궂은 장난을 쳐서 화를 내는 형과 정말 화가 단단히 난 형은 차이가 엄청 컸으니까.

그때는 너무 싸늘해져서 딴사람처럼 느껴질 정도였다. 그리고 그 뒤에 벌어질 일이 어떨지는 보지 않아도 훤했다. 괜히 그 꼴을 보고 싶지 않았다.

결국 아무것도 할 게 없나.

쓸데없이 SNS까지 전부 뒤적거리고 나니 정말 더 이상할 게 없었다.

그래도 여전히 마음은 싱숭생숭했지만. 오전보다는 낫다 싶어 스마트폰을 놓고 다시 펜을 들었다.

뭘 하더라도 난 공부를 해야만 했다.

내신도 수능도 포기할 수 없었다. 4년 특례 장학금으로 명문대에 입학하는 것. 그래서 곧바로 군 복무 대신에 방위산업체에 들어가서 돈을 벌어 집에다 가져다주고, 병역 기간이 끝나면 스트레이트로 졸업해서 대기업에 입사하는 것.

내가 꿈꾸는 미래였다. 편찮으신 어머니를 돌봐 드리고, 집안까지 일으키는 게 내 꿈이었다. 거기 어디에도 휴식은 없었다.

그래서 마음을 다잡고, 다시 문제집을 풀어 나가려 하는데.

다시 스마트폰이 울렸다.

문자나 채팅이겠거니 싶어 아예 전원을 끄려는데, 전화였다.

화면에 적힌 발신자의 이름을 본 순간. 나도 모르게 가슴이 철렁이고 말았다.

병원

*　　　*　　　*

"병환이 차차 나아지는가 싶던 차에 이런 일이 갑자기 발생해서…… 하아. 그래도 일단 급한 불은 껐으니 차차 경과를 지켜보도록 합시다."

담당의가 간 뒤, 나는 멍하니 어머니를 바라봐야만 했다.

뚜—

뚜—

산소마스크에 의지한 채 가쁘게 숨을 쉬는 어머니. 어제까지만 해도 즐겁게 이야기를 하시던 분이 맞나 싶을 정도로, 큰 홍역을 치른 단 몇 시간 사이에 초췌해져 계셨다.

"나 잠시만 바람 좀 쐬고 올게."

나는 형의 대답도 듣지 않고, 비틀거리는 발걸음으로 병실에서 나와 벽에다 등을 기댔다.

몸에서 힘이 쭉 빠지는 기분이었다. 아침부터 지금까지, 왜 이렇게 어지럽기만 한 걸까.

웅, 우웅—

그때. 다시 뒷주머니가 울렸다. 나도 모르게 멍하니 스마트폰을 꺼내 손에 쥐었다.

(광고) 오벨리스크의 끝에 오르면 소원을 이룰 수 있습니다.

참여하시겠습니까?

YES or No?

언제나 보던 스팸 문자인데도 불구하고.

평소 오던 시각과 다르게 도착한 문자를 보니, 오늘따라 유달리 자꾸만 눈에 들어왔다.

특히 한 단어가 눈에 밟혔다.

소원.

이게 단순한 게임 광고가 아닌, 정말 영화나 소설책에 등장하는 그런 것이라면 좋을 텐데.

그래서 정말 소원을 이룰 수 있다면. 저 정체도 알 수 없는 어머니의 병을 낫게만 할 수 있다면. 더 바랄 것도 없을 것 같은데.

나는 멍하니 문자를 보다가 엄지로 화면을 두들겼다. 이렇게라도 하면 속이 좀 진정될까 싶어서.

그때, 한순간 'Yes or No' 부분이 푸른색으로 변했다. 링크가 걸린 것이다.

나는.

어느새 나도 모르게 'Yes' 버튼을 누르고 있었다.

　　[오벨리스크에 접속하셨습니다.]
　　[플레이어의 개인 정보를 확인합니다. 잠시만 기다려 주십시오.]

"……이게 뭐야?"

시야가 잠깐 어지러워진다 싶더니 나타난 세상.

나는 여기가 어디인지 모르고 잠시간 멍하니 있어야만 했다.

분명 방금 전까지 내가 있었던 곳은 새하얀 벽으로 가득한 병원 복도였을 텐데.

지금 여긴 온통 시커먼 벽돌로 이뤄진 밀실이었다. 천장에 박힌 돌의 발광(發光)으로 겨우 내부를 확인할 수 있는 협소한 크기의 밀실.

게다가 내 눈앞에는 이상한 홀로그램 같은 것이 둥둥 떠 있었다.

오벨리스크?

플레이어의 개인 정보?

하나같이 도통 알아들을 수가 없는 말들이었다. 영화에서나 나올 것 같은 광경.

병증이 심해지다 못해 이제는 환각까지 보이는 걸까.

"누구 없어요? 누구 없냐구요?"

없냐구요…… 냐구요…… 구요…… 요…….

내가 크게 낸 목소리는 벽돌에 이리저리 부딪치면서 메아리를 요란스럽게 만들어 냈다.

그제야 정신이 퍼뜩 들었다.

이건 둘 중에 하나였다.

내가 정말 미쳤거나.

아니면.

"……현실이든가."

우리 못난 인성 파탄자 형이라면 여기가 어디냐면서 길길이 날뛰었겠지만.

나는 일단 마음을 차분하게 가라앉히면서 냉정하게 상황

을 판단하고자 했다.

사실 두 가지 가정 중에서 더 현실적인 판단은 전자였다.

내가 가진 희귀병은 아직 의사들도 제대로 판별하기 어렵다고 할 정도였으니, 그 증상에 뒤늦게 환각이 뒤따른다고 해서 이상할 건 하나도 없었다.

어머니께서 갑자기 쓰러지신 스트레스로 뇌에 어떤 영향이 미쳤어도 이상하지 않을 테니까.

그러니 만약 이게 진짜 환각이라면, 당장 내가 어떻게 할 수 있는 게 아니었다.

외부에서 내 증상을 판단하고 어떻게 치료를 해 줄 때까지는.

하지만.

이게 환각이 아닌 현실이라면.

정말, 만약에라도, 말도 안 되는 소리이지만, 어디 TV 영화나 소설 속 내용처럼, 내가 휴대폰을 붙들면서 간절히 바랐던 것처럼, 신적인 어떤 존재가 내 소원을 듣고 무언가를 들어준 것이라면.

그렇다면 어쩔 텐가.

"일단은 해 보자."

결국 나는 이 현실 같은 환각에 순응해 보자는 생각이 들었다. 정말 환각이라면 여기에 적응해서 해결할 방법을 모색해야 하고, 현실이라면 다시 어머니와 형이 있는 곳으로 되돌아가야 했으니.

　그때.

　　[플레이어의 정보 확인이 모두 끝났습니다.]
　　[플레이어: 차정우]
　　[접속을 계속하시겠습니까?]

　홀로그램 속에 적힌 글자들이 바뀌더니 새로운 내용을 출력했다. 어떻게 보면 안내 문구 같기도, 게임 속에서 흔히 볼 수 있을 메시지 같아 보이기도 했다.

　일단 고개를 끄덕였다.

　　[접속을 승인하셨습니다.]
　　[지금부터 플레이어로서의 각성을 준비합니다. 당신은 현재 타 플레이어들과 다르게 '미래의 초대장'을 받고 입장한 플레이어입니다. 수준 차이의 극복을 위해서 아주 잠깐 안내를 진행하겠습니다.]
　　[우선 원활한 진행을 위해서 아래 목록에서 원하시는 무기를 한 가지 선택하세요.]

[목록]

1. 도검류

—롱소드

—쇼트 소드

—사브르

……

2. 단검류

3. 창류

4. 타격류

5. 투척류

6. 그 외

목록은 총 6개의 카테고리로 이뤄져 있었다.

그리고 각 카테고리 안에는 수십 개의 무기 목록이 적혀 있었다. 도검류 카테고리 안에는 롱소드, 쇼트 소드, 사브르 따위가, 단검류 안에는 안테니 대거, 배즐러드, 더크 같은 것들이 적혀 있었다.

역시나 하나같이 게임에서나 볼 수 있던 것들이었다.

혹시나 하는 생각에 가장 위 칸에 있던 것을 손으로 눌러 보았다.

[롱소드]

칼끝이 뾰족하고 날이 곧은 장검. 가장 기초적인
무기다.

**전체 길이 90센티미터, 폭 3센티미터, 무게 2킬
로그램.

['롱소드'를 선택하시겠습니까?]

[주의! 한번 선택한 무기는 반납이 불가능하며,
다른 무기를 선택할 수도 없습니다.]

[계속 진행하시겠습니까?]

나는 재빨리 홀로그램에서 손을 뗐다. 그러자 롱소드를
선택하겠냐던 안내 메시지도 저절로 사라졌다.

'여기서 선택을 잘해야 해.'

이게 정말 현실이라면, 만전을 기해야만 했다. 이 뒤
에 무슨 일이 벌어질지 모르니까. 광고 문자를 떡하니 보
내 놓고서 'Yes'를 누르자마자 이상한 밀실에다 던져두는
곳이다. 절대 정상적이라고 할 수 없었다. 아마 모르긴 몰
라도 지금 선택한 무기는 '생존'과 가장 직결될 가능성이
컸다.

그래서 나는 카테고리 목록에 있는 수백 종의 무기들을

꼼꼼하게 체크했다.

중세 시대에서나 사용할 것 같은 무기들투성이었지만, 그중에는 의아하다 싶은 것도 있었다.

[수정구]
마법 시전을 원활하게 도와주는 아티팩트. 백색
성질을 띤다.

'수정구? 마법?'

마법이란 게 있다고? 하지만 생각해 보면 전혀 이상할 게 없었다. 문자로 사람을 소환하는 곳인데 마법이라고 없을까. 물론, 이것도 어디까지나 이곳이 현실이라는 가정하에서 할 수 있는 생각이었지만.

그렇게 얼마나 지났을까.

[초대된 플레이어들 중 가장 오랜 시간 동안 목록
을 확인하고 있습니다.]
[신중한 성격은 탑을 오르는 데 큰 도움이 될 수
있습니다. 업적에 기록됩니다.]
[특성 '사색가'를 획득했습니다.]

[어떤 신이 당신을 호기심 어린 눈으로 바라봅니다.]

특성? 신? 메시지는 또 알 수 없는 말을 실컷 떠들어 댔다. 하지만 그게 무슨 말인지 도통 이해가 되질 않았다.

나중에 사람을 만날 수 있으면 물어봐야겠다고 생각하면서 오랜 고민 끝에 결정을 내렸다.

['스큐툼'을 선택하였습니다.]

스큐툼.

달리 게임에서 '타워 실드'로 유명한 방패였다. 길이 2미터, 두께 80센티, 무게 15킬로그램. 중앙은 나무판자를 여러 겹으로 덧대고, 표면과 위아래 가장자리는 금속으로 압축 및 고정시켜 만들어졌다.

역사에서는 '걸어 다니는 거북이 등껍질'이라는 말이 있을 정도로, 오로지 방어에만 특화된 방패이기도 했다.

한국에서도 운동이라면 젬병이었던 내가 갑자기 이상한 무기를 쥔다고 한들, 어디 흔하게 보던 만화 속처럼 갑자기 각성을 할 수 있는 것도 아니었다.

이 밖에 어떤 위험이 도사리고 있는지 알 수 없는 이상, 내 몸을 보호하는 데 집중할 수밖에 없는 것이다.

그래서 처음에는 이보다 더 큰 방패를 할까도 싶었지만. 너무 무거우면 빠르게 움직여야 할 때 쓸모가 없어지기 때문에 이 정도로 선택한 거였다.

빛무리가 터지면서 갑작스레 내 앞에 나타난 스큐툼은 중앙에 요란한 문장이 박혀 있었다.

중앙에 십자가를 두고, 좌우로 날개가 활짝 펼쳐진 모습.

어디서 쓰이는 문장인지는 알 수 없었지만, 표면에 남은 갖가지 상처나 흔적들은 이름 모를 누군가의 깊은 시련에 이것이 함께했음을 말해 주었다.

스큐툼 안쪽에는 팔을 단단히 고정시킬 수 있는 혁대가 있었다. 왼팔을 가로로 넣어 단단히 고정시킨 뒤, 자세를 숙여 최대한 스큐툼 안쪽으로 숨으면서 천천히 발걸음을 옮겼다.

그그긍—

순간, 여태 꽉 막혀 있었던 한쪽 벽이 요란한 소리를 내면서 좌우로 열렸다.

그 너머에는 기다란 통로가 있었다.

이쪽보다 훨씬 밝은 빛이 앞을 훤히 비추고 있었지만, 이동하는 내내 발걸음은 조심스러웠다.

"오효오효. 오효효! 이것 참 너무 신중하다 못해 쫄보라고 해도 영 할 말이 없는 분이시로군요."

괴상한 웃음소리가 복도를 따라 쩌렁쩌렁하게 울렸다. 저벅저벅. 발걸음 소리가 점차 커지면서 이쪽으로 뭔가가 다가왔다.

방패 모서리 너머로 살짝 상대를 확인했다. 그러다 나도 모르게 가슴이 철렁하고 말았다.

'뭐야, 저건?'

1미터 50센티도 안 될 것 같은 작은 체구. 우둘투둘한 피부하며, 귓가까지 쭉 찢어진 끔찍한 입술. 뾰족한 송곳니. 괴물이라는 단어가 딱 어울리는 생명체였다.

그런데도 말끔하게 차려입은 턱시도나 한쪽 눈에 쓴 외눈 안경은 곧잘 어울려서 묘한 인상을 주고 있었다.

"그래도 '초대장'을 받고 오셨으면 탑으로부터 그만한 재능을 인정받았다는 뜻이실 텐데. 그렇게까지 너무 돌다리를 두들길 필요는 없답니다."

괴물은 외눈 안경을 고쳐 쓰면서 씩 입꼬리를 말아 올렸다. 제 딴에는 웃는답시고 웃는 것이겠지만, 내게는 너무 흉측해 보였다.

진짜 여기는 환각 세계인 걸까.

"초대장이라니? 그게 뭔데?"

지금 이 괴상망측한 곳에서 유일하게 만난 지성체는 저기 있는 괴물이 전부였다. 그렇다면 우선 여기가 어딘지부터 정확하게 판단해야만 했다.

"이런! 초대장을 기껏 받아 놓으셨으면서도, 그게 어떤 것인지 전혀 자각을 못 하고 계신다면 무용지물이 아닐는지요?"

"그러니까 그게 뭐냐고."

"이곳에 '접속' 하셨을 때. 받으셨던 것, 없으십니까?"

순간, 스마트폰에 생각이 미쳤다.

오벨리스크의 끝에 오르면 소원을 이룰 수 있다던 내용의 광고 문자.

"설마, 이거?"

뒷주머니에서 스마트폰을 꺼내 녀석에게 보였다.

괴물은 만족스럽게 웃으면서 크게 고개를 끄덕였다.

"보아하니 기계 문명이 발달된 곳에서 오신 모양이군요. 일단 그렇습니다."

['미래의 초대장'이 확인되었습니다.]

[관리자, '이블케'를 만나는 데 성공했습니다.]

[특전이 제공됩니다.]

이블케? 그게 저 괴물의 이름일까?

"플레이어 차정우 님에게 제공된 특전은…… 오효효! 신기한 것이로군요. '꿈을 꿈꾸는'이시라. 보통 나오기 힘든 것인데. 용케 얻으셨습니다."

[특전: 꿈을 꿈꾸는]
    플레이어가 원할 때마다 하루 2번에 한해서 오벨리스크로의 로그인과 로그아웃을 자유롭게 할 수 있다.
    ** '미래의 초대장'의 초대자의 경우, 특전을 포기할 시, 소정의 대가와 함께 새로운 특전이 제공됩니다.

이건 또 무슨 소리일까.

하나부터 열까지, 도통 알 수 없는 것들투성이었다.

"아무래도 궁금한 게 아주 많으신 눈치로군요. 혼란을 겪는 플레이어분들을 바른길로 안내해 드리는 것 또한 관리자로서의 의무. 궁금한 게 있으시면 기탄없이 물어보십시오. 권한이 닿는 한, 전부 설명해 드리겠습니다. 오효효!"

*   *   *

이블케의 설명은 아주 간단했다.

이곳은 탑이다.

여러 세계와 우주가 교차하는 지점에 위치한 외차원(外次元).

하루에도 수만 명씩 헤아릴 수도 없을 만큼 많은 지성체들이 방문하며, 오르길 갈망한다는 곳.

"탑? 대체 거기에 뭐가 있어서?"

"신(神)."

"신?"

"네. 신. 그 끝에 신이 되는 길이 있답니다."

"그게 뭔 개뼉다구 같은⋯⋯."

신? 그딴 게 있을 리가 있나. 있다면 우리 집안이 여태 그렇게 험한 꼴을 겪지도 않았겠지.

"오효효! 믿고 안 믿고는 차정우 님의 마음이지요. 사실 신이니 악마니 하는 초월을 이룬 것들도 다 허상이 빚어낸 단면들일 뿐이니까 말이지요. 아, 이런 말을 하니 따가운 눈총을 보내는 분들이 계시는군요. 참으로 다들 할 일도 없으시단 말이지요."

이블케는 아무것도 없는 허공을 보면서 중얼거렸다. 마치 누군가가 자신을 바라보고 있는 것처럼. 미친놈인 것 같았다. 슬쩍 녀석과 거리를 벌리면서 고민했다. 정말 이 괴물을 믿어도 되는 걸까.

"하여간. 그런 말을 믿기 힘들다고 하신다면…… 어디 보자. 그래. 이렇게 받아들이면 되실 겁니다. 그 끝에는 '소망'이 있습니다."

"무슨……."

"무엇이든지 이룰 수 있는 소망 말입니다. 거기 초대장에도 적혀 있지 않던가요?"

다시 스마트폰을 확인했다.

오벨리스크의 끝에 오르면 소원을 이룰 수 있습니다.

나를 이곳으로 불러들인 한 단어.

소원.

"무엇이든지?"

녀석을 보면서 물었다.

이블케는 웃는 낯 그대로 크게 고개를 주억거렸다.

"무엇이든지."

"불가능한 건 없고?"

"자기들을 가리켜 신이니 악마니 하는 것들이 날뛰는 괴상한 곳입니다. 그런 게 있을 리가요. 그리고 영 못 미더우시다면…… 직접 확인해 보는 것도 괜찮지 않으시겠습니까?"

두근.

확인이라.

그래. 그것도 나쁘지 않겠지.

"이제 어떻게 하면 되지?"

"이 통로를 지나, 목적지까지 도착하시면 됩니다."

이블케는 옆으로 물러나면서 뒤쪽에 나 있는 복도를 손으로 가리켰다.

불이 꺼지고, 어둠이 찾아왔다.

마치 날 집어삼키려는 괴물의 아가리 속처럼. 무섭고, 음험했다.

보통 때였다면 두려운 나머지 뒷걸음질을 쳤을 테지만.

나는 이를 악물었다.

무엇이든지 이룰 수 있는 소원이 정말 저 끝에 있다면. 편찮으신 어머니가 웃으시는 걸 다시 볼 수 있을지도 몰랐다.

그리고 그런 생각도 들었다.

만약 형이었다면?

이런 기회가 주어졌을 때 어떻게 했을까.

당연히 물어보지 않아도, 불에 보듯 뻔했다.

뒤도 돌아보지 않고 머리부터 들이밀었겠지.

저벅—

그렇게.

나는 어둠 속으로 첫걸음을 내디뎠다. 큰 방패에 잔뜩 의
지한 채로.

그리고 그 날.
나는 한 번 죽고 말았다.

*　　　*　　　*

삐비빅, 삐빅—

요란하게 울리는 알람 시계 소리에 눈을 떴다.

눈에 보이는 건, 침 자국이 가득한 책과 펜. 공부를 하다
가 나도 모르게 잠이 들었던 모양이었다.

바늘로 쿡쿡 쑤시는 것처럼 머리가 아파도 너무 아팠다.
정신도 멍했다.

이상한 꿈을 꾼 기분.

대체 무슨 꿈을 꾼 걸까. 화살이 수없이 날아오던 것만
기억났다. 살 떨리는 공포에 지금까지도 머리끝이 쭈뼛 서
는 것 같았지만, 그런 여운도 금세 사라져 버렸다.

이상한 친구들도 제법 사귀었던 것 같았는데. 키가 3미
터는 될 거인 친구나, 자기를 마녀라고 밝힌 예쁜 여자애
나.

'이전'에도 비슷한 꿈을 몇 번씩 꿨었던 듯한데. 잘 기억이 나질 않았다.

난.

대체 무슨 꿈을 꿨던 걸까?

나도 모르는 사이에.

꿈은 몇 번씩이나 반복되고 있었다.

*   *   *

"친구. 너무 멍하다. 멍청해 보인다."

갑자기 불쑥 튀어나온 얼굴 때문에 정신이 확 깼다.

"깜짝이야! 야, 좀 깜빡이 켜고 들어오라고."

"친구 얼굴, 너무 웃긴다."

"야. 네가 할 말은 아니거든?"

"내가 할 말, 맞다."

"이 새끼 보소?"

난 순간 울컥한 나머지 반발을 하려다가, 바로 뒤늦게 든 생각에 주춤거렸다.

그동안 이 녀석이 순박하게 나에게 잘해 주긴 했다지만. 일단 피지컬부터가 너무 범접하기 힘든 녀석이었다.

대충 위아래로 봐도 3미터에 다다를 것 같은 무지막지한 체구. 관리자인 이블케 정도는 한 손으로 찍어 누를 수 있을 것 같은 근육. 무엇보다 험상궂은 얼굴까지. 하나하나가 도저히 옆에 다가가기 힘든 포스를 줄줄 풍겨 대고 있었다.

발데비히.

녀석은 자신을 멸종된 옛 거인족의 후예라고 했다. 반거인이라나? 하지만 거인족의 핏줄이 너무 많이 희미해져서 인간도 거인도 아닌 애매한 입장이라면서 농담을 하기도 했다.

누가 그렇게 말한다면 우습지도 않은 농담이라고 그냥 코웃음을 치면서 넘겼을 테지만.

짧지만, 이곳에 머문 요 며칠 동안 '탑'이라는 세계가 얼마나 말도 안 되는 곳인지를 잘 알았기에. 그 말이 농담이 아닌 진실이라는 것쯤은 쉽게 알 수 있었다.

발데비히와 만나게 된 건 정말 우연이었다.

A구획의 임무는 쇠 화살이 잔뜩 쏟아지는 통로를 통과하는 것.

평생 방구석에서 공부만 했던 나로서는 너무 살벌하기만 한 장소였다.

이 세계가 반쯤 환각일지도 모른다는 생각을 하고 있다지만. 그래도 이렇게 모든 감각이 생생하니 가슴이 철렁이는 것까지 막을 수 없었다.

게다가 만약 이게 '진짜' 현실이라면? 한 대라도 잘못 맞았다가는 그대로 저승행이었다.

그래서 그냥 특전인지 뭔지를 써서 탑을 떠날까 하는 생각도 들었었지만.

차마 발걸음은 떼어지지 않았다.

이블케가 호언장담했던 말이 계속 귓가를 맴돌아서였다.

탑의 끝에는 소망이 있다.

소망.

초췌해지신 어머니의 모습이 자꾸만 눈가에 아른거렸던 것이다.

어린 시절 우리 형제들에게 밝은 미소를 지어 주시고, 넓은 품으로 안아 주시던 그 모습을 다시 보고 싶다는 소망이. 자꾸만 마음속에서 울렁거렸다.

'그래. 일단 해 보자.'

그래서 마음을 다잡으면서 전진했다.

우선 내가 처음으로 선택한 무기는 스큐툼.

최대한 방패 뒤에 몸을 숨기면서 천천히 전진하면 어떻게든 될 거란 생각을 했다.

하지만 생각과 현실은 달랐다.

화살이 어디서 날아올지 전혀 종잡을 수가 없었다. 그냥

'휙' 하는 소리가 들리면 곧바로 '퍽' 하는 소리가 들리니. 그리고 그때마다 스큐툼은 부서질 듯이 크게 들썩였다. 이따금 균형을 잃을 뻔한 적도 많았고, 방패를 들고 있는 왼팔도 수시로 저렸다.

그러나 가장 큰 문제는 방향이었다.

정면이나 위아래에서 날아오는 화살이라면 어떻게든 스큐툼으로 막을 수 있었지만. 뒤쪽에서 절묘한 각도로 날아오는 건 어떻게 할 도리가 없었다.

결국 어느 정도 전진했을 즈음에 뒤쪽에서 화살이 날아들었고.

나는 전혀 눈치도 못 챈 사이에 왼쪽 정강이를 그대로 꿰뚫리고 말았다.

비명을 지르면서 쓰러졌다.

어떻게든 방패를 다시 세워서 몸을 보호해야 한다는 생각이 있었지만, 너무 고통스러워서 몸을 일으키기가 어려웠다.

그때 들었던 생각은 두 가지였다.

하나는 '나 여기서 죽나?' 였고.

다른 하나는 '이상하게 이게 왜 익숙하지?' 였다.

마치 꿈속에서 똑같은 경험을 한 것 같은 기묘한 데자뷔를 느꼈던 것이다.

그때는 분명히 화살 세례에 무참하게 꿰뚫려서 출혈 과다로 죽었었던 것 같은데.

그러다 눈을 뜨니 알람 시계가 울리는 현실이었고.

문제는 그런 현실을 '바로 이전'에 느꼈었던 것 같다는 생각이 들었다는 점이었다.

물론, 그런 주마등은 전부 헛것이었다.

죽기 직전에 구해 준 사람이 있었던 것이다. 발데비히였다.

그때 보았던 녀석의 모습은 아직도 잊을 수가 없었다. 자신도 큰 덩치 때문에 화살의 표적이 되면서도. 한 팔로 나를 들쳐 업고, 다른 한 팔로 큰 칼을 마구잡이로 휘둘러 대면서 입구 쪽으로 달려가던 모습을.

쩌렁쩌렁하게 울리던 함성은 내 가슴을 울렁이게 만들 정도였다. 내게는 둘도 없을 은인이었던 셈이었다.

그러면서도 정작 발데비히의 얼굴을 봤을 때에는 흠칫 놀라긴 했지만.

'그럼 그렇지' 하는 표정으로 씁쓸하게 돌아서는 녀석을 보고, 퍼뜩 정신을 차려 붙잡으면서 감사하다는 인사를 했다.

그리고 몇 마디 대화를 주고받으면서 발데비히가 인상만 그럴 뿐, 사실 속은 너무 순수하다는 것을 알 수 있었다.

지금은 녀석이 내뿜는 기백에 놀라 아무도 접근을 못 하고 있었지만, 아마 진짜 성격을 알고 나면 너도나도 등쳐

먹으려고 달려들 타입이었다.

이런 천연기념물은 보호가 필요하다. 세상이 얼마나 흉흉한데. 나라도 나서서 도와줘야지, 암.

그러고 보면 참 나보다 좋은 사람도 찾기 힘들단 말이야. 물론, 그 대가로 버스(?)를 좀 태워 달라고 할 생각이긴 했지만.

으흐흐!

"친구, 얼굴 음흉해 보인다."

발데비히가 눈을 가느다랗게 좁히면서 바라봤다.

나는 코웃음을 쳤다.

"헛소리는. 그나저나 어제 네가 말해 준 거 있잖아?"

"운기."

"어. 그거. 마력 운용이라고 했지? 그 뒤에는 어떻게 하는 거야?"

마력.

내가 살던 지구에서는 절대 느낄 수 없었던 형이상학적인 에너지. 하지만 이 탑에 들어온 플레이어들은 누구나 기본기로 수련하고 있었다.

그래서 입문이라도 하기 위해 발데비히에게 특훈을 받고 있는 중이었다. 그게 없으면 A구획은 절대 통과하지 못할 것 같았다.

하지만.

"안 된다."

발데비히는 고개를 가로저었다.

"왜?"

"친구, 아직 초보다. '축적'도, '운기'도 안 된다. 그런데
'발현' 단계를 가르쳐 주는 건 뱁새가 황새 쫓아가는⋯⋯."

"응? 되는데?"

"⋯⋯미친."

나는 손을 활짝 펼쳤다. 손바닥 위로 새하얀 아지랑이 같
은 것이 스멀스멀 올라오면서 꽈배기처럼 배배 꼬였다.

"친구, 나 속였다."

"뭘?"

"마력, 알고 있었다."

"아냐. 정말로. 몰랐다니까?"

"그런데 어떻게 이렇게 쉽게 하나?"

"내가 좀 뭐든지 잘하긴 해."

"⋯⋯."

발데비히는 미심쩍어하는 얼굴로 나를 빤히 쳐다봤다.

"야! 내 몸이 쓰레기라고 말한 건 너였거든?"

발데비히는 어제 자신이 했던 말이 떠올랐던지 입을 꾹
다물었다.

마력을 가르쳐 달라는 말에 손발을 이리저리 짚어 보더니 '친구, 몸 정말 쓰레기다. 이대로면 그냥 죽을 거다.' 라고 아무렇지 않게 말해 놓고서는. 그거 때문에 내 여린 마음이 얼마나 다쳤는지 아니?

그런데 이 마력이란 것도, 사실 우려했던 것과 다르게 한번 느끼기 시작하니 다루는 건 아주 쉬웠다. 느끼는 것도 하루만 투자하니 금방 되었고.

발데비히는 분명히 재능이 없으면 마력을 느끼는 데에만 꼬박 몇 년씩 걸릴지 모르고, 다루는 데에는 시간이 그보다 배는 필요로 할 거라고 했었는데.

이게 그렇게 어려운 건가?

발데비히는 여전히 내가 못 미더운지, 이것저것을 가르쳐 주었다.

마력 운용의 다음 단계인 발현부터, 부여, 안착, 조작, 강화, 성질 변환까지.

한 단계 한 단계 전부 재미있었다. 여태 모르고 있던 새로운 세계가 펼쳐진 것 같은 느낌. 나는 더 가르쳐 달라고 계속 발데비히를 졸라 댔다.

그러다 보니 단 하루 사이에 마력의 기초 작용은 전부 습득할 수 있었다.

"……말도 안 된다. 이건. 여기까지 나도 10년 걸렸다.

그런데 친구, 하루 만에 해냈다.”

"말했잖아. 내가 좀 천재라고.”

콧대를 조금 세우면서 어깨를 으쓱거렸다.

발데비히가 그런 날 빤히 쳐다보면서 말했다.

"친구.”

"왜?”

"재수 없다.”

피식.

나도 웃으면서 대답해 주었다.

"알아. 나도.”

"……."

"근데 어쩌겠니? 내가 너무 잘 난 것을.”

"친구.”

"또 왜?”

"이걸로 좀 패도 되나?”

발데비히는 말없이 큰 칼을 높이 들었다.

*   *   *

언제부턴가 나와 발데비히는 튜토리얼에서 모르는 사람
이 없을 정도로 유명해졌다.

마력의 '마' 자도 모르는 등신과 할 줄 아는 건 칼 휘두르는 것밖에 없는 반거인 쪼다의 기묘한 조합. 남들 눈에는 덤 앤 더머로 보이려나?

매번 나는 앞서서 방패를 세우고, 발데비히는 뒤에서 우렁차게 칼을 휘둘러 화살을 쳐 내면서 길을 조금씩 길을 개척하고 있는 중이었다.

거북이걸음처럼 느리고, 실력 좋은 다른 플레이어들이 보기엔 비웃음만 날 진전이긴 했지만.

그래도 우리는 매번 시도할 때마다 착실하게 거리를 늘려 가고 있는 중이었다.

이번에는 중간 지대까지 가 보자며 의기투합을 하고 있던 중이었는데.

갑자기 우리 둘에게 처음으로 누군가가 말을 걸었다. 정말, 저어어엉말 예쁜 여자아이였다. TV속 아이돌 같은 내 또래의 아이.

"후훗. 너희들이 걔네들이니? 홀쭉이와 튼튼이."

"……."

"……."

뭐냐, 그 구린 작명은.

"마침 나도 파티를 구하고 있던 중이었는데. 보다시피 내가 가녀리기도, 예쁘기도 해서, 다들 음흉하게만 바라보지 뭐니? 할 줄 아는 건 마법밖엔 없긴 한데. 어때? 요 앞까지만 같이 손잡아 보는 건?"

애도 중증 환자네.

마음에 들어.

나는 발데비히와 말없이 눈빛을 주고받았다. 발데비히는 나더러 알아서 결정하라는 듯 눈짓을 했다.

언제부턴가 우리 파티의 의사 결정은 내가 내리고 있었다. 둔한 발데비히와 다르게 내가 그나마 조금 더 생각이나 판단력이 빠른 덕분이었다.

그렇지 않아도 A구획을 통과하려면 탐색이나 추적 같은 기초 마법이 필요했던 참이었다.

발데비히가 아무리 감각이 예민하다고 해도, 트랩을 전부 사전에 포착하는 데는 한계가 있었으니. 게다가 몇몇 트랩은 직접 마법을 날려서 부숴야 할 때도 있었다. 그런 면에서 보자면 마법사의 존재가 필요한 건 사실이었다.

문제는 얘가 믿을 수 있는 사람이냐는 건데.

그래도 일단 A구획을 통과할 때까지만 손을 잡고, 판단하는 것도 나쁘지는 않겠다 싶었다.

"나는 차정우, 애는 발데비히. 너는?"

"비에라 둔."

그녀가 화사하게 웃으면서 인사했다.

"최초이자 최후의 마녀야."

*   *   *

나, 발데비히, 비에라 듄.

이 셋으로 시작된 기묘한 조합은 의외로 손발이 잘 맞았다. 목표였던 중간 지대를 넘어, A구획을 곧바로 통과할 수 있었으니까. 그것도 비교적 수월하게.

비록 허수아비들이 가득한 보스룸을 통과할 때 많이 애를 먹긴 했지만.

그래도 그렇게 도착한 B구획은 우리에게 '할 수 있다'는 자신감을 던져 주었다. 임시 파티는 어느새 끈끈한 동료애로 묶여 있었다.

그리고.

나는 결정을 내렸다.

[특전 '꿈을 꿈꾸는'을 포기하시겠습니까?]

하루에 2번, 지구와 탑을 오고 갈 수 있게 해 주는 특전.

나는 그동안 낮에는 탑을, 밤에는 지구를 오고 갔었다. 두 세계의 시간 축이 다르기 때문에 가능한 생활이었다.

하지만 그래도 시간 소모가 아예 없는 건 아니었다. 지구에 있는 동안에도 튜토리얼 속 시간은 빠르게 소모되고 있었다.

이것을 놓친다면…… 영영 후회할지도 몰랐다.

형에게는 몇 번씩이나 말하고 싶었다.

내가 겪고 있는 상황들을.

이 말도 안 되는, 환상적인 이세계에서의 일을.

하지만 한편으로는 그런 생각도 들었다.

만약 이 일을 이야기한다면. 형이 직접 하겠다고 나설 게 너무 뻔했다. 매번 형에게만 위험을 맡길 수는 없는 노릇이었다.

그래서 결국.

[특전을 포기하셨습니다. 더 이상 로그인과 로그 아웃이 불가능합니다.]

[새로운 특전이 제공됩니다.]

나는 지구로 돌아갈 수 있는 길목을 완전히 차단해 버렸다.

'그러고 보니 내일이 수능이었는데. 다들 걱정하겠네.'

집에는 편지도 남기지 않았다. 괜히 걱정을 사고 싶지 않앴으니까. 그리고 이렇게 해야 나도 서둘러서 집으로 돌아갈 생각을 할 것 같았다.

[특전 '꿈을 그리는'을 획득했습니다.]

[특전: 꿈을 그리는]
플레이어가 원하는 세상을 꿈에서 그릴 수 있다.
과거, 현재, 미래를 가리지 않으며, 그곳에서 얻은 해답은 현실에서도 얻을 수 있다.
** '미래의 초대장'을 포기하면서 얻은 특전입니다. 다른 특전으로의 변경이 불가능합니다.

이전 특전과 다르게 무슨 내용인지 도저히 이해하기 힘든 내용이었지만, 이것만큼은 확실했다.

이제 배수진을 쳤다는 것.

원하는 것을 얻기 전까지는 지구로 돌아갈 수 없었다.

'소망.'

거기다 탑에는 엘릭서라는 신비의 묘약이 있다고 했다.

비록 탑의 끝에 오르지 못하더라도, 엘릭서만 손에 넣을 수 있다면 전부 끝나는 것이다.

나는 이곳에서 '만통'이라는 사기적인 내 특성과 재능을 확인했다. 지금은 비록 타 플레이어들보다 실력이 낮을지 몰라도, 얼마든지 위로 올라갈 자신이 있었다.

'반년.'

주먹을 꽉 쥐면서 다짐했다.

'그 안에 엘릭서를 구해 보고, 안 되면 돌아가자.'

그렇게 시간은.

흐르고 또 흘렀다.

단 세 명에서 시작했던 팀 아르티야는 9명, 그러다 12명으로 이뤄진 클랜이 되었다.

리언트.

바할.

아이테르.

베이럭.

레온하르트.

그 외에도 사디, 호스트, 쿤 흐르, 잔느까지.

창설된 지 1년도 되지 않아 거대 클랜으로 급부상을 하였고, 나는 랭킹 9위에 안착하는 기염을 토했다.

역대 최고로 빠른 성장을 이룬 케이스라나?

하지만 그러면 그럴수록 내 속은 자꾸만 타들어 갔다.

반년이면 될 줄 알았던 엘릭서는 도저히 행방을 찾을 수 없었다. 되돌아가려 해도 나를 따르는 동료들이 너무 많았다.

무엇보다.

주변에는 적이 많이 있었다.

이들을 뚫고, 과연 얼마나 올라갈 수 있을까?

언제부턴가.

가슴 한편에서는 나도 모르게 회의감이 들고 있었다.

결국 새로운 방법을 찾아야만 했다.

* * *

"그래서 뭐? 올포원에게로 가는 길을 열어 달라고?"

무왕은 어이가 없다는 표정으로 나를 바라보았다.

사실 무왕의 입장에서는 어이가 없을 수밖에 없었다.

친분이라고는 '왕의 연회'에서 스치듯이 몇 번 본 게 전부. 그러니 이렇게 다짜고짜 마을에 찾아온 것도 사실 상당한 무례였다. 이렇게 만나 준 것만 해도 그로서는 많이 참고 있는 것일 테지.

그런데 갑자기 올포원을 언급했으니 화가 날 수밖에 없을 것이다.

무왕이 올포원에 대해 얼마나 깊은 적개심을 지니고 있는지를, 잘 알고 있었으니까.

그리고 그건 나도 마찬가지였다.

올포원은 탑에 있던 모든 용종들을 말살시켰던 자.

나에겐 아버지나 다름없던 고룡 칼라투스가 그렇게 마지막까지 고통스러워했던 것도, 사실 올포원이 남긴 후유증 때문이었다. 지금은 다행히 자연의 품으로 돌아가셨다지만, 그래도 용의 신전에서 마지막으로 눈을 감던 모습은 아직도 머릿속에 선명했다.

"부탁드리겠습니다."

하지만 그건 그것이고, 이건 이것. 나로서는 반드시 올포원과 만날 필요가 있었다.

그는 수천 년 동안 77층에 박혀 절대 내려오지 않으며, 수많은 플레이어들의 장벽으로 군림해 왔다. 탑의 끝에 닿고자 하는 나의 소망을 꺾어 버린 것이다.

그렇다면 남은 건, 엘릭서밖에 없을 텐데.

문제는 엘릭서를 도저히 구할 수가 없다는 점이었다. 아홉 왕에 버금간다고 평가를 받아도, 아르티야가 8대 클랜과 자웅을 겨룰 만큼 성장한 상황에서도 엘릭서는 구하기 힘든 묘약이었다.

그 이유는 뒤늦게 알 수 있었다.

'올포원이 갖고 있기 때문이라고 했었지.'

어째서 그가 갖고 있는지는 몰랐다. 어쩌다 알아낸 단서도 그가 수백 년 전에 우연히 손에 넣었다는 내용이었을 뿐, 그사이에 사용했을지도 모르는 일이었다.

그래도 나로서는 그런 작은 단서마저도 아주 중요했기 때문에, 올포원을 만나기를 갈망할 수밖에 없었다.

하지만.

문제는 올포원을 만나기란 절대적으로 요원하다는 것.

내가 올포원을 본 건 딱 두 번밖에 없었다.

한 번은 거대 클랜들 간의 반목이 심해져 그레이트 워가 벌어지기 일보 직전, 갑자기 등장해서 상황을 마무리시켰던 때.

당시에는 너무나 압도적이라는 느낌만 받았을 뿐. 아직 용마안이 무르익기 전이었기 때문에 그가 얼마나 거대한지를 짐작하지 못했다.

하지만 그다음 차례에서는 달랐다.

오랜 추적 끝에, 영혼석을 몰래 손에 넣었을 때. 오만과 색욕의 돌은 마치 연리지처럼 하나의 세트로 묶여 있었다. 루시엘의 힘을 터득할 수 있을지도 모르겠다는 생각에 기쁨에 젖었는데, 공간을 가르며 그가 나타났었다.

그림자를 한껏 몸에 둘러, 자신의 형체를 제대로 드러내지 않은 모습을 하고서.

　—또, 너로구나.

　그것은 육성을 내지 않았다. 전혀 알 수 없는 언어. 남자
인지 여자인지, 아이인지 노인인지도 알기 힘들었다. 하지
만 이상하게도 무슨 말을 하는지 저절로 이해가 되었다.
　그런데 녀석은 나를 이미 너무 잘 알고 있는 듯했다.
　익숙하다는 듯이.

　—아홉 번이었나, 열 번이었나? 그동안 오지 않고
계속 되돌아가기에 이제는 여기까지 올 힘도 다 떨어
졌다고 생각했건만. 그래도 어떻게 오기는 왔구나. 하
지만. 그래. 이번에도 운(運)은 어긋났고, 명(命)은 짧
다. 전혀 달라지지 않았어. 몇 번이고 실패할 숙운(宿
運)이고, 앞으로도 몇 번은 더 실패를 겪어야겠구나.

　녀석은 도통 알 수 없는 말만 실컷 떠들어 댔었다. 하지
만 내용만 들어서는 분명 불쾌한 내용이었다.
　실패. 혹은 운명. 이런 말은 내가 가장 싫어하는 단어였
으니까.

그래서 짜증이 났었지만, 차마 따지지는 못했다.

용마안 속에 비친 올포원의 '존재'는 어떻게 말로 표현할 수 없을 정도로 거대했으니까.

고룡 칼라투스보다 더 크고, 튜토리얼 때부터 내게 따스한 축복을 내려 주던 이름 모를 신보다도 웅장하며, 늘 쓸데없이 속삭여 대던 악마 아가레스보다도 화려하던 영압(靈壓).

스테이지를 가득 채우다 못해, 조금만 힘만 주면 그대로 가볍게 층 자체를 으스러뜨릴 수 있을 것 같은 어마어마한 열량을 품은 영력(靈力).

그리고 하늘과 땅 사이에 오롯이 자신만이 존재하는 듯한 고고한 영격(靈格).

그는 정말 '같은' 필멸자가 맞나 싶을 정도로 커도 너무 컸다.

그렇게 많은 신과 악마들을 만나 본 건 아니었지만, 단언컨대 어느 누구도 그와 비교할 바가 아니었다.

세상이 그였고, 그가 세상이었다.

탑을 둘러싼 모든 법칙이 그를 중심으로 운행되고 있었다.

마치 빛나는 항성을 따라 행성과 위성이 뱅글뱅글 돌 듯이. 세계의 중심축은 바로 그였다.

지식을 끝없이 탐구하여 세계의 모든 법칙을 제 것으로 삼고자 하던 모든 용종들의 열망을, 그가 이루고 있었던 것이다.

그제야 비로소 깨달을 수 있었다.

어째서 그 위대한 용종들이 그에게 별다른 해도 입히지 못하고 모두 쓰러졌는지를.

수천 년에 걸쳐 수많은 플레이어들이 어째서 77층의 위로 올라가지 못했으며.

98층에 억류된 신과 악마들이 어떻게든 빠져나오고자 하계에 힘을 투사했어도, 왜 결국 그에게 붙잡혀 찢겨 나갈 수밖에 없었는지를.

저런 존재가 중간에 떡 하니 존재한다면.

과연 누가 막을 수 있단 말인가?

그리고.

그런 거대한 존재감을 숨기고 있는 그림자 속에 가려진 눈동자가 나를 직시한 순간.

나는 마치 몸과 영혼이 전부 낱낱이 분해되는 듯한 느낌을 받아야만 했다.

—호오! 그래도 발전은 있었구나. 이제 나를 볼 정도는 되는 건가?

짙은 그림자와 안개 속에 숨겨진 '눈'은 분명히 웃고 있었다.

　—바른 눈은 갖고 있되, 제 길은 보지 못하는 소경. 참으로 슬픈 숙운이지. 그래서 꿈을 계속 꾸는 것일지도. 어둠에 가려진 길을 찾기 위해서 말이다. 하지만 불빛을 여전히 찾지 못하고 있구나. 안타까운 아이야.

올포원이 던졌던 말 중 '꿈'이라는 단어가 유독 마음에 걸렸다.

여태 해석하지 못해서 사용할 엄두를 내지 못했던 특전이 떠올랐다. 혹시 올포원은 그것을 엿본 걸까?

　—루시엘의 불이 너에게 길을 밝혀 줄 횃불이 되어야 할 텐데. 아직까지는 그저 헛된 바람에 힘없이 사라질 촛불일 뿐이니. 그것을 키워라. 어떻게든. 계속 같은 방식이면 다시 몇 번이고 이와 똑같이 찾아온다 한들, 다른 방법을 수없이 모색한다 한들, 결국 도돌이표일 것이다. 제자리걸음을 수도 없이 해 봤자, 너만 다칠 뿐이니.

올포원은 딱하다는 듯이 뒷말을 덧붙였다.

— '그분'의 빛이 너의 길을 밝혀 주시기를 비마.

올포원은 처음부터 끝까지 자기가 할 말만 떠들어 대고 훌쩍 사라졌다.

그때의 일은 여태 다른 누구에게도 언급하지 않고, 내내 마음속에만 묻어 두고 있었다.

그 말이 무슨 의미인지 정확하게 알기 위해서.

흔히 알려진 올포원의 3대 스킬은 축지, 불사, 천리안이었다.

하지만 고룡 칼라투스는 몇 가지를 추가로 더 말해 주었다.

'예지.'

단 한 번 본 것만으로도 대상의 미래뿐만 아니라, 현재와 과거까지 단번에 꿰뚫어 보는 권능.

그런 힘이 있는 자라면, 분명히 허튼소리는 하지 않았을 테니.

하지만 난 여전히 그게 무슨 의미인지를 알 수가 없었다.

그래서 묻고 싶었다.

엘릭서의 행방과 함께.

당신이 그때 주절거린 말의 의미가 무엇인지.

몇 번씩이나 실패한다고 했던 말은, 대체 어떤 의미인지.

하지만.

올포원이 거주한다는 77층은 내가 올라갈 방법이 없었다. 76층에 자리 잡은 레드 드래곤이 절대 길을 내어 주지 않았기 때문이었다.

여름여왕과 나쁘지 않은 사이라고 하지만, 그렇다고 좋은 관계도 아니었다. 만약 트라우마인 올포원을 건드린다면, 그녀는 주저 없이 브레스부터 쏘아 댈 것이다.

반면에 무왕은 다르다.

그는 77층, 아니, 정확하게는 올포원의 영토에 다다를 수 있는 우회로를 알고 있었다.

문제는.

"올포원이 어떤 존재인지는 알고 있나?"

무왕이 그렇게 해 줄 생각이 전혀 없어 보인다는 점이었다.

"알고 있습니다."

"아니. 넌 모른다. 놈이 어떤 존재인지."

"……."

"놈은 탑의 사도. 탑의 법칙, 그 자체다. 그걸 네가 감당할 수 있다고? 말도 안 되는 소리."

결국 이를 악물고 말았다.

"그럼 끝까지 열어 주실 마음이 없으십니까?"

무왕은 한쪽 입술 끝을 비틀면서 물었다.

"내가 왜? 그럴 의리도, 명분도 없는데? 귀찮게 왜 그래야 하지?"

"그럼……."

나는 등 뒤로 하늘 날개를 활짝 펼쳤다. 손에는 어느새 드래곤 슬레이어가 들려 있었다.

"힘으로 열게 하는 수밖에요."

*   *   *

"뭐야, 그 얼굴은?"

"몰라. 묻지 마."

레온하르트 녀석이 손으로 내 얼굴을 가리켰지만, 대충 손으로 가리면서 투덜거렸다.

빌어먹을 영감탱이. 아무리 그래도 그렇지 진짜 시작하자마자 눈탱이부터 날리냐. 덕분에 나는 한쪽 눈만 시퍼런 팬더 신세가 되어 클랜 하우스에 되돌아와야만 했다.

사실 이것도 무왕이 많이 봐준 거겠지만. 그래도 억울했다. 제기랄.

'뭔가 있긴 있는데.'

무왕과 올포원의 관계. 그게 뭔지는 알 수 없었지만, 결국 하나만큼은 확실해졌다.

내가 비집고 들어갈 힘은 없다는 것.

결국 하나밖에 없었다.

내 힘으로 계속 위로 올라가는 것.

그래서 올포원과 만나는 수밖에는.

그렇게 생각하니 벌써부터 머릿속이 어지러워졌다. 지금까지 달려온 시간만 해도 적지 않은데, 대체 앞으로 또 얼마나 많은 시간을 여기서 보내야 하는 걸까? 자식 걱정으로 어머니의 병증이 더 커진 건 아닌지 걱정이 되기도 했다. 형도 많이 걱정하고 있을 테고.

그렇다고 해서 지구로 되돌아갈 수도 없었다. 그랬다가는 자동적으로 '탈락'이라고 인식되어 두 번 다시 탑에 들어오지 못할 테니.

"참, 그리고 사디와 쿤 후르가 왔어."

클랜이 창설하고 가장 뒤늦게 참여했던 멤버들. 현재 아르티야는 많은 견제를 받고 있는 상황. 특히 나를 '포식'하고자 하는 식탐황제 때문에 혈국과 전쟁을 준비하는 중이었다.

이것을 타개하기 위해서 동맹군을 찾아 사절로서 각 거대 클랜을 방문하고 있는 중이었다.

이번에는 마군과 시의 바다에 들른다고 했었을 텐데.

마군은 몰라도 시의 바다는 가능성이 높다고 점치고 있었다.

하지만.

"빈손이야."

레온하르트는 쓸쓸하게 고개를 가로저으면서 뒷말을 덧붙였다.

"혈국과 협상도 결렬. 널 내놓으란다."

레온하르트는 뛰어난 검사이면서도 지모(智謀)로도 유명했다. 그런 녀석이 '불발'이라고 이야기했다면, 정말 방법이 없다는 뜻이었다.

그렇다면.

"……결국 또 전쟁인가."

나는 의자에 몸을 누이면서 깊은 한숨을 내쉬었다. 전쟁이 끝난 지 얼마 되지 않았을 텐데, 또 전쟁이었다.

두렵지는 않았다.

하지만 이래서는 탑을 오를 시간만 계속 잡아먹을 텐데. 속이 자꾸만 타들어 갔다.

＊　　　＊　　　＊

"저, 클랜 탈퇴하겠습니다."

쿤 흐르가 아침부터 던진 폭탄선언은 아르티야를 혼란스럽게 만들었다.

"야, 갑자기 왜 이래? 어제 술 잘만 마셔 놓고."

"사디 일 때문에 그래? 그럼 조금만 더 고민해 보는 게……."

"아뇨. 밤새 고심해서 내린 결론입니다. 벌을 내리시겠다면 얼마든지 달게 받겠습니다."

쿤 흐르는 이미 마음을 굳힌 것 같았다. 아마도 얼마 전에 전사한 사디 때문인 것 같았다. 사디는 녀석과 연인 관계였으니까. 이번 전쟁이 끝나면 둘은 결혼하는 것까지 생각했을 정도로 깊은 사이였다. 전쟁이 그걸 모두 아작 내고 말았지만.

"그래."

"야! 차정우! 저렇게 보내면……!"

"잘 지내라. 어디 가서 맞고 다니지 말고. 그랬다가는 내가 쫓아가서 패 버린다?"

"그동안 감사했습니다."

쿤 흐르는 한참 동안이나 고개를 푹 숙이다가 클랜을 떠났다.

다른 클랜원들은 황망한 얼굴이 되었다. 그토록 계속 전쟁이 벌어지면서도 버틸 수 있었던 건, 사실 끈끈한 단합력 때문이었으니. 하지만 그중 한 축이 빠져 버린다면 힘이 빠질 수밖에 없는 것이다.

더군다나 쿤 흐르는 내 제자를 자처하던 녀석이기도 했기 때문에. 배신감을 더 크게 느끼는 듯했다.

녀석도 마지막까지 죄책감에 젖은 얼굴이었지만. 그래도 나만큼은 웃으면서 보내 주고자 했다. 죄책감에 젖어야 할 건 녀석이 아니라, 나였으니까.

"자자! 다들 뭘 그렇게 울상이야? 우린 우리 할 일만 잘하면 되는데 뭘."

우울한 분위기는 싫다. 다 같이 으쌰으쌰 하기 위해서 박수를 치며 일어나려는데.

"……어?"

세상이 뱅글뱅글 돈다 싶더니 나도 모르게 옆으로 기울어지고 말았다. 균형을 잡으려 해도 이상하게 다리에 힘이 실리지 않았다.

클랜원들이 내 이름을 부르면서 다급하게 달려오는 게 보였지만, 귀에 이명이 울려 아무 소리도 들리지 않았다. 세상은 여전히 돌고 있었고, 입에서는 무언가가 왈칵 쏟아졌다.

핏덩어리였다.

검은 진물이 가득 섞인.

마독 특유의 악취가 코끝을 찔렀다.

내 심장 안쪽에서부터, 무언가가 어긋나는 것이 느껴졌다.

＊　　　＊　　　＊

"분명해. 이건 멤버들 중에 범인이 있는 게 확실해."

비에라 듄은 비밀리에 내 몸을 여기저기 점검해 보더니 인상을 딱딱하게 굳혔다.

여러 검사 결과, 전부 위급을 뜻하는 붉은색이 떴다.

아주 오랜 시간에 걸쳐서, 아주 은밀하게, 내 특성인 만통을 속일 만큼 천천히 스며들어 중독시켰다는 뜻이었다.

아르티야는 아주 폐쇄적인 클랜이다.

열두 명의 인원으로 시작해 거대 클랜이 되고 나서도 받아들인 인원은 아주 극소수. 지인의 추천을 받거나, 희망자가 있더라도 소속 인원들의 거수투표가 없으면 절대 가입이 불가능할 정도였다.

그러다 보니 전쟁을 치를 때마다 머릿수에서 절대적으로 불리할지라도, 단합력이나 서로에 대한 신뢰는 두말할 것이 없었다.

오히려 클랜을 위해 자신의 목숨을 내놓는 걸 거리끼지 않는 이도 있었다.

사디가 그렇게 눈을 감았으니까. 적의 함정에 빠져 위기에 처했을 때, 스스로 자원해서 적의 이목을 끌어 다른 클랜원들이 빠져나갈 구멍을 만들었다.

그때 잠깐 부상으로 기절했던 쿤 흐르가 눈을 뜨고 나서 느꼈을 감정이 어떤 것인지는 불에 보듯 뻔했다.

그런데.

암살 시도라?

게다가 이렇게 내 입으로 말하긴 뭣했지만, 나는 클랜의 리더이자 중심이었다.

그런 내가 이렇게 오랫동안 독에 당해 왔단 사실이 클랜 내에 알려진다면, 분명 클랜원들 사이에 불신이 생길 것이다.

가뜩이나 쿤 흐르의 탈퇴로 모두의 머리가 어지러운 판국인데. 여기에다 기름을 끼얹을 수는 없었다.

"비에라."

"응."

나는 윗옷을 다시 걸치면서 말했다.

"이 사실, 다른 놈들에게는 말하지 마. 물어도, 그냥 요 며칠 무리해서 그런 거라고만 둘러대 줘."

"하지만……!"

"부탁할게. 지금은 혼란을 더 키우고 싶지 않아서 그래. 그리고 중독 사실도 알았으니 이제부터 천천히 치료하면 되는 거고."

"……넌 진짜."

비에라 듄은 답답하다는 듯이 날 바라봤다. 무언가 하고 싶은 말이 많은 얼굴이었지만, 곧 피식 웃으면서 고개를 절레절레 흔들었다. 어쩔 수 없다는 듯.

"알았어. 하여간 평소에는 여우 같으면서도 이런 부분에서는 곰 같다니까. 그런 점이 좋은 거지만."

비에라 듄은 실실 웃으면서 슬쩍 내게 안겨 왔다. 똑같이 한 팔로 그녀를 안으면서 나도 모르게 그만 웃고 말았다. 곰이라. 어쩌면 그런 면은 형을 닮고 싶다는 마음에 나도 모르게 체득이 된 건지도 모르겠단 생각이 들었다.

그러면서도 한편으로는 이렇게 아직 의식을 차리고 있다는 사실이 고마웠다. 쓰러질 때는 분명 속절없이 죽는다고만 생각했으니까. 아니, 실제로 '죽었다'는 느낌을 받았었다.

그게 단순한 '우려'였다는 사실에 안도감을 느끼면서.

나는 더 바짝 그녀를 끌어안았다. 우리는 한참 동안이나 서로의 체온을 느꼈다. 지금은 이 순간이 너무나 좋았다.

그게 독인지도 모르고.

　　　　*　　　　*　　　　*

아주 잠깐 주어졌던 평화는 다시 금방 깨지고 말았다.

"큰일이야!"

레온하르트가 다급하게 가져온 소식은 다시 클랜에다 폭탄을 던지고 말았다.

"친구, 무슨 일?"

"쿤 흐르, 그 미친 새끼가······!"

레온하르트는 너무 다급하게 달려온 나머지 숨이 차 제대로 말도 하지 못하고 있었다.

순간, 알 수 없는 불안감이 들었다. 미안하다며 고개를 숙이던 쿤 흐르의 얼굴이 떠올랐다. 마지막에는 분명 뭔가를 결심한 듯한 비장한 표정이었다. 왜 미처 그럴 거란 생각을 못 했을까?

나는 레온하르트가 무슨 말을 하기도 전에 동료들에게 서둘러 명령을 내렸다.

"발데비히, 드래곤 킬러 챙겨! 비에라, 당장 운용 가능한 키메라가 몇인지 확인하고. 바할, 리언트 전력 확인해. 서둘러, 어서!"

클랜원들도 다 같은 생각이 들었던지 다급하게 뛰었다. 하지만 아무도 머릿속에 든 불안감을 입에 담지 않았다. 자첫 말이 씨가 될 수 있기 때문이었다.

지금은 그저 쿤 흐르를 구해야 한다는 생각밖엔 머릿속에 남아 있지 않았다.

하지만 혈국이 구축한 임시 진영에 도착했을 때.

"……."

"……."

우리는 한참 동안이나 멍하니 서 있어야만 했다.

드높게 선 장대 위.

분노로 잔뜩 일그러진 쿤 흐르의 머리가 걸려 있었다. 그 아래로 아직 메마르지 않은 피가 뚝뚝 떨어지고 있었다.

파각—

어긋나기 시작했던 내 심장이, 조금씩 부서지고 있었다.

*   *   *

그때부터였을까. 클랜원들은 말이 없어지기 시작했다.

전쟁이 있으면 다 같이 전략 회의를 하고, 적에 대해서 논의를 나눴지만. 그 외에 서로가 개인사를 이야기하는 경우는 극히 드물어졌다.

그저 싸움이 있으면 싸우고, 휴식이 있으면 휴식을 취한다는 생각만 가지고 움직이고 있는 것 같았다.

모두가 힘들었고, 지쳐 가는 중이었다.

발데비히와 레온하르트가 축 처진 분위기를 어떻게든 되살리려고 노력했지만, 다들 쓴웃음만 지을 뿐 기쁨에 찬 웃음소리는 더 이상 들리지 않았다.

나 역시 어떻게든 클랜을 제대로 이끌고 싶었지만, 금방 치료할 수 있을 거라고 생각했던 마독이 심장을 침범하면서 그러기가 힘들어졌다.

당장 발작을 억지로 누르고, 전쟁에 집중할 생각밖에 못 하니 주변을 돌볼 여유가 없었던 것이다.

그래도 크게 걱정을 하지 않았던 건, 이런 분위기는 얼마 가지 않아 언젠가 다시 원래대로 되돌아올 거라는 믿음 때문이었는지도 몰랐다.

오히려 그런 근거 없는 믿음이 클랜원들을 더 지치게 만들고 있는지도 모르고.

결국 칼날 위를 걷는 것처럼 살벌했던 분위기가 폭발하고 말았다.

바할을 기점으로.

"……레드 드래곤으로 넘어갔다, 이거지?"

툭 하고 던진 말에 클랜원들은 서로 눈치만 보기 바쁠 뿐 아무 말도 없었다.

그만큼 충격적이었으니까.

아무리 최근 들어 서로 말이 없어졌다고 해도, 어제까지만 해도 다 같이 어깨를 나란히 하던 동료가 아무 말도 없이 적의 진영으로 전향하고 말았다.

동요가 없을 수가 없었다. 문제는 여태껏 그럴 기미가 전혀 보이지 않았다는 점이었다.

하지만 변화는 거기서 그치지 않았다.

처음이 어려웠을 뿐, 그다음은 너무나 쉬웠다.

아이테르가 떠났다. 적이 내건 돈에 눈이 먼 호스트가 전장 한복판에서 내 암살을 꾀하다가 목이 달아났고, 베이럭은 내게 독을 심어 주고 웃으면서 유유히 떠났다. 덕분에 겨우 진정되어 가던 마독이 더 크게 발작해 드래곤 하트가 완전히 망가졌다.

발데비히가 어느 날 아무 말 없이 실종되었고, 리언트가 몰래 함정을 파 내 심장에다 칼을 박았다.

레온하르트는 나날이 예민해지는 나를 진정시키려 했지만, 결국 견디지 못하고 시의 바다에 들어가고 말았다.

여태 나에게 호의를 보여 주었던 다른 여러 클랜들도 등을 돌렸다. 내가 도움을 주었던 곳들, 내게 충성을 맹세했던 곳들, 나와 우정을 다짐했던 곳들…….

내가 화려하게 빛날 때에는 다들 나의 날개를 자처했지만, 어둠 속으로 추락할 때에는 전혀 모르는 사람처럼 취급했다.

나는 처절하게 저항했다. 어째서 다들 떠나는가. 어째서 다들 등을 지는가. 어째서, 어째서?

신뢰는 불신으로, 배반으로 되돌아왔다.

그 와중에 나는 몇 번이나 죽어야 했고.

몇 번이나 되살아났다.

어떻게든 엘릭서를 손에 넣어야 한다는 일념이, 겨우겨우 내 명을 지탱시킨 것이다.

그러다 언젠가 다시 정신을 차렸을 때에는 비에라 둔밖에 남아 있지 않았다.

나의 사랑하는 연인. 나의 모든 것. 너만 있으면 세상이 전부 나를 버려도 괜찮으리라. 다시 시작할 수 있다고, 다시 일어날 수 있다고 되뇌였……!

퍽!

"내가 사랑하는 자기는 언제나 저 하늘의 별처럼 화려하게 빛나는, 그런 자기였다고. 거만하고, 오만한 것 같아도 속은 따스했던 그런 자기. 그런데…… 이렇게 추하게 망가진 몰골은 보기 싫어. 그냥. 화려했던 자기만 기억할래. 괜찮지?"

리언트가 내 심장에다 박았던 칼보다 더 아픈 칼날이 겨우 봉해 놓았던 상처를 다시 들쑤셨다. 하지만 그보다 더 아픈 것은 믿었던 연인의 독설이었다.

그리고 그제야 깨달을 수 있었다. 내 몸을 수렁으로 빠뜨린 마독이 누구의 손에서 비롯된 것인지를.

"사랑해, 자기."

비에라 듄은 내 귓가에 그렇게 속삭이고 모습을 감추었다.

하늘이, 무너지고 있었다.

* * *

"하지만……."

"가."

슬프게 날 바라보는 눈빛. 저 시야에 잡힌 내 얼굴은 어떤 표정을 짓고 있을까. 고통으로 일그러져 있을까, 짜증을 내고 있을까. 그것도 아니면. 슬픔에 허덕이고 있을까.

"다시는 얼굴 비치지 마. 다시는."

아난타.

이렇게까지 망가진 내 곁을 끝까지 지켜 주려 한 고마운 여인. 날 짝사랑한다는 사실을 알면서도, 그동안 계속 그녀를 거부해 왔다. 비에라 듄과의 감정이 내게는 더 중요했기 때문이었다.

바보였던 것이다, 나는. 사람도 제대로 볼 줄 모르는 바보.

그렇기 때문에 더더욱 지금은 더 그녀를 내쳐야만 했다. 난 이제 더 이상 가망이 없었다. 주변 상황은 더 암울했다. 그런 수렁으로 저 아름답고 착한 사람을 끌어들일 수는 없었다.

아난타는 몇 번씩이나 발걸음을 멈추고 주저하며 나를 바라봤다. 하고 싶은 말이 가득한 얼굴. 안타까움에 가득 찬 눈빛이었다. 그러다 그녀는 무언가를 결심한 듯, 아랫입술을 질끈 깨물면서 단단해진 눈빛으로 말했다.

"어떻게든."

그 목소리에 실린 힘이, 독하게 나서고자 했던 내 심장을 찌르르 울렸다. 이미 망가진 지 오래라고 생각했는데. 그래도 여전히 조금씩 기능을 하고 있었던 모양이었다.

"어떻게든 지킬게."

그렇게 전혀 뜻을 알 수 없는 말을 훌쩍 던지고. 아난타는 모습을 감추었다.

그 자리에서 나는 주저앉았다.

소리 없이, 오열을 터뜨렸다.

몇 번이나 외치고 싶었다.

내 옆에 있어 달라고. 너무나 외롭다고. 이곳은 춥다고. 힘들다고. 괴롭다고. 그렇게 말하고 싶었지만, 그때마다 스스로를 억눌러야만 했다.

—어떻게든 지킬게.

　하지만 아난타가 남긴 말이 다시 날 움직이게 만들었다.
　그녀가 지키겠다고 한 게 무엇인지는 알 수 없었지만, 내게도 지켜야 할 게 있었다.
　품속으로 손을 넣었다. 한 손에 착 감기는 유리병. 그 속에 담긴 푸른 액체가 보석처럼 빛나며 찰랑였다.
　엘릭서.
　어머니의 병을 치료해 줄 묘약.
　레드 드래곤이 있는 76층을 억지로 돌파하고, 77층에서 올포원에게서 양도받은 약이었다.

　　—여기까지 온 것이 이걸로 네 번째인가? 시간
　은. 그래. 이전보다 훨씬 가까워졌구나. 하지만 그
　게 전부야. 달라진 게 거의 없어. 역시 영혼에 새겨
　진 숙운의 틀은 달라지지 않는 것인가?

　올포원은 여전히 어둠과 안개 속에 가려진 채였지만, 그래도 기특하다는 듯이 내 머리를 쓰다듬으면서 그렇게 말했다.

—굴레 속에 갇혀, 몇 번이고 악몽을 꾸는 아이
　야. 부디 이 악몽에서 헤어 나와, 언젠가 너의 길을
　볼 수 있기를.

　여전히 알아들을 수 없는 말이었지만. 그 말이, 나를 응원하는 말이라는 것쯤은 쉽게 알 수 있었다. 모두가 날 버린 상황에서도, 응원을 해 주는 사람이 한 명쯤은 있었던 것이다.

　그렇게 올포원은 수고했다면서 내 손에 엘릭서를 쥐여 주었다. 달라고 부탁을 하지 않았는데도 불구하고. 모두 다 이해하고 있다는 듯이. 그리고 다시 왔던 곳으로 되돌아가, 수많은 별자리로 반짝이는 은하수를 올려다보았다.

　그를 따라 보았던 밤하늘은 너무나 아름다웠다.

　하늘의 정중앙을 가로지르는 은하수와 그 주변으로 마구 반짝대는 아름다운 별들. 그 광경에 압도되어 나는 한참 동안이나 멍하니 바라보고 있었다.

　그리고 기억은 나지 않지만, 눈물을 흘렸었던 것 같다. 다시 정신을 차렸을 때에 눈가가 너무 축축했으니까.

　그리고 나는 다시 클랜 하우스가 있는 50층의 히든 스테이지로 되돌아왔다.

　레드 드래곤의 포위망을 뚫고, 여름여왕을 상대하면서

이미 몸은 수복이 불가능할 정도로 망가지고 말았지만.

그래도 올포원이 해 준 응원과 은하수를 보며 잠시나마 맛보았던 환희가 나를 다시 움직이게 만들었다.

엘릭서를 만지는 내내, 몇 번이고 마셔 볼까 하는 충동이 들기도 했다.

하지만 이미 엘릭서로도 치료가 불가능하다는 것을 잘 알고 있었기에, 고개를 털었다. 처음 탑을 올랐을 때의 각오를 잊지 않고자 했다. 어떻게든 어머니께 이걸 전해 드리겠다는 각오.

하지만 문제가 있었다.

대체 어떻게 해야 되돌아갈 수 있을까?

지구로 가기 위해서는 리타이어를 해야만 했다. 다시는 탑을 공략할 수 없게 되겠지만, 어차피 얼마 남지 않은 목숨이었기에 별다른 미련은 없었다.

다만, 문제는 76층에서의 변란을 눈치채고 날 뒤쫓아 온 이들로 인해, 어느새 50층이 여러 적들로 가득 차 버렸다는 점이었다.

리타이어를 하기 위해서는 저들의 포위망을 뚫어야 한다. 하지만 내게는 그럴 힘이 남아 있지 않았다.

어떻게 해야 할까?

어떻게 해야만 저들을 뚫고 지구로 가서 어머니께 엘릭

서를 드릴 수 있을까?

한참 동안이나 고민 속에 잠겨 있었다.

[어떤 신이 당신을 가만히 관찰합니다.]

그러다 난데없이 떠오른 메시지에 정신이 번쩍 들었다. 튜토리얼 때부터 지금까지, 잊을 만하다 싶으면 간간이 나타나는 시선. 녀석은 늘 내게 관심을 보이면서도 여태 신명도 밝히지 않고 죽어라 관찰만 해 대고 있었다.

강해진 지금도 별다른 특징을 찾을 수 없어 정체도, 신위도 유추하지 못하는 중이었다.

하지만 내게 영감을 준 건 메시지가 아니었다. 녀석의 행동이었다.

'굳이 내가 포위망을 뚫어야 할까? 그러다 엘릭서를 잃어버리면 전부 끝이야. 믿을 수 있는 다른 사람에게 부탁할 수 있다면.'

하지만 오로지 적으로 가득한 이 세계에서 믿을 수 있는 사람은 아무도 없었다.

아니.

딱 한 명이 있었다.

형.

'하지만 형이 그냥 이곳으로 오게 되면 위험해.'

지구를 떠난 지 너무 오랜 시간이 지났기에, 그만큼 성격이 변했을지도 모르지만. 그래도 탑의 세계는 거칠고, 힘들다. 아무리 형이라고 해도 여기까지 오는 데 한참 시간이 걸릴 터였다.

하지만 형이 내가 걸어온 길을 들여다볼 수 있다면.

98층에 억류된 신과 악마가 하계를 구경하듯이, 형도 똑같이 내가 걸어온 길을 관찰할 수 있다면.

보다 빠른 속도로 여기까지 올 수 있을 것이다.

거기까지 생각을 정리하고, 곧바로 회중시계와 영혼석을 꺼냈다.

형과의 추억이 담긴 물건이라면 충분히 내 기억과 사념을 담을 수 있는 저장소(貯藏所)가, 오만의 돌이라면 그 매개체가 되어 줄 수 있을 것이다.

아니, 그 정도로 끝나서는 안 된다. 그래서야 단순한 일기장밖에 되지 않을 테니까.

지금부터 만들 물건은 형을 위한 길라잡이가 되어야 했다. 하지만 내가 걸었던 길은 실패했던 길. 그런 길을 제시할 수는 없었다.

그렇다면 더 효율적이고 올바른 길을 제시할 수 있어야만 했다.

그러려면 어떻게 해야 할까?

　　[어떤 신이 당신을 지켜봅니다.]

다시 고민에 잠겼다.

　　[어떤 신이 당신의 결정에 관심을 기울입니다.]

있었다.
방법이.
'특전.'
역시나 오래전에 손에 넣었지만, 사용법을 몰라 여태껏
사용하지 못했던 것.

　　[어떤 신이 당신이 내린 결정에 만족스럽게 고개
　　를 끄덕입니다.]

특전, '꿈을 그리는'은 일종의 시뮬레이션이라 할 수 있
었다. 동일한 상황과 조건을 가져다 놓고, 변수를 몇 가지
지정하여 최적의 결과를 도출하게 만드는 것이다.
그렇게 해서 얻은 답은 현실에도 일부 영향을 미쳐, 유리

한 결과를 얻어 낼 수 있었다.

하지만 여태껏 이것을 사용해 본 적이 없었다.

처음에는 어떻게 실행해야 할지 몰랐고, 알아낸 후에도 너무 많은 조건을 필요로 했으니까.

아니, 필멸자가 절대 실행할 수 없는 특전이었다. 꿈에서 얻어 낸 결과를 현실에도 적용시킨다는 건, 물리 법칙을 넘어 인과율에도 지대한 영향을 끼친다는 뜻. 신과 악마들도 섣불리 손댈 수 없는 일인 것이다.

그건 대신격이나 주신격의 범위도 넘어서, '전지전능' 하다는 평가를 받는 우주적인 존재나 시도해볼 수 있을까 싶은 일이었다.

그러니 그동안 시도조차 못 해 보고 있던 것이었는데.

하지만 한계를 국한시킨다면 이야기는 달라졌다.

탑의 정보를 복제하여 저장소 안에 작은 탑을 구축하고, 꿈이라는 형태로 계속 시뮬레이션을 반복할 수 있다면.

데이터는 계속 누적되면서 가장 효율적이고 성공적인 최적의 결과를 얻어 낼 수 있을 것이다.

그 결과는 형에게 큰 도움이 될 수 있을 테지.

그리고 그 안에서 구축된 세계에서만큼은. 여기서 실패한 나와 달리, 성공한 '나' 가 있을지도 몰랐다. 그렇게 생각하니 나도 모르게 입가에 미소가 지어졌다.

그 순간.

눈이 크게 떠졌다.

'그렇다면.'

주변을 둘러보았다.

모든 것이 생생하고 현실 같은 세계. 하지만 그 모든 것들이 갑자기 덧없게 느껴졌다.

지금 내가 있는 이곳이 가진 비밀이 무엇인지 깨달은 것이다.

'이건 전부 꿈이었구나.'

그동안 간간이 내 머릿속에 단편적으로 떠다니던 기억들이 있었다. 내가 기뻐하고, 슬퍼하고, 외로워했던 수많은 매 순간순간들. 그때는 단순히 꿈이거나, 데자뷔로만 생각했던 것들이. 사실은 실재한 일이었던 것이다. 최소한 '이 세계'에서만큼은.

그리고 그것이 의미하는 바는 하나.

'결국 나는.'

회중시계를 매만지는 손에 힘이 들어갔다. 입가에 씁쓸한 미소가 감돌았다.

'이런 꿈속에서도, 마지막에 웃은 순간이 단 한 번도 없었구나.'

*　　　*　　　*

"……멍청한 새끼."

연우는 정우를 한껏 끌어안은 상태에서, 부서진 활자들이 그려 내는 수많은 장면들을 보면서 이를 악물었다.

그곳에서는 여러 사건들이 벌어지고 있었다.

거기엔 몇몇 공통점이 있었다.

전부 중심에 정우가 있다는 것.

그리고 정우가 여러 이유로 사망한다는 점이었다.

방패에 의지하다가 화살 비를 뚫지 못하고 과다 출혈로 사망하는 정우. 튜토리얼을 앞에 두고 스캐빈저와 다투다 함정에 빠져 사망하는 정우.

올포원과 억지로 다투다 죽는 정우도 있는가 하면, 모든 힘을 잃었을 때에 억지로 영혼석을 취하려다가 마력회로가 폭주하는 정우도 있었다.

이따금 마지막에 이르러 엘릭서를 취하는 경우엔 현실을 깨닫고, 쓸쓸하게 회중시계를 매만지면서 눈을 감곤 했다.

연우는 품에 안긴 자신의 동생을 내려다보았다.

사실 그동안 간간이 그런 의문이 들곤 했었다.

동생이 남긴 일기장 속 히든 피스는 하나하나가 전부 값

지고 귀한 것들이었다. 다른 거대 클랜들이 알았다면 곧바로 독식하려 들었을 것들.

대표적으로 바토리의 흡혈검과 올림포스의 보고가 있었다. 어째서 그동안 아무도 취하지 못했을까 싶은 비밀들이 었는데.

만약 동생이 꿈을 헤아릴 수도 없을 만큼 반복하면서 찾아낸 요소들이었다면 말이 되었다.

결국 연우가 걸었던 길은.

동생이 무수히 반복되는 굴레 속에서 수십 수백 번씩, 아니, 어쩌면 수천 번이 되었을지도 모를 만큼 다치고, 죽으면서 얻어 낸 결과란 뜻이었다.

오로지 형이 자신과 같은 힘든 길을 걷지 않게 하기 위해서.

자신은 얼마든지 다쳐도 괜찮았던 것이다.

그래서.

연우는 동생을 보면서 멍청하다는 말밖에 할 수 없었다. 아무리 새롭게 꿈을 반복한다고 해도, 잔여 기억은 무의식 중에 남을 수밖에 없었다. 그렇다면 영혼도 계속 닳고 닳을 수밖에 없을 텐데. 그런데도 녀석은 끝을 내지 않고 있었다.

지금도 마찬가지.

정우는 여전히 눈을 뜰 생각을 하지 못하고 있었다. 여전히 꿈속에 갇힌 채, 길을 잃고 방황하고 있었다.

[어떤 신이 슬픈 눈빛으로 당신을 바라보고 있습니다.]

연우는 갑자기 떠오른 메시지에 고개를 들었다.

정우가 처음 탑에 입장했을 때부터 줄곧 따라다녔던 메시지. 정우는 죽기 직전까지 누군지 몰랐지만, 연우는 아니었다.

연우와는 너무 강하게 채널링으로 연결되어 있었으니까.

"당신은 정우가 여기에 왔을 때부터 이런 미래를 내다봤던 겁니까?"

[어떤 신이 침묵합니다.]

연우가 눈을 가느다랗게 좁혔다.

"아테나."

아테나의 부엉이는 황혼이 저물어야 그 날개를 편다.

이것은 아테나를 가리키는 가장 유명한 경구였다. 무지를 뜻하는 어둠 속에서 표홀하게 빛나는 빛은 지혜를 의미한다.

전략, 전술, 용맹, 투지, 정의, 지혜, 기예. 그 모든 것들이 여기에 해당했다.

그렇기 때문에 아테나는 언제나 수많은 영웅들로부터 숭상을 받아 왔고, 또한 그들을 보호해 왔다.

항간에는 플레이어들이 자신을 증명하기 위해 탑을 오르면 그녀가 그들의 운과 명을 점지한다는 말도 있을 정도였으니.

일반 플레이어들과 다르게 아무것도 없이, 오로지 '초대장'만 받고 입장한 동생에게서 어떤 운과 명을 읽었다고 해도 이상하지 않았다.

사실 연우는 그동안 아테나에게 궁금한 점이 한두 개가 아니었다.

사실 아테나는 자신을 호의적으로 볼 이유가 전혀 없었다. 아이기스라는 접점이 있었다지만, 그것 외에는 그녀의 호감을 살 만한 행동을 전혀 한 적이 없었기 때문이었다.

하지만 만약 그것이 동생에 대한 죄책감이었다면? 이야기는 달라진다.

아테나는 동생이 가진 운과 명을 읽었고, 그 때문에 언제나 슬픈 시선으로 바라보면서도 정작 모습을 드러내지는 않았다. 그러다 뒤늦게 동생의 부름에 연우가 나타났을 때, 그때의 미안함이 남아 있어 뭔가 하나라도 더 도와주려 했던 것이라면.

말이 된다.

"그런 겁니까?"

연우는 자신의 생각을 온전히 드러내면서 아테나의 시선을 바라보았다.

[아테나가 침묵합니다.]

[아테나가 슬픈 눈을 합니다.]

하지만 아테나는 아무 말도 하지 않았다.

언제나 그렇듯이.

[아테나가 힘없이 고개를 떨어뜨립니다.]

아마도 자신이 한 일에 대해서 입을 다물려는 것이겠지.

하지만 연우는 그녀가 읽은 동생의 운과 명이 무엇인지 어렴풋이 알 것 같았다. 정확하게는 동생의 운과 명이 아닌, 자신의 운과 명.

'칠흑왕.'

페르세포네는 칠흑왕을 가리켜 제우스와 포세이돈, 하데스 세대가 극도로 증오하고 두려워하는 자라고 했다. 반면에 아테나나 자신과 같은 세대의 신들은 나쁘게 생각지는 않는다는 말을 했었다. 몇몇은 오히려 그를 경외한다는 말을 덧붙이기도 했다.

그래서 처음에는 칠흑왕의 후보로 크로노스를 생각했다.

제우스 세대가 실권을 잡은 대전쟁, 티타노마키아가 터졌을 때 쇠락하고 말았던 티탄의 왕, 크로노스라면 충분히 그 자리에 들어갈 수 있다고 생각했으니까.

하지만 스틱스의 맹세 때문에 칠흑왕에 대해서 언급하지 못한다고 했던 페르세포네의 말과 다르게, 하데스는 크로노스의 이름을 너무 쉽게 언급했었다.

심지어 타르타로스에는 크로노스의 사체도 남아 있었으니. 티탄과 기가스는 크로노스의 시정을 흡수하여 힘을 키우고 있었다. 그렇다면 칠흑왕이 크로노스가 아닐 가능성도 크다는 뜻이었다.

결국 이토록 정체가 애매모호하지만, 칠흑왕이 올림포스에 미치는 영향은 아주 대단했다.

아니, 올림포스를 넘어, 죽음을 다루는 모든 신과 악마들에게도 추앙을 받는 존재의 힘은. 연우에게로 이어지고 있었다.

헤르메스가 칠흑왕에게 호감을 보이듯, 아테나도 칠흑왕에게 어떤 경애를 품고 있을 게 분명한 바.

당연히 동생에게서 칠흑왕과 관련된 어떤 미래를 보았고, 그것이 이어져 오늘에 이르게 된 것이라면.

자신이 걷던 길에 아테나가 늘 함께해 주었던 것도 이해가 갔다.

[아테나가 침묵합니다.]

'그가 대체 무엇이기에?'

연우는 다시 한번 더 칠흑왕에 대해 생각하지 않을 수 없었다.

더불어 한편으로는 짜증이 났다. 어쩌면 동생부터 자신에 이르기까지, 마치 누군가가 짜 놓은 각본을 따라 움직이는 게 아닌가 하는 생각도 들었던 탓이었다.

[아테나가 그런 것이 아니라며 고개를 가로젓습니다.]

연우는 가볍게 코웃음을 쳤다.

그동안은 자신을 따스하게 어루만져 주었던 그녀에게 감사한 마음이 컸지만.

이제는 그녀를 못 믿을 것 같다는 생각이 들었다.

물론 인과율에 칭칭 묶여 98층에 억류된 그녀가 동생이 겪을 운과 명을 막을 방법이 어디 있었겠냐마는.

연우는 그래도 동생을 멀리서 지켜보기만 했던 그녀에게 호의를 보일 수가 없었다.

[아테나의 어깨가 힘없이 축 처집니다.]

[헤르메스가 쓰게 웃으면서 그녀를 다독여 줍니다.]

[아가레스가 기분 좋게 킬킬거립니다. 꼴이 좋다면서 삿대질을 하며 비웃습니다.]

[헤르메스가 쌍심지를 켭니다.]

[아가레스가 코웃음을 치면서 그래서 뭐 어쩔 거냐고 시비조로 묻습니다.]

[헤르메스와 아가레스 사이에 심상치 않은 기류가 흐릅니다.]

[신의 사회, <올림포스>가 참전을 거부합니다.]

[악마의 사회, <르 인페르날>이 아가레스를 돕지 않겠노라 선언합니다.]

그사이, 헤르메스와 아가레스가 신경전을 벌인다는 메시

지가 떠올랐지만 무시했다.

지금은 깊은 잠에 빠진 동생을 깨울 필요가 있었다.

하지만 어떻게 깨워야 할까?

매개체였던 영혼석의 보라색 기운을 전부 빼돌렸는데도 불구하고 여전히 특전은 진행 중이었다.

때마침 어떤 장면 속의 정우가 회중시계를 매만지다가 힘없이 눈을 감는 모습이 보였다. 그리고 다른 한쪽 구석에서 새로운 정우가 튜토리얼에 입장하고 있었다.

마구 흔들어도, 마력을 흘려도, 동생은 하얀 날개 속에 몸을 웅크린 채 전혀 깰 기미를 보이지 않았으니.

연우는 조금 짜증 섞인 눈빛으로 동생을 노려보다가, 다시 여러 활자가 만들어 내는 장면 쪽으로 시선을 돌렸다.

'결국 이 특전을 깨는 수밖엔 없다는 건데.'

어쩔 수 없지.

연우는 속으로 그렇게 중얼거리면서 불의 날개를 활짝 펼쳤다. 하늘 날개와 전혀 다른 붉고 검은 날개가 세상을 환하게 밝혔다. 그 속으로 의념을 쏘았다.

[동기화가 강화됩니다.]

[기존 플레이어(차정우)와 연결됩니다.]

     *   *   *

이제야 겨우 A구획의 입구를 지나치고 있는데도 불구하고.

퍼퍼퍽!

들고 있는 방패에 화살이 숱하게 꽂혔다. 조금만 움직인다 싶으면 발동되는 트랩 때문에 이제는 손발이 덜덜 떨릴 지경이었다.

어쩌지? 어쩌면 좋지?

머릿속이 새하얬다. 아무 생각도 나지 않았다. 이런 곳인 줄 알았다면 오지 않는 건데. 집에 돌아가고 싶다는 생각밖에 들지 않았다. 어머니의 얼굴이 너무 보고 싶었다.

하지만 어머니를 떠올리니 이가 악다물어졌다. 병실에 조용히 누워 계실 어머니. 당신의 웃는 모습을 다시 보고 싶다는 열망이 다시 불쑥 들었다.

그래서 다시 마음을 다잡고 전진하려는데.

쉭—

아주 작지만, 뒤쪽에서 뭔가가 날아오는 소리가 들렸다. 여태껏 트랩이 앞에서만 발동되어 뒤에도 있을 거란 걸 전혀 예상하지 못해 내 반응은 한참 늦었다. 이걸 어떻게 해야 하나 싶어 순간 당황한 가운데.

'……어?'

나도 모르게 갑자기 몸이 반사적으로 뒤쪽으로 돌아간다 싶더니 오른손이 앞으로 뻗어졌다.

그러자 거짓말처럼 손 안쪽으로 화살이 빨려 들어왔다. 내 몸은 거기서 그치지 않고, 움직이던 그대로 팔을 돌려 화살의 방향을 옆으로 비스듬하게 꺾었다.

까앙!

그건 때마침 반대편에서 날아오던 화살과 허공에서 가볍게 부딪치며 요란한 소리를 냈다.

나도 모르게 얼결에 해낸 신기.

나는 얼떨떨한 표정으로 오른손을 내려다보다가, 별안간 고개를 뒤로 돌렸다.

분명 누군가가 뒤에서 도와준 것 같았는데. 하지만 거기엔 아무도 없었다. 익숙한 느낌이었었는데. 착각이었던 걸까.

'형…….'

여기에 있지도 않은 사람을 생각하며 중얼거리다, 다시 주먹을 꽉 쥐었다. 얼결에 해내긴 했어도 자신감이 생겼다. 더 앞으로 가 봐야겠다는 생각이 들었다.

스큐툼을 정자세로 갖추고, 다시 천천히 전진했다. 방금 전까지 후들거리던 다리는 어느새 진정되어 있었다.

하나둘씩.

갑자기 세상이 변하기 시작했다.

"놈들이 뒤로 갔어!"

"비에라!"

"아이스 월!"

갑자기 얼음 장벽이 땅거죽을 뚫고 위로 삐죽삐죽 치솟았다.

때문에 사방으로 흩어져 공격을 분산시켰다가, 뒤쪽에 있던 나를 노리려 했던 스캐빈저들은 도리어 얼음 장벽이 만들어 낸 미로에 갇혀 우왕좌왕해야만 했다.

"칵, 퉤!"

나는 다행이란 생각에 가래침을 땅바닥에다 거칠게 내뱉었다. 타이밍이 조금이라도 늦었더라면 모든 게 끝장날 수 있었는데. 생각보다 일이 잘 풀려 다행이었다.

그런데.

'누가 말해 준 거지?'

먼지구름 때문에 시야를 제대로 확보하지 못해 타이밍을 재지 못하던 상황이었는데. 갑자기 환청처럼 누군가가 '지금'이라고 말해 준 덕분에 늦지 않을 수 있었다.

목소리는…… 귀에 익었다.

형의 목소리였던 것 같았는데.

피식.

그러다 내가 생각해도 어이없는 말이라는 걸 알고 헛웃음을 흘렸다. 지구에 있을 형이 어떻게 여기에 있다는 건지.

그래도 형의 목소리를 닮은 환청 덕분에 승기를 잡을 수 있었다는 사실에 감사해하면서.

"개새끼들아, 다 뒈졌어!"

난 검을 움켜쥐고 놈들에게로 달려들었다.

분명 죽을지도 모르겠다는 생각이 들었던 순간순간마다.

다른 누군가가 있었다.

내 옆에.

탈퇴하겠다는 쿤 흐르의 폭탄선언에 클랜원들은 가만히 침묵을 지켰다.

난 그 모습을 가만히 지켜보고 있다가 천천히 일어섰다. 클랜원들의 시선이 저절로 따라왔다. 쿤 흐르는 내가 뭘 하려는지 알지 못하고 멀뚱한 표정으로 바라봤다.

녀석 앞에 서서 씩 하고 웃어 보이면서.

빠악!

주먹으로 녀석의 머리통을 세게 내리쳤다.

"아아악!"

쿤 흐르는 머리를 쥐어 싸매면서 제자리에 주저앉았다. 방금 전까지 비장한 표정을 짓던 녀석의 얼굴엔 어느새 눈물이 글썽거렸다.

이게 대체 무슨 짓이냐는 눈빛. 거기다 대고 코웃음을 쳤다.

"눈 안 깔아, 새꺄? 뭘 잘했다고 눈을 부라리긴 부라려?"

"……."

"닥치고. 형만 믿어. 네 복수는 내가 해 준다."

"하지만……!"

"씁!"

반발하려는 쿤 흐르의 말허리를 자르고, 눈에 한껏 힘을 줬다.

"형이 해 준다면 감사합니다, 하고 받아들일 것이지, 뭔 잔말이 많아? 닥치고 나만 따라와."

원래대로라면 몇 번이나 고민을 거듭하고 어렵게 말을 꺼냈을 녀석을 생각해 그냥 보내 주었을지도 모르지만.

그랬다가는 후회하게 될 거란 생각이 너무 갑자기 들었다. 소중한 사람을 잃고 싶지 않았다.

하지만 어떻게 해야 할지 몰라 잠깐 머뭇거릴 때. 갑자기 그런 생각이 들었다.

이럴 때, 형이라면 어떻게 했을까?

그렇게 생각하니 너무 쉽게 답이 나왔다.

나는 한쪽 무릎을 꿇어 쿤 흐르와 눈높이를 맞추면서, 복잡할 녀석의 머리를 쓰다듬으며 따뜻한 목소리로 말했다.

"내가 네 등대가 되어 주마."

그 순간순간들은, 잘못된 선택을 내려서 두고두고 후회를 했었던 순간들이었다.

조금 더 나은 선택을 할 수 있었을 텐데.

왜 당시에는 미처 생각지 못했을까, 나서지 못했을까 싶었던 순간들.

"비에라."

"왜?"

"너였구나. 나에게 독을 먹였던 게."

"무슨······!"

콰드득—

"빌어먹을 년."

그 매 순간들이 모이고 모여.

바뀌었고.

"무왕 아저씨."

"뭐야, 또? 어제 그렇게 처맞고 더 얻어터지고 싶어서 왔냐?"

"아니. 그냥 이 말은 꼭 해 주고 싶어서."

"……?"

"거, 사람이 좀 베풀 줄도 알고, 어? 후배한테 배려도 좀 하고. 인성질도 좀 작작하시고."

"네가 뒈지려고 작정했구나?"

"어차피 이래 죽나 저래 죽나 똑같은데, 뭘요. 에이 씨! 몰라! 죽이려면 죽여! 나도 모르겠다! 배 째요, 배 째!"

바뀐 순간들이 다시 모이고 모여 새로운 미래를 만들어 낼 수 있었더라면.

"아난타."

"……왜?"

힘없이 돌아서는 그녀를 보며 난 엷게 미소를 폈다.

"고마웠어. 언제나."

난.

마지막에 웃을 수 있었을까?

파각—

어디선가 그런 소리가 났다.

아니.

지금이라도 웃을 수 있을까?

단단한 유리 벽에 세게 금이 가는 소리.

금은 곧 균열이 되어 거미줄처럼 사방으로 뻗쳐 유리 벽을 가득 채웠고.

와장창창!

크게 깨지는 소리와 함께 세상이 한꺼번에 무너져 내렸다.

그리고 곳곳에 넓게 퍼져 있던 수많은 '나'가 하나로 연결되었다. 그 속에서 수많은 생각과 사념과 정보들이 쏟아지면서 순간 머리가 깨질 듯이 아팠지만, 곧 내가 어떤 상황인지를 쉽게 깨달을 수 있었다.

그래서. 천천히 날 둘러싸고 있던 날개를 걷어 냈다.

그 너머에.

익숙한 얼굴이 보였다. 거울을 본 것처럼 나와 똑같은 얼굴. 하지만 인상이 너무 차가워서 못생긴 얼굴이었다. 역시 내가 저 얼굴보다는 더 잘생겼단 말이지, 암.

"결국 여기까지 왔네, 형."

그렇게 환하게 웃는 나를 보면서.

형은 무뚝뚝한 표정 그대로 양팔을 뻗었다. 포옹이라도 하자는 건가. 그런데 저러니까 꼭 로봇 같잖아.

그래도 오랜만에 만나서 반가운지 눈시울이 붉었다. 얼굴 표정과 다르게 참 속이 여린 건, 예나 지금이나 똑같네.

아무래도 달래 줘야겠다는 생각에 씩 웃으면서 덩달아 안아 주려는데.

빠아악!

"아아악!"

갑자기 형이 내 뒤통수를 거세게 후려쳤다.

골이 마구 울렸다.

Stage 48.
하늘 날개

"이게 무슨 짓……!"

눈물이 핑 돌 정도로 아팠다. 그래서 따지려는데.

와락—

형이 먼저 내 몸을 꽉 끌어안았다.

다시는 놓치지 않겠다는 듯.

"다시는."

어째 어깨 부위가 축축해지는 것 같았다.

"다시는 아무 말 없이 집 나가지 마라. 그때는 정말 내가 널 죽여 버릴 테니까."

이거 다시는 헤어지지 말자는 말 맞지?

이런 츤데레 같으니. 아니, 지금 말투는 얀데레인가.

물론, 그런 속내는 말하지 않았다. 그랬다가는 또 뒤통수를 얻어맞을 것 같아서.

그래서 나도 똑같이 오랜만에 만난 쌍둥이 형제를 안았다.

"응. 나 돌아왔어, 형."

                    *   *   *

연우는 천천히 눈을 떴다. 활자로 가득하던 백색 세계가 아닌 현실 세계. 브라함과 헤노바가 자신을 걱정 가득한 눈으로 바라보고 있었다.

"괜찮은가?"

"이놈아! 시계 만지다 말고 왜 갑자기 정신을 잃어?"

브라함은 혹시 연우의 몸에 이상이 없는지 확인하기 위해 마법을 이리저리 걸었다. 버럭 화를 내는 헤노바의 얼굴에는 근심이 가득했다.

연우는 괜찮다고 그들을 달래고, 옆에서 빤히 자신을 쳐다보고 있는 브론테스에게로 고개를 돌렸다.

"제가 얼마나 이렇게 있었습니까?"

『사흘쯤 되었네.』

연우는 가볍게 혀를 찼다. 참 오래도 있었다 싶었다. 하지만 어떻게 보면 그 정도쯤은 흘러 있는 게 당연했다. 영혼석의 기운을 정리하는 것만 해도 상당한 집중력을 필요로 했었으니. 게다가 백색 세계에서 겪은 일까지 합친다면 사실 사흘도 얼마 되지 않은 거였다.

『일단 이 두 사람 외에 그대의 다른 동료들에겐 그대가 집중할 게 있어 잠시 두문불출하고 있다고 둘러댔다네.』

"감사합니다."

『한데.』

브론테스가 말끝을 흐리면서 눈을 가늘게 좁혔다.

『보아하니, 영혼석의 봉인을 푼 것 같은데. 맞나?』

"예."

『허! 그게 가능한 일이었나?』

"다행히 유용한 도구가 있었습니다."

『그렇다고 해도…… 대단하군.』

한평생 영혼석을 연구했던 브론테스였기에, 그는 영혼석을 가공하고 그것을 다루게 된 연우 형제에게 일종의 경외심을 갖게 되었다.

『그럼 그 힘을 사용할 수도 있겠는가?』

연우는 고개를 가로저었다.

"다루는 것과 사용하는 것에는 큰 차이가 있으니까요.

하지만 계속 연구를 하다 보면 괜찮지 않을까 생각하고 있습니다."

연우는 심장 부근에 자리 잡은 현자의 돌을 감지했다. 부르르 잘게 떨리는 현자의 돌은 그토록 많은 기운을 흡수한 게 맞나 싶을 정도로 멀쩡했다. 별다른 변화도 느껴지지 않았다.

영혼석이 겉보기에 그저 그런 평범한 돌이듯. 현자의 돌도 그렇게 변한 것 같았다.

하지만 현자의 돌을 코어로 삼아 마력을 운용해 보면 이야기는 달랐다.

마력은 다른 때보다 훨씬 힘찼다. 단순히 마력회로를 흐르는 정도만으로도 모든 감각이 저절로 깨어났다. 세포 속에 깊숙하게 박힌 용, 마, 신의 세 인자들도 자극을 받아 활발하게 작동했다.

마력의 질이나 깊이가 이전과 비할 수 없이 달라졌다는 증거였다.

이걸 단순히 마력이라 할 수 있을까? 마치 공허 속의 어둠을 퍼 올린 것처럼 끈적끈적하고, 순도와 밀도가 말로 표현할 수 없을 정도로 깊은 마력. 여태껏 다루던 것과는 정도가 달랐다.

다르게 이름을 붙여 볼까 하는 생각도 들었지만.

'그건 나중에.'

연우는 마력을 손끝으로 모으면서 엷은 미소를 띴다.

'이 정도라면 충분해.'

연우는 생각을 정리하고, 여전히 걱정 가득한 얼굴을 하고 있는 브라함과 헤노바를 보면서 말했다.

"두 분께 소개하고 싶은 사람이 있는데. 만나 보시겠습니까?"

두 사람은 이게 웬 생뚱맞은 말인가 싶어 고개를 갸웃거렸다. 헤노바는 인상을 살짝 구기면서 짧은 팔을 뻗어 연우의 이마를 짚었다.

"어디 열이라도 있는 거냐?"

"그런 게 아닙니다."

"그럼 뭘……?"

헤노바의 말이 끝나기도 전에.

파아아—

연우는 손끝에 모은 마력을 회중시계 안쪽으로 밀어 넣었다. 그러자 그동안 정지해 있던 시침이 빠르게 돌아가기 시작하면서 잘게 떨렸다.

그리고. 유리 막 위로 검은 활자들이 둥실 떠올랐다.

안쪽에서 일기장을 이루고 있던 활자들은 음소 단위로 잘게 쪼개진 상태로 튀어나와 소용돌이를 그렸다.

그러다 안쪽으로 함몰되면서 서서히 흐릿하게나마 사람의 형상을 갖췄으니.

색이 또렷해져 이목구비가 조금씩 드러날수록.

이게 뭔가 싶은 표정으로 보고 있던 브라함과 헤노바의 얼굴에는 여러 감정들이 스쳐 지나갔다. 처음에는 의문이, 그다음에는 호기심이, 의심이, 경악이, 확신이, 기쁨이 차례대로 터졌다.

"너, 너, 너……!"

특히 헤노바는 이대로 쓰러지는 게 아닐까 싶을 정도로 크게 격동하고 있었다.

그러다 끝내 활자들이 완전한 사람의 형상을 갖췄을 때. 정우의 모습을 한 그것은 자신이 있는 곳을 확인하려 주변을 두리번거리다, 뒤늦게 헤노바를 확인하고 익살맞게 웃었다.

『영감님, 오랜만이에요?』

땡그랑—

헤노바는 손에 쥐고 있던 망치를 떨어뜨렸다. 주름이 가득 진 눈꼬리를 따라 아주 작은 눈물방울이 흘러내렸다.

미웠지만, 그리웠던 얼굴이 거기에 있었다.

"정말, 정말 네가 맞아?"

『어휴. 우리 영감님, 그새 노안이 오셨나. 벌써부터 이렇게 제대로 못 보면 어떡해요? 아니지. 내 얼굴이면 절대 쉽게 잊을 수가 없을 텐데. 그럼 우리 영감님 혹시 치······!』

"함부로 주둥이를 놀려 대는 걸 보니 정말 네놈이 맞구나!"

헤노바는 짧은 팔을 허우적거리면서 정우를 와락 끌어안았다.

『어휴, 징그럽게 왜 이래요?』

정우는 헤노바를 밀어내는 척하면서도, 피식 웃으면서 헤노바를 마주 안았다. 그 역시 보고 싶었던 얼굴이었다.

무수히 반복되는 꿈의 굴레 속에서, 단 한 번도 자신의 곁을 떠나지 않았던 유일한 사람. 정말 고마운 아버지 같은 분이었다.

브라함은 살짝 눈시울이 붉어진 얼굴로 두 사람을 보았다. 그 역시 가슴이 먹먹한 건 마찬가지였으니. 이럴 때는 호문클루스라는 몸뚱이가 내심 야속했다.

그러다 브라함은 정우를 보다 말고 뭔가 이상한 낌새를 느꼈는지, 고개를 갸웃거렸다. 그러다 눈을 크게 뜨면서 연우를 돌아보았다.

『연우, 설마······?』

그는 정우와 헤노바가 들을 수 없게, 연결 고리를 통해 질문을 던졌다.

연우는 단호하게 고개를 가로저었다.

『아무 말도 마십시오. 두 사람에게는. 절대.』

『…….』

아주 잠깐, 브라함의 눈동자가 잘게 떨렸지만. 그는 곧 뭔가를 다짐한 듯 아랫입술을 질끈 깨물며 고개를 끄덕였다.

『알겠네. 명심하지.』

*　　　*　　　*

『너무 잠이 쏟아지는데. 정말 한숨 자도 되는 거지?』

정우는 늘어져라 하품을 하면서 슬쩍 연우의 눈치를 살폈다. 겉으로는 태연한 척하면서도, 속은 걱정으로 가득했다.

그도 그럴 것이, 정우는 그동안 헤아릴 수도 없을 만큼 특전을 계속 반복하면서 영혼이 너무 닳고 닳은 상태였다.

언제 영소(靈素) 단위로 잘게 흐트러질지 모른다는 뜻이었다. 사실, 이렇게 망령 이하 단위로 영락하지 않고, 자아를 유지하고 있는 것만 해도 기적 같은 일이었다.

연우가 흑기를 부여해 모자란 부분을 채워 준다고 해도, 이미 망가진 격을 복원하는 데는 한계가 있었다.

지금도 원하면 사귀나 괴이 등급까지 강제로 올릴 수는

있었지만. 그랬다가는 오히려 또 다른 위험을 부를 가능성이 컸다.

정우도 그런 자신의 상태를 잘 알고 있었기에. 더더욱 노파심이 들 수밖에 없었다.

이제야 겨우 그리운 얼굴들을 만나기 시작했는데.

기나긴 기다림 끝에 눈을 뜨게 되었는데. 다시 눈을 감고 싶지는 않았다. 하지만 망령보다도 못한 모습이 되어 버린 지금, 당장 정우가 할 수 있는 일은 아무것도 없었다.

"걱정 마라."

하지만 연우는 그런 동생의 머리를 가만히 쓰다듬어 주었다.

무뚝뚝한 표정이며 말투였지만. 정우는 오히려 그런 모습에 더 마음이 놓였다.

『알았어.』

정우는 다시 밝아진 얼굴로 고개를 끄덕이며 눈을 감았다. 파앗, 하는 소리와 함께 영체가 흐트러지면서 활자들이 튀어나와 다시 회중시계 안쪽으로 스며들었다.

연우는 가만히 회중시계를 쓰다듬다가, 헤노바 등을 돌아보았다.

"이 시계는 정우가 머무는 터와 같은 개념입니다. 우선 이것을 복구해야 정우의 치유도 병행할 수 있습니다."

"알았네. 그 역시 적극적으로 도와야지."

헤노바는 의지 가득한 얼굴로 소맷자락을 걷어붙이면서 뭐부터 할지 물었다.

브라함과 브론테스 삼 형제들도 바쁘게 움직이는 가운데.

연우의 주도하에 회중시계는 크게 분해되어 구조를 살필 수 있도록 나누어졌다. 일행은 깊은 논의 끝에 서로 다른 부분을 도맡으며 빠진 부분을 보충하고 망가진 부분을 수리하기 시작했다.

다행히 오만의 돌이 보라색 기운을 현자의 돌에 모두 뺏기고 기능이 정지하면서, 회중시계를 살피는 건 아주 순조로웠다.

"설계 자체는 '수트라 바스야'를 기초로 작업이 되었군. 그렇다면 풀어내기 쉽겠어."

브라함은 회중시계의 구조를 살피면서 입가에 살짝 미소를 띠었다. 수트라 바스야는 그가 구축한 연금술 지식 체계였다. 그것을 높은 수준으로 개량하고 발전시켰으니, 흐뭇할 수밖에 없었다.

게다가 연우는 정우의 특전을 여러 번 엿보면서 이미 회중시계의 비밀을 대부분 파악해 둔 터라, 복원 속도는 퀴네에를 만들었을 때보다 더 빨랐다.

『역시 바깥이 좋단 말이지.』

그리고 정우는 틈만 나면 회중시계 밖으로 나와 유유히 돌아다녔다. 정말 다시 눈을 뜰 수 있을까 걱정하던 녀석이 맞나 싶을 정도로 활기찼다.

하도 여기저기를 들쑤시고 다니며 귀찮게 하니, 웬만해서는 녀석을 이해해 주려던 헤노바도 결국 참지 못하고 폭발하고 말았다.

"정신 사나우니까 좀 저리 가 있어!"

물론, 그런다고 해서 전혀 말을 들을 정우가 아니었지만.

회중시계로부터 멀리 벗어나지 못해서 망정이지, 그게 아니었다면 성역의 곳곳을 누비고 다닐 판국이었다.

결국 그렇게 짧은 소란을 뒤로하고.

회중시계의 복원이 끝났다.

째깍, 째깍—

깨끗한 것으로 교체된 유리막 아래, 시침과 분침이 정확한 시각을 가리켰다. 초침이 딱딱 움직이면서 제 기능을 하고 있다는 것을 알려 주었다.

숫자는 여전히 'XII'만 남아 있었다. 일부러 그렇게 해둔 거였다. 처음 모습을 완전히 잃게 하고 싶지는 않아서.

『이거 보니까 그립네.』

정우는 완전히 복구된 회중시계를 쓰다듬으면서 피식 웃었다. 그러다 손가락이 시계의 겉면을 그대로 통과하는 것을 보고 쓰게 웃었다.

영력을 소비하면 어떻게든 만질 수는 있을 테지만. 그래도 물리적으로 만지는 것과 생생한 촉감으로 느끼는 것에는 아주 큰 차이가 있었다. 이렇게 되고 보니 정말 자신이 죽었다는 게 확실하게 다가왔다.

하지만 정우는 최대한 내색하지 않고 밝게 웃으면서 회중시계를 뒤집었다.

익숙한 글자가 보였다.

J. W. CAH

『참 이거 봤을 때는 우리 형 언제 사람 만드나 싶었는데.』

연우는 살짝 미간을 찌푸렸다. 이럴 때는 자신도 딱히 뭐라 할 말이 없었다. 그때는 정말 아는 게 없어도 너무 없었으니까. 뒤늦게 공부를 하려 했을 때는 정말 고생도 그런 고생이 없었다.

『그런 형이 아프리카에 가서 다국적군에 있었다고 하질 않나. 참 전부 많이 변했어, 그치?』

정우는 밖으로 나올 때면 수시로 연우와 이런저런 이야기를 많이 나누었다.

덕분에 정우는 자신이 없었던 시간들을 하나하나씩 되짚어 나갈 수 있었다. 쌍둥이 형제의 시선과 경험으로.

참 많은 것들이 변했다 싶었다.

지구에서 흐른 5년이란 시간은 결코 짧은 게 아니었으니.

게다가 연우가 탑에서 겪은 일들도 하나같이 흥미진진해서 재미있었다.

사실 정우는 그동안 연우가 자신을 발견할 수 있으리라고 생각지 않고 있었다.

그만큼 영혼석의 구조는 견고해서 비밀을 알아낸다고 해도 절대 쉽게 해제할 수 있는 게 아니었으니까.

연우가 심장에다 박은 현자의 돌을 이용했다는 말을 들었을 때에는 그도 크게 놀랄 정도였다. 분명 자신이 남긴 히든 피스에는 현자의 돌과 관련된 게 전혀 없었으니 말이다.

그 외에도 연우는 아주 많은 것들을 스스로 이룬 상태였다.

가령, 비그리드나 마신룡체와 같은 것들. 전부 연우가 개척한 것들이었다. 아마 자신이 남긴 것들이 없었어도, 시간이 좀 더 더뎠을 뿐 연우는 알아서 성장하지 않았을까 하는 생각이 들었다.

그리고.

'그게 형이지.'

한편으로는 역시 그게 연우답다는 생각이 들기도 했다.

그 때문일까.

『형.』

"왜?"

정우는 여태껏 묻지 않았던 질문을 이제야 겨우 할 수 있었다.

『어머니…… 는?』

연우가 자신을 발견하더라도, 그때는 이미 50층에 도착해 엘릭서를 손에 넣고 난 한참 뒤일 것이라고 생각했기 때문에.

이미 지구로 되돌아가 어머니를 낫게 한 뒤라고 생각했기 때문에 질문은 늦어질 수밖에 없었다.

그리고 대답을 기다리는 내내 심장은 크게 쿵쿵 뛰었다.

"편하게 가셨다."

하지만 연우는 정우가 원하는 대답을 내놓지 않았다. 그저 평온한 어조 그대로 말할 뿐이었다.

『……아.』

"그래도 마지막까지 너를 믿으셨어. 웃으셨고. 언젠가네가 돌아왔을 때, 슬픈 낯을 하고 있으면 안 된다고. 그렇게 말씀하셨었지."

『그렇구나.』

정우는 주먹을 꽉 쥐었다. 살짝 떨어뜨린 얼굴에는 그림자가 져서 표정을 읽을 수 없었다. 연우도 굳이 동생을 보지 않고 모른 척 슬쩍 고개를 돌려 주었다. 정우의 어깨가 파르르 떨리고 있었다.

그러다 정우는 마음을 다잡고 다시 고개를 들었다. 슬픈 모습은 더 이상 보이지 않았다. 단단해진 눈매가 무언가를 결심하고, 연우에게 단단히 고정되었다.

『나, 딸이 있다고 들었어.』

그새 브라함에게 들은 걸까. 여태 전혀 모르고 있었던 딸에 대한 이야기를 듣고서도, 정우는 전혀 흐트러지지 않았다.

아니, 오히려 마음을 다잡은 것이겠지. 비록 바라던 것과 달리 어머니를 구해 드리지는 못했지만, 자식만큼은 구해야 한다는 의지가 정우를 다시 일으켜 세우고 있었다.

『난 못난 자식이었지만. 그래도 어머니 같은 사람이 되고 싶어.』

자식들을 한없이 사랑하셨던 어머니가 계셨기에. 정우는 그분을 닮고자 했다.

『그러니까.』

정우의 목소리에 힘이 실렸다.

『되살아나고 싶어.』

연우는 그런 동생을 가만히 바라보았다.

『그래서 내 손으로 세샤를 안아 주고 싶어. 어머니가 우리에게 그러셨던 것처럼. 나도…… 그럴 수 있을까?』

연우를 보는 정우의 시선은 타 버릴 것처럼 뜨거웠다.

"되살아나고 싶다는 의미는, 브라함과는 다른 거겠지?"

『어. 맞아.』

정우는 가만히 고개를 끄덕였다.

『사실 브라함과는 경우가 다르다는 거 알잖아. 나는 내 손으로 세샤를 느끼고 싶어.』

브라함은 원래 신이었던 존재가 임의로 육체를 만들어 하계로 강령했던 형태. 당연히 호문클루스라는 육체를 사용했다고 해도, 이 그릇에서 저 그릇으로 옮긴 것밖에는 되지 않았다.

하지만 정우는 달랐다.

원래 인간이었던 존재였다.

비록 지금 이렇게 자아를 갖고 있어도, 피와 살을 가지고 있던 시절이 그리울 수밖에 없었다.

더군다나. 연우는 정우의 바람이 무엇인지 알 것 같았다.

'같이 세월을 보내고 싶은 거겠지. 여태껏 그렇게 해 주지 못했으니.'

정우는 아난타, 세샤와 함께 따스한 온기를 나누고자 했다. 그들과 같이 웃고, 떠들고, 행복해하면서 같은 시간대를 누리고 싶어 했다.

그것이야말로.

'정우가 가장 바라던 행복이었으니까.'

어머니, 연우, 정우, 세 사람이 함께 있었을 시절은. 가난했지만 언제나 입가에 웃음만 가득했던, 가장 행복했던 시간이었으니.

『가능…… 할까?』

정우는 그답지 않게 슬쩍 연우의 눈치를 봤다. 자신이 봐도 얼마나 터무니없는 부탁을 하는 건지 잘 알고 있기 때문이었다.

부활이라.

사실 이 일을 해낸 사람은 거의 없다시피 했으니까. 거의 신화나 전설에서 다뤄질 법한 이벤트였다.

죽은 자의 영혼을 잠시 불러온다거나, 갓 죽은 지 얼마 되지 않은 자를 소생시키는 기적 단위의 마법은 이따금 있어 왔지만.

정우는 이미 죽은 지 오랜 시간이 지났고, 육체도 화장해서 모두 흩뿌린 탓에 부활을 한다는 건 거의 불가능에 가까운 일이었다.

더군다나 정우는 현재 영혼도 쇠락할 대로 쇠락해서, 이대로 저승에 간다고 해도 환생도 불분명한 수준이 아니던가.

'사실 이렇게 영혼을 예속시켜서 쉽게 다루는 것도, 말도 안 되는 권능이기는 하지만.'

그렇다 보니 정우는 자신의 그런 소망을 말하면서도, 말하는 내내 입가에서 쓴웃음이 떠나질 않았다.

사실 이렇게 회중시계 밖으로 나와 바깥세상에서 눈을 뜬 것만 해도 기적적인 일이건만. 너무 과한 욕심을 부리고 있었으니.

어쩌면 오랜만에 형을 만났으니, 여태껏 눌러 뒀던 응석이 자기도 모르게 튀어나온 건지도 몰랐다.

그런데.

"……어쩌면, 가능할지도."

『응?』

연우의 혼잣말에. 정우의 눈이 살짝 커졌다.

『가능하다고? 그게?』

연우는 고개를 끄덕였다.

"확신은 없지만. 어쩌면, 방법이 있거나, 생길지도 몰라."

연우는 그렇게 말하면서 자신의 손발에 묶인 팔찌와 족쇄를 두들겼다.

정우의 표정도 딱딱해졌다. 그 역시 연우가 탑을 오르면서 얻게 된 힘이 무엇인지 익히 들어 알고 있었다.

특전을 무수히 반복하면서, 탑의 비밀을 거의 알아냈는데도 불구하고 존재조차 짐작할 수 없는 존재. 칠흑왕의 권능을 빌리자는 뜻이었다.

"칠흑왕의 세트 중에 남은 건, 목에 찰 항쇄뿐이야. 그리고 그걸 얻기 위해서는."

『퀴네에를 얻어야 한다고 했지?』

"그래."

『하지만 하데스가 호락호락하게 주지는 않을 테고.』

연우는 고개를 끄덕였다.

"공적을 세워서, 포상으로 받아 내야겠지."

*　　*　　*

[아가레스가 당신과 당신의 형제를 빤히 바라봅니다.]

[아가레스의 얼굴에 경악이 잔뜩 퍼집니다.]

[아가레스가 잔뜩 흥분한 채 길길이 날뛰면서 소리를 고래고래 지릅니다.]

[아가레스에게서 메시지가 도착했습니다.]

[메시지: 왔구나! 드디어! 드디어! 너희 형제들이! 그러니 이제 날……!]

[다른 신과 악마들의 권한으로 아가레스의 메시
지가 잠시간 차단되었습니다.]

『아가레스, 저 새끼는 아침부터 왜 저래?』
"내버려 둬라. 원래 저랬었던 놈이니."

　　[아가레스가 자신의 권한으로 차단을 해제하였습
니다.]
　　[아가레스에게서 메시지가 도착했습니다.]
　　[메시지: 내가 무슨 문제가 있……!]
　　[다른 신과 악마들의 권한으로 아가레스의 메시
지가 잠시간 차단되었습니다.]
　　[다른 신과 악마들이 아가레스에 대한 안건에 대
해 투표를 진행합니다.]
　　[투표 결과, 만장일치로 아가레스에게서 며칠 동
안 발언권을 박탈합니다.]
　　[아가레스가 억울하다며 길길이 날뜁니다.]

　　[비마질다라가 곧 타르타로스에서 벌어질 당신의
이벤트가 어떨지 크게 관심을 기울입니다.]
　　[케르눈노스가 타르타로스의 거친 환경에 고생하

고 있을 자신의 신령에게 축복을 내립니다.]

　[모든 죽음의 신들이 지켜봅니다.]
　[모든 죽음의 악마들이 살펴봅니다.]
　[모든 전쟁의 신들이 승전을 기원합니다.]
　[모든 전쟁의 악마들이 어서 날뛰라며 종용합니
다.]
　……

『그나저나.』
　정우는 예나 지금이나 자신에 대한 탐욕을 숨기지 않는
아가레스를 보면서 고개를 절레절레 흔들었다.
　뭔가 자신에게 간절히 하고 싶은 말이 있는 눈치였지만,
어차피 평소와 같이 쓸데없는 말이겠거니 싶어 무시했다.
　『어렴풋이 느끼곤 있었지만, 정말 많기는 더럽게 많네.』
　그러다 연우를 둘러싼 시선들을 훑어보면서 고개를 절레
절레 흔들었다.
　자신도 이래저래 여러 신과 악마들로부터 관심을 사고,
러브 콜도 받아 봤다지만. 그래도 이렇게 많은 신과 악마들
이 함께하고 있는 건 그로서도 처음 보는 광경이었다.
　신과 악마 중 하급에게라도 관심을 받고 싶어서 안달이

난 플레이어들이 많다는 것을 감안해 본다면. 참 쉽게 말이 나오질 않았다.

문제는 여기서 안달이 난 건 신과 악마들 쪽이라는 것.

대충 어림잡아 헤아려 봐도 3천여 개가 훌쩍 넘었다.

『대체 받아들인 권능이 몇 개야?』

"잠깐만."

연우는 창을 띄워 권능의 수를 체크했다.

"3,702개. 아니, 3,703…… 3,704개다."

『…….』

아무래도 이 시간에도 꾸준히 권능의 수가 계속 늘어나고 있는 모양이었다. 연우는 이제 그걸 너무 당연하게 받아들이고 있었지만, 정우는 질릴 대로 질리고 말았다.

『그렇게 많으면 안 힘들어?』

"버거워. 다행히 육체가 버텨 주고 있으니까. 하지만."

『본격적으로 싸우려 하면 힘들겠네?』

연우는 가만히 고개를 끄덕였다. 채널링이 900여 개 정도였을 때는 그래도 마신룡체로 충분히 감당할 만했었다. 아스트라이오스를 잡을 수 있었던 것도 그 덕분이었으니까.

하지만 그때보다 권능의 수가 4배 가까이 늘어난 지금은 어떻게 말로 표현하기가 어려웠다.

권능의 수가 늘어난다는 것은 단순히 채널링의 숫자만 늘어난다는 게 아니었다.

신과 악마들의 관심을 부담해야 한다는 압박감이 있기 때문에, 단순히 산술적으로 4배가 힘든 게 아니라 그보다 몇십 곱절로 힘들 수밖에 없었다.

만약 마신룡체라는 육체가 없었거나, 영혼의 격이 조금이라도 낮았더라면. 이미 연우의 자아는 초월자들의 존재감에 짓눌려 짜부라졌을지도 몰랐다.

그러니 이런 몸으로 전장에 나서 봤자, 좋은 꼴을 보이기가 힘들었다.

아니, 아스트라이오스를 잡을 때보다 힘이 현저히 떨어져서 오히려 위험만 클 것 같았다.

『이래서는 전장에 나서도, 크게 공적을 세우기 힘들겠네.』

연우가 그렇다는 듯이 가만히 고개를 끄덕였다.

타르타로스의 전쟁에 참전하겠다는 건 이미 마음속으로 결정을 내린 사안이었다.

연우도 정우를 되살리고 싶은 마음은 굴뚝같았으니까.

지금처럼 하루에 단 몇 분, 몇 시간만 나와서 이야기를 나누는 게 아니라, 밤새 같이 술을 마신다거나, 티격태격하더라도 같이 길을 걷고 싶었다. 제 발로 마음껏 돌아다닐 수 있는 자유도 주고 싶었다.

무엇보다. 소중한 조카인 세샤가 밝게 웃는 모습을 보고 싶었다. 아난타가 깨어나 정우와 함께 하는 모습도.

하지만 그러기 위해서는 현재 가진 것들을 전부 정리해서, 완전히 제 것으로 삼을 필요가 있었다.

『하드웨어도 뛰어나고, 구성 소프트웨어도 참 좋은데. 그 좋은 소프트웨어들이 너무 많이 활동하고 있으니 기능이 좀먹힐 수밖에.』

정우는 연우의 상태를 정확하게 파악하고 혀를 찼다.

마신룡체라는 하드웨어는 원래 정우가 바라 왔던 만큼 뛰어난 육체. 그 한계는 아직 탑도 상정하지 못할 정도로 깊다. 하지만 이리저리 날뛰는 여러 소프트웨어와 프로그램들은 하드웨어의 기능을 다운시킬 수밖에 없다.

『물론, 지금도 조금 익숙해지면 용의 지식으로 어느 정도 연산 처리는 가능할 것 같지만…….』

"쉽지 않지."

『어. 그래 보여.』

정우는 손으로 뒷머리를 벅벅 긁었다.

『거기다 히든 피스로 이래저래 주워 담은 스킬들도 중구난방으로 얽혀 있고.』

연우가 오러를 깨달으면서 천익기공으로 한차례 정리를 하긴 했지만, 그래도 모자란 게 사실이었다. 용신안이나 바람길 같은 스킬들은 이미 천익기공의 범주를 넘어섰으니.

『이래서 내 하늘 날개가 필요하다고 한 거구나.』

"그래."

연우는 정우가 파악한 것보다 훨씬 상세하게 자신의 몸 상태를 파악하고 있었고, 이에 대한 해결책을 마련하기 위해서는 단 한 가지 방법밖에 없다는 결론을 내렸다.

운영 체제가 필요했다.

서로가 잘났다면서 떠들어 대기 바쁜 여러 소프트웨어들을 시스템하에 두어 효율적으로 관리해 주고, 하드웨어가 제 기능을 할 수 있도록 데이터 연산과 작업 계획 따위를 자동적으로 조정해주는 체제. 오퍼레이팅 시스템(Operating System).

쉽게 말해, 따로 의념을 투영하지 않아도 권능들을 효율적으로 관리하여, 마신룡체의 기능을 극대화시킬 수 있는 자동화 시스템이 필요하다는 뜻이었다.

다행히 그런 운영 체제는 멀리 가지 않아도 될 것 같았다.

하늘 날개.

이미 21층에서도 겪어 본 적이 있던 정우의 시그니처 스킬이라면. 충분히 운영 체제로서의 활용도 가능하다 싶었던 것이다.

'하늘 날개는 원래 용의 인자가 가진 한계를 극대화시켜서 특성과 권능, 스킬들을 모두 하나로 엮는 스킬이었으니까.'

어디 그뿐이랴. 마력 강화를 비롯해 신체적 능력 향상 및 마법적 효과까지 누릴 수 있어서 버프 계통의 스킬에 있어서는 최고봉을 달렸다.

그래서 부여된 넘버링도 002.

비록 지금은 불의 파도에 밀려 003번으로 밀려났다지만, 그래도 뛰어난 스킬인 건 틀림없었다.

아니, 사실 불의 파도와 비교를 하는 것도 우스운 일이었다.

타격용 스킬과 버프용 스킬은 애당초 추구하는 방향이 다르다. 어느 것이 우위라고 하는 게 웃긴 것이다.

여하튼.

이런 하늘 날개를 얻을 수 있다면. 아니, 마신룡체에 맞게 개량된 하늘 날개를 얻을 수 있다면?

그때는 정말 제대로 된 날개를 달 수 있게 되는 것이다.

그리고 연우는 그게 불가능하다고 생각이 들지 않았다.

애당초 하늘 날개는 정우가 창안한 스킬이었고, 자신도 같이 머리를 맞댄다면 충분히 새롭게 개조할 수 있었다.

아마 모르긴 몰라도, 자신의 특성과 어우러지면서 권능에 가까운 효과를 내는 바람길이나 불의 파도와 비교해도, 절대 뒤지지 않을 물건이 나올 터였다.

그리고 다른 스킬과 권능, 특성들도 덩달아 향상되겠지.

전반적인 성장을 꾀할 수 있는 것이다.

그것도. 그저 그런 성장이 아닌, 폭발적인 성장을.

『형.』

"왜?"

『당신의 양심, 무사하십니까?』

정우는 질린다는 표정으로 바라봤다. 지금만 해도 사기적인 능력이 한두 개가 아니건만. 그걸로도 만족하지 못한다는 뜻이니.

예나 지금이나 형은 참 욕심이 많았다.

"당연히 없지."

연우는 팔짱을 끼면서 대놓고 콧방귀를 뀌었다.

"좋은 건 내가 다 가져야 하니까."

『사스가 인성왕…….』

정우는 고개를 절레절레 흔들었다.

역시.

형은 자신보다 몇 수 위였다.

『그냥 갑자기 불현듯 든 생각인데.』

"……?"

연우는 정우가 또 무슨 말을 하려나 싶어 빤히 처다보았다.

『하늘 날개 만들겠답시고, 바토리의 흡혈검으로 나 흡수하거나 하지는 않을 거지?』

순간, 연우의 눈이 커졌다.

"그렇게 좋은 방법이 있었나?"

『…….』

정우는 슬쩍 한 발자국 뒤로 물러섰다.

농담으로 던진 말이라는 건 알았지만, 왠지 모르게 연우가 말하니 진심처럼 느껴졌다.

*　　　*　　　*

『하늘 날개를 구성하는 가장 중심이 되는 축은 총 두 개였어. 만통. 그리고 칼라투스와의 링크.』

정우는 스킬 제작에 앞서서 하늘 날개의 구성 요소에 대해 설명하기 시작했다.

연우의 미간이 살짝 좁혀졌다.

"둘 다 너의 고유 특성인데?"

『어. 아마 스킬을 만들려면 이게 가장 걸림돌일 거야.』

만통은 정우가 빠른 성장을 이룰 수 있도록 만들어 준 특성이었다.

모든 마나로부터 축복을 받고, 아무런 부담 없이 수용하여 자유롭게 다룰 수 있게 하는 효과를 지녀 마법 분야에 있어서는 천부적인 재능을 발휘할 수 있었다.

그리고 여기에 더해진 고룡 칼라투스와의 링크는 마력을 다루는 데 있어 가장 중요한 연산 과정을 대체하는 역할을 했으니.

이 둘만 적절하게 이용해도, 큰 발전이 따를 수밖에 없었다.

『링크는 용의 인자가 품은 가능성을 극대화시켜 주고, 만통은 여기서 뻗어 나가는 가지 역할을 해서 여러 스킬과 마법들을 한데 얽히게 만들었거든. 그러니 간단히 스킬을 발동하기만 하면, 다른 부가 효과들이 저절로 따라왔던 거고.』

"그렇다면 이 두 가지의 대체재를 찾아야겠는데."

연우는 잠깐 고민에 잠기다가, 자신이 가진 고유 특성이 무엇인지 떠올려 봤다.

가장 먼저 떠오르는 게 한 가지 있었다.

냉혈.

어떤 위급한 상황 속에서도 냉정함을 찾게 해 주고, 이성적인 판단을 내리게 하는 특성이라면?

간혹 정말 흥분할 때면 특성이 먹히지 않을 때도 있었지만, 그동안 연우는 냉혈의 도움을 톡톡히 보곤 했었다.

초창기에는 여러 내성이나 면역력을 얻어 내기도 하고, 가장 요긴하게 쓰는 스킬인 시차 괴리도 여기서 파생되었었다.

'여러 권능이나 스킬, 마법, 버프 따위가 발동하면 육체가 흔들릴 수밖에 없어. 정신도 이때 많이 흐트러졌었고. 이것을 제대로 딱 고정시켜 줄 수 있다면.'

비록 여러 스킬과 권능을 어우러지게 하는 만통만큼 효과를 발휘하지는 못하겠지만, 그래도 고정 역할을 할 수 있을 듯싶었다.

그렇다면.

고룡 칼라투스와의 링크를 대체할 만한 건 무엇이 있을까?

다행히 여기에 대해서도 금세 떠오르는 게 있었다.

'현자의 돌.'

정확하게는 영혼석을 삼킨 현자의 돌이었다.

연우가 엿보았던 보라색 기운은 다양한 형태의 마력으로 보일 정도로 성질이 다양했다. 이것을 끌어올 수 있다면 여러 권능들을 전부 수용하고, 하나로 연결할 수 있을 것이다.

연우는 이런 생각에 대해서 이야기를 했고.

『괜찮은데?』

정우는 눈을 동그랗게 뜨면서 고개를 끄덕였다. 머리가 빠르게 돌아가기 시작했다.

『그럼 스킬의 프로세스는 특성 작용을 시작으로, 인자 발동, 육체 각성, 권능 접촉, 효과 작동의 순인가?』

정확하게는 '시동어→냉혈→현자의 돌→용, 마, 신의 인자 발동→가능성 극대화→3차 용체 각성→마법 무장→권능 접촉→제어→효과 발현'의 순서였다.

『더럽게 복잡하네.』

정우는 머릿속으로 프로세스 도안을 쭉 그려 보고 가볍게 혀를 찼다. 워낙에 연우가 가진 것이 많다 보니, 공정 과정도 너무 복잡했던 것이다.

자신은 그렇게 복잡할 게 없었는데.

연우는 여러모로 달랐다. 특히 걱정되는 부분은 각 단계에서 필요로 하는 연산 처리 과정이 복잡하고, 소모될 에너지도 막대할 거란 점이었다.

온통 비효율적인 것투성이였다.

문제는 이 중에서 버릴 만한 게 없다는 점이었다.

『우선은 이 과정들을 효율적으로 이뤄 낼 패턴을 여러 개 확보하고, 알고리즘을 구축하는 게 가장 급선무일 것 같아.』

"그러려면 데이터가 많이 쌓여야겠는데."

『표본과 자료는 많을수록 좋으니까.』

그때부터 연우는 데이터를 모으기 위해 마력 운용에 집중하기 시작했다.

가부좌를 틀고, 모든 의념을 현자의 돌 쪽으로 집중시켰다.

부르르—

현자의 돌이 잘게 꿈틀거렸다. 보라색 기운을 가득 삼키고도 겉보기엔 여전히 아무런 변화가 없던 돌은 의념을 받아들이기 무섭게 마력을 줄줄이 토해 냈다.

아니, 이제는 마력이라고 표현해도 될까 싶은 힘. 용, 마, 신의 세 초월종 인자들을 보유했을 뿐만 아니라, 영혼 석까지 깃든 힘은 어떻게 말로 표현하기가 힘들 정도였다.

연우는 360개의 코어를 한꺼번에 돌리면서 천익기공을 따라 마력을 순환시키기 시작했다.

그런데.

위이이잉—

생각지도 못한 일이 발생하고 말았다.

'빨라. 너무.'

여태껏 연우는 용체 각성이 새로운 단계에 들어섰을 때도, 새로운 인자를 계속 수용하고 권능들을 여러 개 추가했을 때도, 육체에는 무리가 갔을지언정 마력 운용에 이상이 생긴다는 생각은 단 한 번도 한 적이 없었다.

체질이 바뀔 때마다 천익기공도 좀 더 효율적인 루트를 찾아 조금씩 변한 덕분이었다.

하지만 지금은 달랐다.

하드웨어가 천차만별로 달라지고, 소프트웨어도 몇 배로

추가되면서 체질이 완전히 바뀌었다. 하지만 엔진 기능을 하는 현자의 돌이 일으키는 변화는 그런 것들과 차원이 달랐다. 가뜩이나 빠르던 스포츠카가 이젠 항공기 수준으로 바뀌었다고 해야 할까. 급이 달랐다.

당연히 기존 루틴을 따라서는 컨트롤을 하기 어려울 수밖에 없는 것이다.

실제로 마신룡체라는 육체가 버거워할 정도로 빠르게 돌아가는 마력의 운용 속도는, 연우가 어떻게 제어하기 힘들 정도였다.

이래서는 패턴을 뽑아내기 전에 육체부터가 흔들릴 지경이었다.

'우선 천익기공부터 다 뜯어고쳐야겠어.'

마력 운용은 프로세스 패턴을 만드는 데 가장 기초이자 필수가 되는 부분이다.

여기서부터 삐끗거리게 되면 모든 게 엉망이 된다.

어차피 새 그릇에는 새 내용물을 담을 필요도 있었으니, 이참에 잘 되었다고 생각하기로 했다.

다행히 천익기공을 개조하는 데는 큰 무리는 없을 듯했다.

그동안 명인 급의 반열에 오르면서 내력 운용에 대한 깊은 이해를 갖게 되기도 했고, 실전을 거듭하며 쌓인 경험, 제천류를 터득하면서 얻은 미후왕의 묘리, 여름여왕을 흡수하면서 추가된 용의 지식과 포세이돈의 인자를 강탈하면서 얻은 세계관의 이해도도 있었다.

이외에도 정우가 특전을 수없이 거치면서 얻은 데이터들, 용신안으로 연결된 비마질다라의 지식도 일부 가져올 수 있었으니.

참고할 만한 것들은 아주 많았다.

연우가 가진 지식들도 절대 적지 않았다. 현자의 돌과 퀴네에를 만드는 등, 아홉 왕들조차도 해내지 못한 이벤트들을 여러 차례 거치면서 터득한 안목과 지식은 무공에도 충분히 접목시킬 수 있었다.

자신의 방식대로 해석하고 응용하는 건 크게 어려운 작업이 절대 아니었다.

[시차 괴리]

'죄다 뜯어고칠 것투성이로군.'

애당초 시스템 메시지도 그렇게 말했었다.

마신룡체는 탑의 역사에서도 처음 있는 이벤트라고. 그렇다면 거기에 필요한 것들도 다 새롭게 짜 맞춰야 하는 것일 테지.

실제로 많은 부분들이 강제로 뜯겨 나갔다.

단번에 출력할 수 있는 양의 한도가 몇 곱절로 늘어나고, 이것이 원활하게 회전할 수 있도록 회로가 개통되고 강화되었다. 필요할 때는 근골의 위치를 일부 바꾸기도 할 정도였다.

우드득, 두득—

낡은 부품을 교체하듯이. 자신의 신체를 만지는데도 불구하고 그는 전혀 거리낌이 없었다.

『이 부분을 조금 더 강화하는 게 좋을 것 같은데. 이쪽은 코어가 비정상적으로 회전이 빨라. 기능을 낮추고, 이 부근에다가 냉각 기능을 할 수 있는 것들을 정리해 두면 좋을 것 같아.』

정우는 용마안을 열어 연우의 신체를 살피면서 개조에 필요한 부분들을 지적하거나 보조하는 역할을 했다.

연결 고리로 이어져 있기 때문에 연우가 별다른 말을 하지 않아도 어떤 계획을 하고 있는지, 무슨 사고를 하고 있는지 알 수 있어서 도움은 훨씬 순조로웠다.

특히 정우는 회중시계를 만들었을 정도로 영혼석을 다루는 데에 있어서는 깊은 지식을 지니고 있었다. 연우에게 큰 도움이 될 수밖에 없었다.

『14개의 영혼석은 저마다 다른 이름을 지니고 있고, 각자 특징이 다 달라. 그러니 뭔가를 만들려면 여기에 중점을 둬야만 해.』

정우는 끝이 아주 뾰족한 송곳을 가져와, 가부좌를 튼 연우 옆에 조용히 앉아 그의 몸을 찌르기 시작했다.

탄력 있는 살갗이 송곳을 밀어내면서 작은 멍 자국도 나지 않았지만.

오히려 정우는 영력을 실어 송곳을 세게 밀었다. 살갗이 살짝 찢어지면서 핏물이 맺혔다.

그런 식으로 정우는 연우의 몸에다가 일일이 핏자국을 냈다.

『'오만'이 가지는 특징은 모든 것을 압도하려는 성질이야. 보이는 건 전부 짓눌러서 자신의 아래에 두려고 하지.』

핏자국은 모이고 모여 서서히 문신 형태가 되어 갔다. 문신이 오른팔을 거의 채웠을 무렵, 갑자기 살갗 표면을 타고 문양이 기이한 빛을 내면서 나타났다.

오래전부터 연우가 부를 시켜서 용골에다 새겼던 마법 무장의 룬 문자들이었다.

『하지만 역설적인 점은, 전부 아래로 두기 때문에 자신을 제외한 위계질서에 있어서는 평등을 추구한다는 것.』

정우는 그런 문신과 문자들을 조합해서 새로운 도식(圖式)을 이끌어 냈다.

여태껏 세간에 단 한 번도 공개되지 않았던 마방진.

'법화술식 마방진'이었다.

그가 아주 오래전부터 고룡 칼라투스와 함께 머리를 맞대어 구상해서 만들었지만, 끝내 완성하지 못해 일기장에는 녹이지 못했던 도안.

하지만 연우의 마룡신체를 본 순간, 번뜩이는 영감이 일었고, 뭔가에 취한 것처럼 곧장 그것을 새길 수 있었다.

『그러니 전부 평등하게 다룰 수 있을 거야. 형의 마력을 순조롭게 흐르게 하도록 전부 '보조'하는 역할로 가는 거지. 현자의 돌을 중심으로, 마력회로와 육체적 기능, 권능, 마법, 스킬, 특성, 심지어 정신적 사고까지 전부 동등한 선에 두어 돌아가게 해.』

법화술식 마방진은 부분 부분이 완성되는 족족 시퍼런 빛을 내면서 다시 살갗 아래로 가라앉았다. 그리고 마력회로와 호응하면서, 현자의 돌을 중심으로 착착 빠르게 재구성되었다.

['천익기공'과 '마력회로'가 호응하면서 스킬 숙련도가 대폭 상승하였습니다.]

[천익기공: 71, 72, 73…… 91%…….]

[마력회로: 80, 81, 82…… 95%…….]

[축하합니다! '천익기공'과 '마력회로'의 스킬 숙련도를 Max치까지 달성하는 데 성공했습니다.]

[스킬과 관련된 모든 능력치가 향상됩니다.]

[힘이 20만큼 상승합니다.]

[민첩이 15만큼 상승합니다.]

......

[스킬과 관련된 새로운 깨달음을 얻었습니다. 두 개의 스킬이 연동되어 새로운 스킬로 통합됩니다.]

[상위 스킬 '마나 오퍼레이트'가 생성되었습니다.]

['마나 오퍼레이트'의 스킬 숙련도가 대폭 상승하여 빠르게 Max치를 달성하는 데 성공했습니다.]

......

[플레이어의 능력치를 산정하여 새로운 스킬을 탐색합니다.]

[상위 스킬 '차크라 마스터리'를 오픈합니다.]

......

['차크라 마스터리'의 스킬 숙련도가 대폭 상승하여······.]

......

[외부에 새겨진 '법화슬식 마방진'의 효과가 적용되었습니다.]

['신살' 이벤트를 통해 획득한 '초월성'이 일부

적용되어, 새로운 스킬을 탐색합니다.]

띠링—

　[상위 스킬 '아트만 시스템'이 생성되었습니다.]

　[아트만 시스템]
　넘버링 ???(측정 중)
　숙련도: 0.0%
　설명: 호흡(息)은 생명이 살아가기 위한 가장 기초적인 행위로, 외부인 자연과 내부인 나를 연결하는 고리 역할을 하게 된다.
　이때 유동되는 공기는 마력을 함유하여 '나'를 우주와 자연으로 인도하며, 일정한 한계를 뛰어넘을 시에 초월적인 자아로 거듭날 수 있게 한다.
　* 삼사라 오퍼레이팅
　상호 작용한 정신적 힘과 육체적인 기능을 바탕으로, 내분비계를 따라 에너지를 회전시킨다. 6개의 큰 집합소와 8만 8천 개의 작은 집합소를 따라 자유롭게 운용되며, 연동된 각종 신경계를 따라 육체 및 마력적 변화를 꾀한다.

＊무크티 리드

가공된 에너지를 체외로 배출하여 뛰어난 효과를 드러낸다. 정신적 작용과 체외 발현에는 큰 시차가 나지 않으며, 이때 나타나는 효과는 에너지의 종류와 이해도에 따라 크게 달라진다.

＊＊이 스킬은 '유니크'입니다. 탑에서도 오로지 단한 개밖에 존재하지 않습니다. 만약 타인에게 전수하는 데 성공할 시에 유니크 항목은 사라지고, 대신에 창조자에게 주어진 부가 혜택 옵션이 제공됩니다.

＊＊아직 미완성인 스킬입니다. 하지만 잠재 가치가 높으니 '완성'을 이루어 높은 등급 혹은 넘버링을 획득하세요.

용종만이 가진다는 마력회로와 연우가 창안했던 천익기공이 더해지면서 만들어진 마력 운용법.

당연히 여태 탑에서 사용되어 오던 기존 체계와 완전히 다를 수밖에 없었다.

[신의 사회, <아스가르드>가 당신을 보며 탄성을 터뜨립니다.]

[신의 사회, <천교>가 당신이 창안한 마력 운용법에 깊은 관심을 보입니다.]

　　[신의 사회, <데바>가 가졌던 악의적인 감정이 호의적으로 변하기 시작합니다.]

　　……

　　[악마의 사회, <르 인페르날>이 다시 한번 더 당신의 격에 대한 논의 및 안건을 미룹니다.]

　　[다수의 신이 고심에 잠깁니다.]

　　[여태 흥미 수준에만 그쳤던 다수의 악마가 당신을 진지하게 고찰합니다. 사도로 맞고자 하는 탐욕을 숨기지 않습니다.]

　　[소수의 신이 영혼석(오만의 돌)의 사용에 대한 깊은 우려를 표시합니다.]

　　[소수의 악마가 당신에 대한 처리를 고심합니다.]

　연우는 서로 따로 놀던 육체와 마력이 맞물리듯이 아귀가 딱 들어맞는 것을 느낄 수 있었다.

　'육체에 맞는 마력 운용을 찾았으면, 이제 패턴 데이터를 뽑는 방향으로.'

　활발하게 돌아가는 마력을 한껏 느끼면서.

연우는 여태 잠들어 있던 초월종의 인자들을 한껏 깨웠다. 자동적으로 용체 각성이 이뤄지면서 권능들이 활발하게 날뛰었다.

그리고 이 순간에도.

띠링, 띠링—

[<데바>의 신, 아그니가 당신에게 관심을 보입니다.]
[<절교>의 악마, 바치가 당신에게 깊은 흥미를 보입니다.]

[현재 가능한 권능 수: 692개]

권능의 수는 착실하게 늘어나고 있었다.

*   *   *

아트만 시스템의 확립 이후, 연우는 데이터를 빠른 속도로 뽑아낼 수 있었다.

세 인자들을 차례로 개방해서 신진대사의 변화를 체크하고.

용체 각성 뒤에 이뤄지는 신체 변화에도, 아트만 시스템이 잠시간의 쿨타임도 없이 자연스럽게 작동할 수 있도록 기능을 조금씩 개선해 나갔다.

여태껏 사용하지 않았던 루트로 마력을 운용했다가 근 골이 돌아가기도 하고, 코어가 망가지면서 마력이 역류를 일으키거나, 심지어 사지를 잘라 내야 하는 지경에 이르는 등, 좋지 않은 상황이 벌어지기도 했지만.

그럴 때마다 연우는 눈 하나 깜빡하지 않고, 재생 스킬로 몸을 복원시켰다.

그리고 정우와 함께 신체적 변화를 빠짐없이 기록해 나 갔다.

이때만큼은 정말 아무 감정도 없이 오직 연구에만 집중 하는 눈을 하고 있어서, 옆에서 지켜보고 있던 사람들까지 질릴 정도였다.

자신의 몸을 저렇게 마루타로 쓰는 사람도 찾아볼 수가 없을 테니까.

마치 시험대에 올라온 표본을 무미건조한 손길로 만지는 사람처럼 느껴질 정도였다.

하지만.

바로 그런 여러 번의 관찰 덕분에 연우는 마신룡체에 대 한 비밀을 빠른 속도로 파악해 나갈 수가 있었다.

여기에 정우의 아이디어까지 더해지면서, 아트만 시스템

의 숙련도도 빠른 속도로 올랐다. 이제 마력 운용은 '만통' 특성이 부럽지 않을 정도로 손쉽게 이뤄질 정도였다.

그렇게 육체에 대한 필요한 데이터는 모두 뽑았다 싶을 때 즈음.

연우는 신체에만 국한시켰던 의념을 다른 방향으로 돌리기 시작했다.

자신을 둘러싼 시선은 어느새 5천 개를 훌쩍 넘고 있었다. 계속 추가되는 예비 권능들을 속속 받아들인 결과. 다행히 이제는 아무리 많은 채널링이 연결되어도 신체에 전혀 부담이 가질 않았다.

하지만.

'이걸 전부 통제에 두는 건 또 다른 이야기겠지.'

저 너머에 있을 여러 초월자들은 연우가 뭘 하려는지 잘 알고 있었다.

그들은 하나같이 해 볼 테면 해 보라는 식이었다. 몇몇은 냉소적이면서도, 연우가 어떻게 해낼지 궁금증을 보이기도 했다.

쉽지는 않을 테지만.

연우는 이 권능들을 전부 삼켜 버릴 생각이었다.

하늘 날개 아래에.

『이젠 연산 장치도 안정화되었으니까, OS 구축만 남았네.』

"그게 가장 어려운 작업이지."

『어렵다기보다는 엿 같겠지.』

정우는 가볍게 혀를 찼다. 그 역시 너무 잘 알고 있었다. 신과 악마 같은 초월자들이 얼마나 오만한 족속들인지.

타협과 굴종 없이 너무 오만해서 절대 뜻을 굽힐 줄 모르고, 오로지 자신의 신화만을 추구하는 삶.

어떻게 '사회'를 구축하고 있는지도 의문이 들 정도인 그들이, 한낱 필멸자가 자신들의 힘을 통제한다고 할 때 과연 어떤 반응을 보일까?

정우는 아마 그들이라면 불쾌감도 느끼지 않을 것 같다는 생각이 들었다. 오히려 어이없어하거나, 할 수 있다면 어디 한번 해 보라는 식으로 코웃음만 치지 않을까.

그러니 협조를 바라는 건, 절대 있을 수도 없는 일이었다.

더군다나 권능을 내려 준 신과 악마들의 경우, 연우를 사도로 삼고자 하는 게 주목적이었던 것을 감안한다면.

'오히려 방해나 하지 않으면 다행이겠지.'

정우는 고개를 절레절레 흔들었다. 아무래도 쉽지가 않을 것 같았다.

그래서 새로운 하늘 날개를 만드는 데 가장 큰 걸림돌을, 연우가 어떻게 해결할 것인지가 가장 궁금했다.

『방법은 좀 생각해 봤어?』

"대충은."

『오. 어떤 건데?』

"아마 너와 비슷하지 않을까 싶은데."

정우는 인상을 팍 찡그렸다.

『자꾸 그런 식으로 의뭉스럽게 넘어갈래?』

하여간 예나 지금이나 슬쩍 상대를 떠보면서 필요한 것만 쏙쏙 빼 가는 짓은 똑같았다. 그걸 자기 돕겠답시고 나서는 동생에게도 똑같이 하고 있으니.

연우는 가볍게 피식 웃고 말았다. 툭하면 티격태격하던 옛날로 돌아간 것 같아 기분이 좋았다. 한편으로는 문득 어머니가 이 모습을 보셨다면 어떠셨을까 하는 생각도 속이 쓰리기도 했다.

"그래도 일단 먼저 말해 봐. 나도 참고할 테니까."

『……하! 난 우선 분류가 가장 급선무라고 생각해.』

현재 연우가 받아들인 권능의 수는 총 5천여 개.

그마저도 계속 추가되고 있는 상황이었다. 이래저래 소문을 듣고, 혹은 '신살' 이벤트를 확인하고 계속 찾아오는 모양이었다.

그러다 보니 권능들이 너무 중구난방으로 뒤섞여 있었다.

권능이란, 초월자들이 걸어온 신명과 신화가 고스란히 담긴 업(業)의 표면 형태.

당연히 같은 사회이거나 신위를 지녔다고 해도, 속은 다 다를 수밖에 없기 때문에 하나하나가 너무 독립적이었다.

그래서 정우는 공통분모가 될 만한 커다란 '틀'을 여러 개 만들어, 여기에 맞춰 권능들을 정리해야 하는 게 가장 급선무라고 생각했다.

"그건 나도 비슷한 생각이야. 그럼 공통분모는 어떻게 짜려고?"

연우는 고개를 끄덕이면서 물었다.

정우가 대답했다.

『날개는 좌우로 나뉘어 있잖아? 이걸 기준으로 삼는 거야. 왼쪽은 신, 오른쪽은 악마들로.』

이건 연우가 보기에도 괜찮은 생각이었다.

"그리고 거기서도 하위분류를 만들고?"

『어. 분류를 정확하게 어떻게 나눌지는 의논을 해 봐야 겠지만. 가장 무난한 건, 각 사회별로 묶는 거지.』

신과 악마들은 개인주의적인 성향에도 불구하고, 홀로 돌아다니는 것을 극도로 경계한다. 신화를 공유하고 있는 자들을 중심으로 집단 체제를 구축하여, 함께 힘을 낸다.

정우는 바로 이 점에 착안해, 크게 신과 악마를 나누고, 각각 사회별로 권능을 묶으면 통제가 훨씬 순조롭지 않을까 하는 생각을 했다.

그렇게 해 둔다면, 권능 간에 벌어지는 충돌도 어느 정도 유화될 수 있을 테니.

하지만.

"아니. 괜찮긴 하지만 조금, 아니, 많이 위험해."

연우는 곰곰이 생각을 해 보더니 고개를 가로저었다.

정우는 밤새 고민했던 게 괜히 묵살된 것 같아 조금 언짢았다. 입술을 삐죽 내밀면서 투덜거렸다.

『왜?』

"그래서는 인자의 불균형만 가져올 테니까."

정우는 그게 무슨 말이냐며 투덜거리려다가, 뒤늦게 말뜻을 알아챘다.

『아. 그걸 생각 못 했네.』

현재 채널링이 연결된 신과 악마들의 비율은 대략 3:7.

악마 쪽이 월등하게 많았다.

연우가 여태 걸어온 길이 악마 쪽에 가까웠기 때문이었다. 개인 스테이터스 창에 나타난 성향이 '악'에 가까운 것도 한몫을 단단히 했다.

이런 상황에서, 날개를 구분 짓는다면 괜한 불균형만 가져올 수 있었다.

연우가 보유한 세 인자 중에서, 마의 인자가 더 월등하게 발달하게 될 테니까.

『그럼 권능의 가짓수를 조절한다면? 5:5 비율로 맞추면 되지 않을까?』

[소수의 신들이 괜찮은 생각이라며 고개를 끄덕입니다.]

[소수의 악마들이 그게 무슨 말이냐며 역정을 냅니다.]

[뒤늦게 채널링에 참여한 악마들이 조바심을 느낍니다.]

[격이 낮은 악마들이 당신의 동생을 노려봅니다.]

[아가레스가 불쾌감을 느낀 악마들을 보며 손가락질을 하면서 비웃습니다.]

정우는 악마들의 시선에 노골적으로 경멸감이 섞인 것을 느낄 수 있었지만, 그냥 무시했다.

하지만 연우는 이번에도 정우의 의견에 고개를 가로저었다.

"아니. 각 초월자들의 격이 다 달라서 단순히 비율을 맞춘다고 해도, 무게가 다를 수밖에 없어. 게다가 밸런스 문제를 어떻게 조절한다고 해도, 육체가 망가질 가능성도 크고."

만약 정우의 말대로 날개를 구분 짓는다면. 육체는 크게 두 쪽으로 나뉘어 좌측에서는 신의 인자가, 우측에서는 마의 인자가 더 발전할 가능성도 컸다. 겨우 맞춰 놓은 삼각 균형이 망가지는 것이다.

『젠장. 너무 어렵네.』

정우는 뒷머리를 벅벅 긁었다. 마신룡체라는 육체가 다뤄지는 것 자체가 처음인 데다가, 당장 그가 가진 자료가 많질 않으니 당최 가닥을 잡기가 힘들었다.

『그럼 형은 어떻게 할 생각인데?』

"키워드를 설정해서 카테고리를 나누면 되지 않을까 하고 생각하고 있다."

『키워드?』

"어. 지금 나에게 관심을 보이는 신과 악마들의 신위를 구분 짓는 거지. 좌측은 '죽음', 우측은 '전쟁'으로."

'죽음'과 관련된 신과 악마들은 연우가 칠흑왕의 후계로 여겨질 때부터 깊은 관심을 보이는 중이다.

· 이와 다르게, '전쟁'과 관련된 신과 악마들은 연우가 여태 걸어온 길, 즉, 업을 바탕으로 호의를 보이고 있었다. 자신들의 신화를 엿본 것이다.

즉.

좌측에는 칠흑왕의 권능을.

우측에는 자신의 업을 새겨 넣은 날개를 만드는 것이다.

[모든 죽음의 신들이 당신의 선택에 기뻐워합니다.]

[모든 죽음의 악마들이 당신이 하려는 일에 깊은 관심을 드러냅니다.]

[모든 전쟁의 신들이 새로운 발상을 궁금해합니다.]

[모든 전쟁의 악마들이 다른 신위의 신과 악마들을 보며 비웃음을 던집니다.]

[아가레스가 조금 혼란스러운 눈빛으로 바라봅니다.]

[아가레스가 메시지 전달을 시도합니다.]

[아직 제한 시간이 종료되지 않아 불발됩니다.]

[아가레스가 성가시다면서 길길이 날뜁니다.]

[아가레스의 접속이 제한됩니다.]

[아가레스의 접속이 제한됩니다.]

『두 카테고리로 권능들을 묶겠다고? 거기에 못 드는 것들은? 다 버리게?』

가령, 별다른 말은 없었어도 처음부터 연우에게 깊은 호의를 드러낸 악마, 혼돈의 경우.

'사흉(四凶)'이라는 이름으로 악명이 자자하다지만, 실상 따지고 보면 그는 죽음이나 전쟁과 깊은 관련이 없었다.

하지만 지금 말한 것만 따진다면, 그 모든 것들을 버리겠다는 것과 다를 게 없었다.

"담아야지. 어떻게든."

『그러니까 그걸 어떻게?』

"신화의 근본이 뭔지 알아?"

『……갑자기 또 무슨 생뚱맞은 말을 하려고.』

"'투쟁'이다."

정우는 묘한 기분에 잠겼다.

"투쟁은 자신을 이기는 극기일 수도 있고, 세상과 맞서 싸우는 전쟁일 수도 있지. 혹은 운명을 거스르는 것일 수도 있고."

『그런 식으로 따지면…… 확실히 '죽음'이나 '전쟁'에서 벗어날 수 있는 게 크게 없긴 하겠네.』

정우는 그제야 연우가 어떤 의미로 그런 말을 했는지 알 것 같았다.

『쉽게 말해서, 각 권능이 갖고 있는 특징들을 최대한 넓게 잡겠다?』

"그래. 그리고 그런 커다란 카테고리 안에다 다시 세부적인 카테고리를 계속 잡아 나가면서 권능들을 정리하는 거지."

정우는 가볍게 혀를 찼다. 말장난처럼 보여도, 사실상 이보다 효율적인 작업도 없다는 것을 잘 알기 때문이었다.

자칫 한쪽으로 치우칠 수 있는 신과 악마들의 균형을 원하는 대로 잡을 수도 있을 테고, 중구난방으로 뒤섞인 권능들도 여러 개의 크고 작은 틀 안에 세세히 정리될 테니까.

『권능의 주인들이 좋아하려나.』

"해야지. 어떻게든."

연우는 고개를 위로 들어 계속 눈가를 어지럽히는 메시지를 빠르게 파악했다.

[혼돈이 침묵합니다.]

[비마질다라가 재미있는 생각이라며 웃음을 터뜨립니다.]

[케르눈노스가 자신이 어디로 분류될지에 대해 깊게 고심합니다. 다른 카테고리 키워드가 없을 것인지 묻습니다.]

……

[네르갈이 팔짱을 끼며 가만히 살펴보기로 합니다.]

[아레스가 호탕하게 웃음을 터뜨립니다.]

[아그니가 마음에 들지 않으면 다 엎어 버리겠노
라고 공언합니다.]

......

메시지의 반응은 극과 극이었다.

죽음이나 전쟁을 신위로 삼고 있는 신과 악마들은 대개
호응하는 분위기였지만, 그렇지 않은 자들은 불쾌감을 느
낀 것이다.

몇몇은 채널링을 강화시켜 연우를 압박하려는 모양새도
보였다.

하지만.

이런 반응들도 이미 예상했던바.

연우는 무시하고 그냥 계속 진행하기로 마음먹었다. 사
실 이 두 가지 키워드는 그도 어떻게 양보할 수 있는 것이
아니었다.

이미 '죽음'은 칠흑왕의 형틀 세트를 갖고 있는 동안에
는 절대 버릴 수 없는 것이었고.

'전쟁'은 그가 여태껏 쌓았고, 앞으로도 쌓아 갈 '업'에
가장 필요한 요소였다.

'언젠가 업을 신화로 바꾸기 위해서는…… 절대 포기할

수 없어.'

연우는 단순히 상위 층계를 공략하고, 복수만 한 뒤 멈출 생각은 추호도 없었다.

더 높은 곳. 더 먼 곳으로 올라가야만 했다.

그러기 위해서는 지금부터 하나하나씩, 차근차근히 준비를 해 둬야만 했다.

『형, 혹시……?』

정우는 뒤늦게 연우가 무슨 생각을 하고 있는지 깨닫고, 놀란 눈이 되었지만.

연우는 조용히 하라는 듯이 검지를 입가에 갖다 댔다. 정우는 무겁게 고개를 끄덕이면서 입을 꾹 다물었다.

그리고 한편으로는 크게 기함하고 말았다.

단순히 마신룡체의 운영 체제라고만 생각했던 새로운 '하늘 날개'가 사실은, 이제부터가 시작이라는 것을 알았으니까.

그렇기에.

정우는 더더욱 집중해야만 하겠다고 생각했다.

'형이 저런 마음을 먹은 건, 어디까지나 나 때문일 테니.'

어깨가 많이 무거워졌다.

＊　　　＊　　　＊

두 개의 날개는 각각 추구하는 키워드가 다른 만큼, 제작도 따로 이뤄졌다.

먼저 제작에 착수한 부분은 왼쪽이었다.

왼쪽 날개에 배당된 카테고리 키워드는 '죽음'.

왼쪽 날개를 만드는 건 생각보다 쉬웠다.

정우가 하늘 날개가 만들었을 때 사용한 루틴과 프로세스를 그대로 가져와 아트만 시스템에 맞게 뜯어고치고, 추가로 칠흑왕의 권능을 가져온 것이다.

'칠흑왕의 정체는 아직 알 수 없지만. 죽음을 신위로 둔 신과 악마들은 칠흑왕을 끝까지 추종하였지.'

그렇다면 중심축을 칠흑왕의 권능으로 삼아, 다른 권능들을 예속시키려 한다면?

통제가 훨씬 순조로울 테지.

연우는 여기에 착안해 왼쪽 날개를 발동시키는 조건을 칠흑왕의 형틀로 지정해 두고, 최초 명령어를 권능 '영혼 수확자'로 삼았다.

그러자.

[스킬, '하늘 날개(좌)'의 제작을 시작합니다.]

......

[칠흑왕의 형틀 세트의 옵션, '영혼 수확자'를 최초 명령어로 지정하였습니다.]

[카테고리 '죽음'이 최초 명령어와 성공적으로 연결되었습니다.]

[카테고리 '죽음'에 포함된 권능들이 최초 명령어의 영향을 받기 시작합니다.]

[태산부군이 노한 얼굴로 당신을 바라봅니다.]

[네르갈이 기가 찬다는 표정으로 고개를 절레절레 흔듭니다.]

[크시티가르바가 처음으로 난감한 표정을 짓습니다.]

......

[이자나미가 그분을 거스를 수는 없는 법이라고 말합니다.]

[할파스가 짜증 섞인 얼굴로 한숨을 내쉽니다. 어쩔 수 없이 당신의 뜻을 따르기로 합니다.]

[아이쉬마―다이바가 '죽음'을 좇겠노라 선언합니다.]

[헬이 상기된 얼굴이 됩니다.]

[모든 죽음의 신들이 선언합니다.]

[메시지: 너의 그릇된 욕망으로, 그분의 힘을 함부로 재단하고 한데 모으려 하는 시도는 발칙한 짓이나.]

[모든 죽음의 악마들이 이어서 선언합니다.]

[메시지: 이제는 사라져 버린 그분의 힘을 다시 모아 건실한 건설을 이룰 수 있다면, 무엇인들 못 할까.]

[메시지: 하지만 그분의 위명을 더럽힐 경우, '죽음'은 통제를 벗어나, 그대를 집어삼키게 되리란 것을.]

[메시지: 언제까지고 명심해야 할 것이다.]

파아아—

모든 선언 메시지가 끝났을 때.

찰칵, 찰칵—

연우는 자신을 둘러싸던 444개의 채널링이 크게 하나로 통합되는 것을 느낄 수 있었다.

정확하게는 씨줄이 꼬여 동아줄이 되듯이, 아주 작은 채널링들이 같이 묶이면서 더 큰 단위로 뛰어오르는 느낌이었다.

클라우드? 서버?

이걸 두고 그렇게 표현해도 되지 않을까.

아주 잠깐, 연우는 문득 그런 생각이 들었다. 하지만 이름 따위야 아무래도 상관없었기에 왼쪽 날개를 만드는 데 다시 집중했다.

그의 손에는.

어느새 444개의 검은 깃털이 가득 들려 있었다.

*   *   *

『이번에는 날개라. 늘그막에 괴상한 주인을 만나더니, 이제는 별걸 다 만들어 보는군.』

키클롭스 브론테스는 연우가 가져온 444개의 깃털을 보고 고개를 절레절레 흔들었다.

키클롭스 삼 형제는 최근 디스 플루토가 가져온 병장기를 수리하거나, 부서진 성역을 복구하는 데 집중하고 있는 중이었다.

워낙에 오랫동안 보급이 제대로 이뤄지지 않아 처리해야 할 게 산더미처럼 쌓여 있었던 것이다.

다행히 연우가 가지고 있는 재화는 아주 많았고, 필요할 때마다 외부에서 아트란을 통해 물자를 추가할 수도 있었으니.

디스 플루토는 마른 사막을 헤치다가 오아시스를 만난 것처럼, 간만에 숨이 탁 트이는 기분이었다.

덕분에.

여태껏 짜증과 불안으로 가득했던 부관과 병사들의 얼굴에도 조금씩 웃음꽃이 피기 시작했다.

수십 년 만에 처음으로 '여유'가 생긴 것이다.

그리고 이런 일을 가능케 해 준 연우에 대한 신망도 나날이 커져 갔으니.

처음 연우가 하데스의 맹약을 깨뜨린 것에 대해 불만을 가졌던 사람들도, 이제는 이유가 있어 그랬겠거니 하고 받아들이는 중이었다.

실제로 티탄과 기가스들도 아직 특별한 반응이 없었고, 파견한 척후병에게서도 이렇다 할 만큼 이상한 징조를 파악할 수 없다는 보고를 계속 받고 있었다.

휴전 협정이 그대로 진행되고 있는 것이나 마찬가지였으니. 디스 플루토는 재정비를 빠른 속도로 해 갈 수 있었다.

다만, 이런 신망과 다르게, 연우는 여전히 디스 플루토 앞에 보름 넘게 모습을 드러내지 않고 있었다.

명분은 협약을 깨뜨린 것에 대한 벌을 받는다는 것이었는데.

권속들도 주인인 하데스의 명예가 걸린 일이니 함부로

그를 석방해 달라고 요청하지 못하고, 발만 동동 구르고 있는 상황이었다.

브론테스는 외부에 알려진 것과 다르게, 연우가 투옥된 것을 빌미로 다른 뭔가를 준비하고 있다는 전반적인 사정은 알고 있었지만.

그래도 지금 가져온 깃털들은 그로서도 크게 놀랄 수밖에 없는 것들이었다.

『……이것들, 대체 뭔가?』

날개를 만들어 달라기에 이게 무슨 생뚱맞은 소리인가 싶었었는데.

깃털들을 꼼꼼하게 살핀 순간, 그는 자신도 모르게 화들짝 놀라고 말았다.

깃털 하나하나가 엄청난 무게를 지니고 있었다.

아니, 정확하게는 영압이 실려 있었다. 단순히 옆에 두는 것만으로도, 평범한 영혼이었다면 공간을 누르는 무게감에 같이 휩쓸려 그대로 찢겨 나갔을 엄청난 양의 영압. 그리고 영력.

검은 깃털을 따라. 음험하고, 끈적끈적한 공허가 스멀스멀 피어나고 있었다.

브론테스는 저게 '무엇' 인지 알 것 같았다.

죽음.

이미 자신도 겪어 본 바가 있던. 운명을 가진 필멸자라면 누구도 거스를 수 없는 법칙이 가득 담겨 있었다.

여러 가지 형태를 띠고서.

어떤 것은 질병을, 어떤 것은 잠을, 또 어떤 것은 고통의 형상을 한 채 각각 죽음을 그려 내고 있었다.

특히 몇몇은 하데스도 함부로 하기 힘들 것 같은 대신격의 힘이 풍기기도 했다.

올림포스의 신들을 위해서 수많은 신물을 제작해 본 브론테스로서도 부담이 갈 수밖에 없는 것들이었다.

이를테면.

그래. 초월자의 파편. 그런 단어가 어울릴 것 같았다.

그네들을 구성하고 있는 신화의 일부를 툭 잘라다가, 아무렇게나 던져둔 것 같은.

저것을 가공하면 신물이나 성역, 혹은 삼키는 여부에 따라서 권능이 탄생하는 것일 텐데.

어떻게 저런 걸 구한 걸까?

그것도 이렇게나 많이.

"날개의 구조는 이렇습니다. 스킬로 사용할 것이지만, 사용하기에 따라서는 유사시에 무기나 방어구로도 사용할 수 있게 물리적인 실체도 제대로 갖춰졌으면 합니다. 이왕이면, 새의 날개처럼 부력도 갖추고 있으면서 비행도 자유로웠으면 좋겠고요.”

연우는 며칠 동안 정우와 함께 머리를 맞대어 완성한 도 안을 보여 주었다.

왼쪽 날개의 설계도였다. 구조가 세세하게 그려져 있었 다. 각 부위에 필요한 부품이나 재료, 마법적인 장치에 대 해서도 빼곡하게 설명이 되어 있어 보는 것만으로도 눈이 아플 지경이었다.

하지만 어느 정도 지식을 갖춘 사람이라면 쉽게 형태를 떠올릴 수 있을 만큼 자세했다.

브론테스도 쉽게 머릿속으로 왼쪽 날개를 그려 보고, 고 심에 잠겼다.

『복잡하군.』

이 정도면 신물의 격도 넘지 않을까.

깃털만 해도 놀라운데, 이것을 전부 수용하려는 왼쪽 날 개의 공정 과정은 아주 복잡했다.

문제는, 도안대로 만들 수 있다면, 실용성도 무척 뛰어날 거란 점이었다.

크게 세 갈래로 나뉘는 날개는 내구성이 단단해서 몸에 두르면 갑주가 되고, 날개축과 끄트머리에는 날카로운 칼 이 박혀 있어 육탄전으로 돌입한다고 하더라도 웬만한 적 은 그대로 쓸어 내기 좋은 형태였다.

정우의 하늘 날개가 가지고 있던 유용성을 그대로 가져온 것이다. 그리고 여기에 불의 날개만이 가졌던 특성이나 장점도 덧붙였다. 마음먹을 때마다 날개를 따라 크게 퍼져 나가던 화력은 유사시에 큰 조커 카드가 될 수 있었다.

이 외에도 평소 추가하고 싶었던 부분을 보충하여 갖가지 기능을 수행할 수 있게 하였다.

애당초 단순히 버프용 스킬로만 사용할 생각이었다면, 이렇게 거추장스럽게 날개라는 형태를 고집하지 않았을 것이다.

연우는 이것이 자신의 스킬이자 방어구이며, 때에 따라서는 수족이 될 수 있는 만능 형태의 병기가 되길 바랐다.

브론테스에게 보여 준 것도 전부 이런 이유 때문이었다.

『이것 하나로 제대로 뽕을 뽑으려 드는군. 웬만한 신물 따위는 아예 비교도 되지 않겠어.』

"어떻게, 가능하겠습니까?"

『정확한 건 해 봐야 알겠지만. 그래도 결례가 되지 않는다면 몇 가지 충고를 해도 될까?』

브론테스는 3대 신물을 만든 장인답게 뛰어난 안목을 지니고 있었다. 그가 의견을 보태 준다면 쌍수를 들고 환영할 일이었다.

"말씀해 주십시오. 부탁드리겠습니다."

『이쪽 축의 부분에 너무 많은 마방진이 박혀 있어서 오히려 마력이 들어갔을 때 비효율적일 것 같네. 그러니 이 부분을 이런 식으로 넓게 펼쳐서, 톱니바퀴의 형태로 작동을 시킨다면…….』

*　　*　　*

연우가 한창 브론테스와 함께 왼쪽 날개에 대해 이야기를 나눌 무렵.

『……보고도 믿을 수 없군.』

『오랜만이야. 미…… 아니, 네메시스. 옛날 모습이 하나도 안 남아서, 형이 말 안 했으면 끝까지 몰라봤을 것 같은데?』

정우는 네메시스를 보며 반갑게 인사하고 있었다.

하지만 네메시스는 여전히 혼란스러운 듯, 커다란 눈동자가 쉴 새 없이 요동치고 있었다.

이미 연우의 시선을 통해 정우가 다시 나타난 것을 보고 있었지만.

그는 여태껏 밖으로 모습을 드러낼 생각을 못 하고 있었다.

두려웠다.

자신이 혹시 환영을 보고 있는 게 아닐까 하는 일말의 두려움 때문에.

혹은 또 꿈을 꾸고 있는 게 아닐까 하는 생각 때문에.

아주 긴 시간 동안 공허 속을 떠돌던 때. 네메시스는 계속 꿈을 꿨다. 정우와 함께하던 시간들. 함께 층계를 공략하고, 구르고, 고생하다가 웃던 행복한 순간들을.

언제나 그는 정우의 곁에 있었다.

그런데 그토록 염원하던 정우가 다시 세상에 나타났다. 당연히 두려움을 가질 수밖에 없는 것이다.

섣불리 손을 뻗었다가 사라지기라도 한다면. 허상이 되어 흩어지기라도 한다면. 그때는 정말 억지로 지탱하고 있는 마음이 무너질 것 같았으니.

하지만.

『과묵한 건 여전하네.』

『……정말 너로군.』

네메시스는 자신의 눈앞에 있는 게 진짜 정우라는 것을 알 수 있었다.

그러나 직접 그를 마주하면 심장이 터져 버리는 게 아닐까 싶었던 것과 다르게.

네메시스는 평소보다 마음이 더 차분해지는 것 같았다. 그렇다고 반가운 마음이 사라지는 건 아니었다.

그저 오래전에 헤어졌던 친구를 다시 만나게 된 것처럼. 반갑지만 그렇게 호들갑 떨 일이 아니라는 듯이. 그저 당연하다는 듯이 인사를 나눌 수 있었다.

정우는 네메시스를 한껏 끌어안으면서 제 몸통만 한 머리를 한참 동안 쓰다듬었다.

『그런데 난 그렇다 치고, 넌 어떻게 된 거야? 칼라투스가 널 공허로 보냈었다면서?』

정우는 여태 머릿속의 의문으로만 두었던 질문을 던졌다.

아무리 생각해 봐도 도대체 어떻게 칼라투스가 여태 살아 있는 건지 알 수가 없었던 것이다. 네메시스에게 드래곤 하트를, 자신에게 레어를 주고 난 뒤에 마나의 품으로 돌아간 것을 분명히 자신의 눈으로 확인했었으니까.

혹시 사념체를 남긴 건가 싶었지만, 그것도 아니었다.

그랬다면 칼라투스가 마나의 품으로 돌아간 뒤, 자신이 눈치채지 못했을 리 없으니.

하지만 네메시스를 공허로 보내면서 기다리라고 했던 것은 고룡 칼라투스였다고 했다.

연우도 처음으로 용체 각성을 이룰 때, 분명히 칼라투스의 목소리를 들었다고 했다. 용의 신전에서 기다리고 있겠노라는 말까지 했다던가.

그렇다는 건, 뭔가가 있다는 뜻이었다.

자신이 모르는 뭔가가.

『대체 어떻게 된 거지?』

『주인과 나는 전 주인, 그러니까 그대를 회중시계와 함께 지구로 보내 준 것도 칼라투스라고 생각하고 있다.』

『나와, 회중시계를……?』

정우는 불현듯 자기도 모르게 허리를 쭈뼛 세웠다. 뭔가 놓치고 있는 게 있었다. 자기도 모르고 있는.

『그래서 궁금한 것인데.』

네메시스의 두 눈이 깊어졌다.

『전 주인, 너는 회중시계가 지구로 온전하게 가리란 걸 어떻게 알았던 거지? 난 늘 그게 궁금했다. 그런 확신이 있었으니 일기장을 남긴 것이지 않나.』

『…….』

순간, 정우는 아무 말도 하지 않았다. 아니, 할 수가 없었다. 머릿속이 정지되었다. 마치 이 이상 깊게 생각하면 안 된다는 듯. 단단한 뭔가가 그의 사고 회로를 가로막고 있었다.

네메시스는 그런 정우의 반응을 보고 뭔가를 느낀 듯, 크게 눈을 떴다.

『너……?』

그때.

『아무 말도 하지 말게, 네메시스.』

네메시스의 머릿속으로 브라함의 목소리가 다급하게 이어졌다. 씁쓸함이 담긴 목소리였다.

『아무 말도.』

네메시스는 그가 왜 그러는지를 깨닫고, 자신도 똑같이 입을 꾹 다물고 말았다.

*   *   *

"표정이 왜 그런 거냐?"

연우는 딱딱하게 굳은 정우의 표정을 보고 고개를 갸웃거렸다.

『형. 나…….』

"……?"

『아냐. 아무것도.』

정우는 쓰게 웃으면서 고개를 가로저었다.

연우는 녀석이 왜 그러나 싶었지만, 정우는 연우가 자세하게 캐묻기 전에 재빨리 화제를 돌렸다.

『그보다 왼쪽 날개는? 완성됐어?』

"일단, 기초적인 부분은."

연우는 방금 전에 부에게 부탁해서 등에다 새긴 문신에
마력을 부여했다.

['칠흑왕의 형틀'이 작동합니다.]
[최초 명령어, '영혼 수확자'가 가동되었습니다.]
[소울 컬렉션과 성공적으로 연동되었습니다.]
[망령이 움직입니다.]
[마력이 부여되었습니다.]
......
[오러가 가동됩니다.]

출력 메시지가 연달아 나타나더니.
등허리를 타고, 여러 줄기로 복잡하게 그려진 인장이 빛
을 내면서 떠올랐다.
인장이 얼마나 밝은지, 입고 있는 옷을 뚫고 확연히 드러
날 정도였다.
그리고.

[스킬, '하늘 날개(임시, 왼쪽)'가 발동되었습니다.]

화아악—

인장은 곧 검은 불길과 함께 확 하고 크게 치솟으면서 세 갈래로 나누어진 날개로 변했다.

시커먼 불길을 마구 쏟아 내는 날개는 주변 공기가 마구 들끓을 정도로 어마어마한 열기를 내뿜고 있었다.

그 불길 하나하나는 전부가 불의 파도를 극한으로 압축시킨 오러의 변형이었다.

성화, 마력, 보라색 기운이 극한으로 압축된 검은 오러, 흑염강. 언제나 비그리드에만 두르던 오러를 이제는 하늘 날개라는 매개체를 통해서, 아예 등에 매달게 된 것이다.

『……미쳤어, 정말.』

정우는 질린다는 표정으로 바라봤다.

불의 파도가 가지는 파괴력을 생각한다면, 수십 수백 개나 되는 폭탄을 주렁주렁 매달고 다니는 자살 행위나 다름없었지만.

연우는 그런 것 따위는 전혀 개의치 않는 표정이었다.

정말 그는 여차하면 날개를 폭발시켜 주변을 쑥대밭으로 만드는 패로도 사용할 것을 염두에 두고 있었으니까.

그래도 다행히 키클롭스 삼 형제의 공정, 브라함과 부의 술식 연산 검토 덕분에 안정화가 많이 이뤄진 상태.

평상시에 폭발할 염려는 전혀 하지 않아도 괜찮았다.

마력을 많이 잡아먹는 게 단점이긴 하지만.

'그래도 넘치는 게 마력이니.'

연우는 아트만 시스템을 이용, 현자의 돌에서 왼쪽 날개로 이어지는 직렬 회로를 구축해 둔 상태였다.

영혼석의 마력만 있다면, 날개를 1년 내내 발동시켜도 화력이 꺼질 염려는 하지 않아도 괜찮았다.

'대신에 그 전에 육체가 과부하를 버티지 못하고 무너지겠지만.'

연우는 가볍게 혀를 차면서 왼쪽 날개에 새겨진 두 번째 옵션을 발동시켰다.

저 멀리, 하늘로 이어지는 채널링, 아니, 서버가 활짝 열렸다.

[666개의 권능이 차례대로 발동됩니다.]

검은 불의 날개를 바탕으로, 기존에 획득한 444개의 깃털 외에 추가로 얻은 222개의 깃털들이 일제히 붉은빛을 내면서.

연우를 따라, 공간 위로 수많은 마방진이 활짝 열렸다.

고운 이펙트를 뿌려 대는 666개의 권능은 보는 것만으로도 장관이었다.

[모든 죽음의 신들이 흡족하게 고개를 끄덕입니다.]

[모든 죽음의 악마들이 '그분'의 얼굴에 먹칠을 하지 않았다면서 안도에 찬 한숨을 내쉽니다.]

[다수의 신들이 경악합니다.]

[다수의 악마들이 굳은 표정으로 당신을 바라봅니다.]

[이름을 밝히지 않은 신(1, 올림포스)이 고요한 눈빛이 됩니다.]

[이름을 밝히지 않은 신(2, 올림포스)가 두려운 마음을 갖습니다.]

......

[비마질다라가 당신의 수행에 크게 흡족해하면서 박수를 치며 감탄합니다.]

[비마질다라가 언젠가 당신을 만날 수 있기를 갈망합니다.]

[아가레스가 당연한 게 아니냐며 코웃음을 칩니다.]

정우는 용마안으로 왼쪽 날개를 꼼꼼하게 살폈다.

혹시 스킬의 프로세스에 에러가 발생하지는 않았나, 채

널링 간에 혼선이 벌어지지는 않았나, 에너지 효율에 문제가 있지는 않나, 당장에는 괜찮아 보일지 몰라도 나중에 문제가 될 수 있는 소지를 사전에 차단하고자 했다.

다행히 이렇다 할 문제는 보이지 않았다. 자잘한 부분들이야 앞으로 천천히 보완해 나가면 될 일이었다.

『일단은 문제가 없는 것 같네. 칠흑왕? 그 아저씨가 사기이긴 진짜 사기인 것 같은데.』

"그렇겠지."

연우는 가만히 고개를 끄덕였다. 사실 칠흑왕의 권능이 코어가 되지 않았더라면, 이렇게 쉽게 왼쪽 날개를 완성할 수 없었을 테니.

생각보다 죽음의 신과 악마들도 협조적으로 따라 주었다. 칠흑왕의 권능을 강화시킬 수 있어서 그런 걸까. 아니면 후계를 시험해 볼 좋은 기회라 여겼던 걸까.

어떤 목적이었든지 간에, 연우에게는 좋은 결과였다.

『왼쪽 날개에 넣을 다른 권능들도 차차 정리하면서 추가하면 될 테고. 그럼 이제 남은 오른쪽 날개가 문제인데……..』

오른쪽 날개는 칠흑왕처럼 키워드를 확 묶어 줄 핵심 소재가 없었다.

그래서 정우는 연우가 오른쪽 날개의 메인 코어로 삼을 게 무엇인지가 무척이나 궁금했다.

연우가 어떤 생각을 하고 있는 건 분명한데.

물어도 엷게 웃기만 할 뿐, 속 시원하게 말해 주질 않으니 답답하기만 했다.

그래서 거기에 대해서 다시 물어보려는데.

"카인 형! 큰일 났어요!"

갑자기 두 사람이 있는 방문이 벌컥 열리면서 다급하게 누군가가 뛰어들어 왔다.

연우는 어느새 얼굴에 가면을 쓰고, 정우는 조용히 회중시계로 들어가 사라지고 없었다.

"무슨 일이지?"

문을 열고 들어온 사람은 도일이었다.

헉. 헉.

거칠게 숨을 몰아쉬는 그의 얼굴에는 다급한 기색이 역력했다.

"형! 혹시 아이테르인가 하는 자, 아세요?"

가면 아래, 연우의 얼굴이 딱딱하게 굳었다. 슬쩍 손에 쥔 회중시계를 보았다. 회중시계의 초침이 정지했다.

"그놈이, 왜?"

연우의 질문에. 도일이 잔뜩 굳은 얼굴로 말했다.

"그놈이 형을 찾고 있어요."

　　　　*　　　*　　　*

"이게 네놈들의 짓이 아니면 대체 누구 짓이라는 거냐?"

"말했지만, 우리는 아냐. 다른 놈들의 수작질이다."

"여기에서 너희 말고 누가 이딴 짓을 해? 잔말 말고 카인인지 뭔지 하는 새끼 당장 여기로 데려오라고!"

하데스의 권속들이 바쁘게 오고 가는 성역의 중심, 아고라.

그곳에서 아이테르와 칸이 서로를 노려보며 으르렁거리고 있었다. 뒤에 서 있던 빅토리아와 갈리어드, 크로이츠의 표정도 딱딱하게 굳어 있었다.

둘의 언성이 높아지고, 여차하면 칼부림까지 할 정도로 살벌한 기세가 흘렀다.

그럴수록 주변에는 웅성거리는 사람들이 많아졌다. 아직 둘을 적극적으로 제지하는 사람은 없었지만.

분명 분위기는 점점 험악해지고 있었다.

심지어 구경꾼들 사이에도 패가 갈리는 중이었다.

오래전부터 혁혁한 공을 세우면서 디스 플루토의 신임을 받고 있던 파네스 일행이었기에. 군단 내에서 아이테르에 대한 사람들의 호의는 강한 편이었다.

하지만 그건 연우 일행도 마찬가지.

부족한 물자를 채워 주고, 병장기도 무상으로 수리해 준다. 특히 하데스의 신물, 퀴네에를 제작하여 그들의 주인에게 진상했다는 소문이 돌았을 때에는 훈훈한 분위기가 감돌았다.

그런 두 집단 간에 충돌이 벌어졌으니, 디스 플루토로서도 신경이 많이 쓰일 수밖에 없었다.

그 때문일까.

"대체 무슨 일이기에 이런 난리를 피워 대는 것인가?"

디스 플루토의 13군단장, 차날이 병력을 대거 끌고 나타나면서 그들을 중재하고자 했다.

원래대로라면 신격도 얻지 못한 한낱 플레이어들의 사건이라며 무시를 해 버렸을 테지만.

연우 일행과 파네스 일행은 모두 디스 플루토도 쉽게 이뤄 내지 못했던 '신살'을 해낸 중요한 동맹군이었다.

그로서는 한쪽의 편을 들어 주기도 힘든 입장. 일단 되도록 양측의 이야기를 다 들어 볼 생각이었다. 대체 왜 이러는 건지. 자신의 눈길이 닿지 못한 곳에서 무슨 일이 벌어진 건지.

우선 전반적인 사정이라도 알아야 어떻게 해결을 해 주든, 누구의 손을 들어 주든 할 것 아닌가.

하지만.

"13군단장께서 신경 쓰실 게 아니오."

아이테르는 코웃음을 치면서 대답을 거부했다. 너와는
전혀 관계없다는 듯이.

순간, 차날의 표정이 딱딱하게 굳어졌다.

아이테르도 그제야 순간 속으로 아차 싶은 마음이 들었
다. 상대는 하데스가 자랑하는 13개 군단의 총수라 할 수
있는 자. 하데스의 수족이나 다름없는 인물이었다. 신격도
소지하고 있으니, 사실상 버림받은 신의 일족인 그가 절대
이렇게 무시할 수가 없는 위치였다.

그러나.

[<올림포스>의 신, 포세이돈이 흥미 가득한 얼굴
로 당신을 바라봅니다.]
[헤스티아가 함께합니다.]
[데메테르가 함께합니다.]
[헤라가 함께합니다.]

자신에게 따라붙은 시선들을 느끼면서. 아이테르는 쪼그
라들었던 심장을 다독이고 가슴을 다시 당당하게 펼 수 있
었다.

'젠장! 그래. 어차피 기호지세다. 여기까지 온 이상, 이게

최선이야. 올림포스의 대신들이 함께하는데 뭐가 무서울까.'

프로토게노이 족은 신혈을 갖고 있지만, 그것으로 끝이다. 오히려 영락한 신이라는 이유로 초월자들로부터 비웃음만 사기 십상이었다.

그래서 아이테르는 아르티야의 멤버로서 승승장구를 할 때에도, 이렇다 할 관심을 받아 본 적이 없었다.

도중에 마군으로 전향하려고 했던 데에는 그런 이유도 있었다. 결국 천마의 관심은 끌지도 못하고, 되레 파네스에게 코를 꿰이긴 했지만.

그런데 오히려 이렇게 인형극에 놓인 꼭두각시 인형처럼, 자유의사 없이 각본에 놀아나니 그토록 바라던 신들의 관심을 끌게 되었다.

아이테르는 그런 스스로가 너무 비참하게만 느껴졌다.

마음 같아서는 몇 번이고 주저앉아 울고 싶었다.

모든 게 엿 같아서.

뜻대로 풀리는 것 하나 없이, 이렇게 조종만 당하는 스스로의 신세가 한탄스럽기만 했다.

이렇게 구차하게 사느니 자결을 할까 하는 생각도 잠깐 들었지만.

그에게는 그럴 용기조차 없었다.

—개는 개답게 그저 짖기만 하세요. 시키는 대
로.

　파네스의 말마따나 그는 한낱 개에 불과했다. 짖으라고
할 때 짖고, 꼬리를 흔들라고 할 때에 꼬리를 흔들어야 하
는 개.

　　—밤새, 다시 신탁이 내려왔어요. 디스 플루토
　사이에 퍼지는 '카인'이라는 자의 영향력을 최소한
　으로 국한시킬 것. 그리고 기회가 된다면 언제든 가
　차 없이 죽일 것.

　카인이라는 자가 뭘 꾸미든, 아이테르는 자신과 크게 관
계없는 일이라고 생각했다. 그전에 몇 번씩 접점이 있었어
도, 그와는 이렇다 할 큰 충돌이 없었기 때문이었다. 여섯
신성인지 뭔지 하는 소문도 파다하다지만, 그에게는 관심
밖에 있는 존재였다.
　하지만.
　이제는 너무 잘 알고 있었다.
　포세이돈 등이 신탁을 내리게 된 원흉.

—그가 바로 신벌을 받을, 적이에요. 아마 어둠
속의 어둠은 그를 가리키는 말일 테지요. 하지만 그
와 일행들은 삿된 말로 디스 플루토의 이지를 흐리
게 만들고 있습니다. 이것부터 차단해야겠어요.

그래서 파네스는 연우 일행에게 징벌을 내리기에 앞서,
우선 그들의 영향력을 제거하는 방향으로 가닥을 잡았다.
　하지만 그러기 위해서는 연우 일행에 대해 확실히 파악
해 둘 필요가 있었다.
　성향은 어떤지. 전력은 얼마만큼 되는지.
　아주 냉정하게.

　　—그러니 당신이 나서 주셔야겠어요.

아이테르는 그것을 위한 미끼로 선택된 것이다.
　그리고 미끼를 바라보는 네 신들의 시선은 단단히 고정
되어, 그가 어떻게 행동하는지, 어떤 생각을 하는지 속속들
이 엿보고 있었다.
　특히 포세이돈의 시선은 비웃음으로 가득했다. 영락하고
나서도 여전히 옛 영광을 버리지 못한 못난 옛 신의 후손에
대한 경멸도 같이.

"그래도 어떻게 된 일인지 이유를 설명하라. 그래야 이쪽도 시시비비를 가릴 수 있을 테니."

차날은 짜증이 났던 마음을 최대한으로 가라앉히고, 그렇게 물었다. 다만, 목소리에는 분노가 가득했다. 한 번만 더 시건방지게 군다면 가차 없이 죽이겠다는 듯이.

아이테르도 그제야 본론을 꺼낼 수 있었다. 칸은 하고 싶은 말이 많은 눈치였지만, 아이테르는 그가 개입할 여지를 절대 만들어 주지 않았다.

"하아! 보십시오. 이것을."

"부러진 창이로군. 이게 왜?"

"이것이 이틀 전까지만 해도 멀쩡한 창이었다고 하면 믿으시겠습니까? 그것도 파네스께서 신살을 해내실 때, 옆에서 메가에라의 발목을 잘랐던 성창(聖槍)입니다."

차날의 눈이 살짝 커졌다. 티탄 아스트라이오스에 이은 메가에라의 죽음은 디스 플루토에게도 큰 사기 진작을 주었었으니까. 그런데 도움을 주었던 창이다?

"그때 창의 내구도에 문제가 생겨 어떻게 수리를 해야 하나 전전긍긍하던 차에, 이곳 성역으로 돌아와 우연찮게 카인 일행이 병장기 수리를 말끔하게 해 준다는 말을 들을 수 있었습니다. 아군이고, 같은 플레이어이니 믿을 수 있겠다 싶어 수리를 맡겼었는데……."

"이렇게 되어 돌아왔다 이것인가?"

"아닙니다. 분명히 수리가 다 되어 돌아왔었습니다."

차날은 아이테르가 무슨 말장난을 하려는 건가 싶어 눈살을 찌푸렸다.

아이테르는 차날이 따지기 전에 재빨리 말을 이었다.

"겉보기에만 멀쩡했다 이 말입니다. 창을 돌려받고, 오늘 아침에 수련을 하던 중에 너무 쉽게 터져 버렸습니다."

"음."

차날도 그제야 아이테르의 말뜻을 알아채고 침음을 흘렸다. 만약 별다른 확인 없이 이 창을 들고 그대로 전투에 참전했다면? 큰 사달이 벌어졌을 것이다.

아이테르는 정말 억울하다는 투로 절실하게 연기했다.

"혹시 뭔가 잘못되었나 싶어 저와 비슷하게 물건을 맡긴 사람들을 일일이 찾아 확인해 보기도 했습니다. 하지만 다른 사람들은 아무 이상이 없었고, 오히려 저희 일행의 무구들에만 이상이 벌어졌다는 것을 확인할 수 있었습니다."

"……."

"게다가 제 창은 전투로 많이 훼손되었어도 이렇게 쉽게 부러질 수준은 아니었습니다. 이런 사태를 두고, 어느 누가 가만히 있을 수 있단 말입니까?"

아이테르는 손에 쥐고 있던 창을 신경질적으로 바닥에다 집어던졌다.

"그래서 이 사안에 대해 따지고 있던 차였습니다. 하지만 파티장이라는 자는 코빼기도 비치지 않고, 자기들은 전혀 죄가 없다는 말만 앵무새처럼 반복해 대니 화가 안 나겠습니까?"

웅성웅성.

아이테르의 열변이 통한 것인지, 주변에 있던 병사들은 굳은 표정으로 이야기를 나누기 시작했다.

설마 그랬을까 하는 의견부터, 라이벌 그룹인 파네스 일행을 내쫓는 게 목적이 아니냐는 의견까지.

"그게 아니오!"

칸은 그게 아니라며 어떻게든 설명을 하려 했지만. 이미 분위기는 반쯤 저쪽으로 넘어가고 있었다.

아이테르는 자신의 연기가 제법 잘 먹혔다는 것을 깨달았는지, 씰룩거리려는 입술을 억지로 꾹 눌러야만 했다.

[포세이돈이 연기가 일품이라며 조롱을 던집니다.]

그런 사실을 아는지 모르는지.

차날은 골치 아프다는 듯이 머리를 손으로 짚고 말았다. 생각보다 사안이 더 복잡하게 되었다는 것을 알게 된 것이다.

가뜩이나 최근 들어 디스 플루토 사이에 플레이어들의 영향력이 자꾸 커져 노파심이 생기던 차이기도 했었다.

플레이어들이 있는 곳에는 언제나 무리가 지어지고, 파벌이 형성되기 마련이었으니. 그로 인해 어떤 문제가 생기기 전에 차단하는 게 그의 몫이었다.

그런데 이번에는 어떻게 정리를 할 새도 없었다.

둘 모두 너무 큰 업적을 세우다 보니, 자신이 어떻게 제지할 수 있는 수준을 넘어서 버린 탓이었다.

사실 따지고 보면. 무위만 두고 봤을 때, 자신이 연우나 파네스를 이길 수 있을지에 대해서도 의문이 드는 수준이었다. 그는 하데스의 사도, 람도 꺾을 자신이 없었으니 말이다.

'이 일을 어떻게 한다?'

하나 저들이 원하는 대로 파네스 일행과 연우 일행을 부딪치게 할 수도 없는 노릇이었다.

협정이 결렬되어 언제 티탄과 기가스가 공격을 해 올지 모르는 마당에, 괜한 데에 힘을 뺄 수 없었으니.

'람은 대체 어디로 간 거야?'

이럴 때는 플레이어 군단을 지휘하는 람이 나서서 교통 정리를 하면 편할 텐데.

최근에 그녀는 하데스의 명령을 받아 여기저기를 바쁘게 뛰어다니는 판국이라, 도저히 개입할 형편이 되지 못했다.

"제대로 된 설명이 없다면, 이쪽에서도 무력으로 나갈 수밖에 없겠습니다."

아이테르의 엄숙한 말과 함께.

채채챙!

그의 뒤편에 시립해 있던 파티원들이 일제히 창칼을 뽑았다. 당장에라도 칸에게 달려들 태세였다.

칸 등의 표정도 딱딱하게 굳었다. 신경전을 벌인다고 해도, 정말 칼부림까지 갈 거라고는 생각도 않았기 때문이었다.

빅토리아와 크로이츠, 갈리어드도 사태가 심각하게 돌아가자 병장기 쪽으로 손을 가져갔다.

하지만 칸은 손을 뻗어 재빨리 그들을 제지했다. 그리고 뒤쪽을 향해 고개를 가로저었다. 그들의 리더는 연우였다. 연우의 허락 없이 함부로 칼부림을 벌일 수는 없는 일이었다.

대신에.

화아아—

그는 여태 숨겨 두고 있던 기세를 단번에 풀어냈다. 짙은 피 냄새가 확 풍기면서 살이 따가울 정도로 날카로운 살기가 흘렀다.

순간, 아이테르 등이 화들짝 놀라며 반사적으로 뒤로 한 걸음 물러서고 말았다.

'뭔 놈의 살기가……?'

아이테르의 한쪽 눈가에 경련이 일어났다. 철사자의 아들 정도로만 여겼던, 마군의 꼭두각시에 불과했던 놈이 이렇게까지 강한 힘을 풍길 거라고는 생각도 못 했기 때문이었다. 자신과 비교해도 별 차이가 나지 않을 것 같았다.

"그 칼, 다시 넣는 게 좋을 거야. 내가 사실 피 냄새랑 쇠 냄새를 좀 싫어해서."

칸은 아이테르를 노려보면서 으르렁거렸다.

하지만 여기서 그냥 물러날 아이테르가 아니었다. 그는 한쪽 입술 끝을 비틀면서 손을 활짝 펼쳤다. 손이 번쩍하고 빛무리에 잠겼다.

〈백광(帛光)〉. 그를 상징하는 시그니처 스킬이 터졌다.

"싫어하면, 뭐? 얼씨구나 죄송합니다, 하고 고개 숙이고 물러설 줄 알았나?"

긴장감에 극에 달하며 디스 플루토의 분위기도 서서히 흉흉하게 변해 갔다.

둘을 지켜보고 있던 차날도 결국 참지 못하고 얼굴을 일 그러뜨렸다.

군단장인 자신 앞에서 무기를 꺼낸 것 자체가, 자신과 디스 플루토를 무시한 행위였다. 그래서 버럭 소리를 지르며 나서려는데.

쾅!

갑자기 폭음이 울리더니, 아이테르가 뭔가에 거세게 충돌하며 뒤로 크게 튕겨 나고 말았다.

녀석은 한참 동안이나 바닥을 뒹굴어야만 했다.

칸 등도 크게 놀란 눈으로 그쪽으로 시선을 돌렸다.

"켁, 켁……! 컥!"

아이테르는 피를 토하면서 고개를 들려고 했다. 대체 어떻게 자신이 튕겨 났는지 기억도 나지 않을 정도로 기습적으로 이뤄진 공격. 대체 누가 이런 짓을 저질렀는지 보고 싶었지만.

그는 뒤통수를 짓누르는 발길질에 다시 얼굴을 바닥에다 처박아야만 했다.

"감히 하데스 님이 계시는 곳에서, 그분의 허락도 없이 함부로 칼을 빼 들어? 네놈들이 미쳐도 단단히 미쳤구나."

람은 아이테르가 일어날 수 없게 머리를 몇 번 더 지근지근 밟으면서 으르렁거렸다. 앙칼진 목소리만큼이나 날카로운 살기가 폭풍처럼 휘몰아치며 사위를 압도하고 말았다.

그녀는 거침없이 창을 휘둘러 백광으로 물든 아이테르의 오른손을 잘라 버리고, 파네스의 파티원 쪽으로 고개를 돌렸다. 아이테르의 비명 따윈 귓등으로도 듣지 않았다.

녀석들은 기백에 압도되어 뒤로 주춤 물러섰지만. 여전히 꺼낸 병장기는 거두지 않고 있었다.

그것이 더더욱 람의 심기를 거슬리게 했다.

수화악—

람은 검은빛에 잠긴 창을 횡으로 길게 쭉 그었다. 그러자 녀석들의 오른손이 병장기와 함께 피 분수를 일으키면서 허공으로 튀어 올랐다.

"크아악!"

"아악!"

그야말로 가차 없는 손속. 여태 아군을 몇 번이나 도와준 소중한 동맹군이었지만, 그녀는 그런 걸 전혀 신경 쓰지 않는 투였다.

람에게 중요한 건 단 하나. 하데스의 위신이었다.

모시는 신의 위명을 더럽히는 행위는 설사 같은 군단의 병사라고 해도 절대 용서할 수가 없었다.

성역에서 날붙이를 꺼낸다는 것은 신을 모욕하는 짓. 당연히 화를 낼 수밖에 없었다.

하지만 더 충격적인 것은. 아무리 주요 전력인 파네스가 빠졌다고 해도, 신살까지 해냈던 파티를 창질 한 번에 전투 불능으로 만들었다는 점이었다.

"너희들은? 어떻게 할 속셈이지? 똑같이 무기를 꺼낼 테냐?"

람은 여전히 엉거주춤 서 있는 칸 등에게로 시선을 돌렸다.

순간, 칸의 뒤에서 잔뜩 신경을 곤두세우고 있던 세 사람은 서로 눈치를 보더니.

"……."

"……."

"……."

조용히 병장기에서 손을 거뒀다.

대체 저런 작은 체구에서 어떻게 이렇게 무시무시한 살기가 흘러나오는 건지.

칸은 식은땀으로 옷깃이 축축하게 젖는 것을 느껴야 했다.

"……."

『…….』

그리고 도일과 함께 다급하게 위쪽으로 올라온 연우는 곧 멍한 표정이 되고 말았다.

진상을 피우고 있다던 아이테르가 원산폭격(?) 자세로 땅바닥에 머리를 처박고 있었으니.

녀석이 설마 타르타로스에 있을 거라고 생각 못 했던 그로서는 여차하면 이참에 목까지 베어 버릴 생각이었는데. 생각지 못하게 방해 아닌 방해를 받은 셈이었다.

회중시계와의 연결 고리가 너무 조용했다. 오랜만에 보게 된 아이테르의 모습에, 생각이 아주 많아진 것일 테지.

연우는 그런 회중시계를 손으로 쓰다듬으면서 작게 중얼거렸다.

'너무 걱정 마.'

『…….』

'놈의 목은 반드시 네가 칠 수 있게 만들 테니까.'

*   *   *

"프로토게노이의 아이가 사고를 쳤다지?"

하데스가 한 손으로 턱을 괴면서 피식 웃음을 터뜨렸다. 물론, 정말 기분이 좋아서 나온 웃음이 아니었다. 시니컬한 비소였다.

보고를 올리던 람은 고개를 아래로 푹 숙였다.

"계속 저대로 저들을 내버려 둘 참이십니까?"

하데스가 다시 웃음소리를 냈다. 이번에는 냉소가 아니었다. 정말 재미있어서 웃는 것이었다.

"내버려 두지 않으면?"

"지난 기간 동안 저들은 성역뿐만 아니라, 타르타로스의 곳곳을 누비고 다녔습니다. 올림포스에서도 이미 이곳의 전반적인 사정에 대해 알게 되지 않았겠습니까?"

파네스 일행이 포세이돈 등의 가호를 받고 있는 건, 디스 플루토의 부관 급 이상이라면 누구나 다 알고 있는 사실이었다.

포세이돈, 데메테르, 헤스티아, 헤라 등의 눈과 귀가 되어 타르타로스 곳곳을 누비고 다니면서, 얼마나 많은 정보가 저쪽으로 넘어갔을지.

파네스 등을 앞세워 전쟁을 돕겠다는 얄팍한 구실을 내세우고는 있지만.

절대 서로의 영역을 침범하지 않기로 한 삼 형제 간의 결의를 깨뜨리고, 포세이돈이 이렇게 허락도 없이 무례하게 타르타로스를 누비고 다니는 것은 분명 문제가 있는 일이었다.

게다가 하데스는 지난 수백 년 동안 타르타로스의 일이 외부에 새어 나가는 것을 철저하게 통제해 왔다. 페르세포네와도 그동안 연락을 취하지 않았을 정도였으니.

하지만 최근 들어 하데스는 정보 통제에 대해 이렇다 하게 신경을 쓰지 않았다.

전쟁이 길어지면서 냉소적인 모습을 계속 보였었다 해도, 어떻게든 모든 걸 제어하려 했던 것을 감안해 본다면.

오랫동안 그를 옆에서 모셨던 람으로서는 정말이지 속이 뒤집힐 일이었다.

그녀의 눈에는 하데스가 이제 냉소적인 것을 넘어 염세적인 것으로 비칠 정도였으니까.

책임감이 강하신 분이니 끝까지 칼을 손에서 놓으시지는 않겠지만, 서서히 어깨가 가라앉는 게 보였던 탓이었다.

대체 언제쯤부터였을까.

그래. 그때부터였다.

연우 일행이 페르세포네의 전언을 가져왔을 때.

당시까지만 해도 언제나 단단하던 하데스가 처음으로 흔들리는 모습을 보였었다.

처음에는 오랜만에 배우자에게서 소식을 받아 심중에 변화가 생긴 것이라고만 생각했지만.

지금 와서 막상 지난날을 되돌아보니 조금 다른 것 같았다.

하데스가 페르세포네를 의도적으로 피해 왔던 게 떠올랐던 탓이었다.

그동안은 정보 통제를 위해서 어쩔 수 없이 그랬다고만 생각했는데. 단순히 그렇다고 하기에 하데스는 지나치다 싶을 정도로 페르세포네와의 접점을 만들지 않았었다.

올림포스 내, 아니, 98층의 천계를 통틀어 배우자 페르세포네에 대한 하데스의 열렬한 구애와 연정을 모르는 사람은 아무도 없었다.

오죽하면 헤라가 툭 하면 이 여자 저 여자에게 집적거리고 다니던 제우스를 하데스와 비교하면서 바가지를 긁어 댄다는 소문이 있을 정도였으니.

그랬던 하데스가 페르세포네를 피해 다녔다는 건, 분명히 켕기는 뭔가가 있다는 뜻이었다.

그리고 실제로 페르세포네의 전언을 받고 나서는 기뻐하기는커녕, 도리어 가라앉은 모습만 보였으니.

람으로서는 대체 그동안 두 부부 사이에 무슨 일이 있었던 것인지, 걱정될 수밖에 없었다.

그리고 지금도 마찬가지.

하데스는 플레이어들의 사이에 있었던 분쟁을 듣고도 별다른 감흥을 보이지 않고 있었다.

불과 몇 달 전의 그였다면, 군 내 질서를 어지럽힌다면서 큰 징벌을 내렸을 텐데. 지금은 그럴 의욕도 보이지 않다.

"이미 티탄, 기가스와의 전쟁은 극한까지 내몰린 상황이다. 그런 와중에 계속 외부의 개입을 차단하면서 고집을 피우는 것도 못할 짓이지. 그러니 그 부분에 대해서는 더 이상 터치하지 마라. 조만간 올림포스에서도 어떤 반응을 보일 테니."

"……."

"그래도 플레이어들 간의 분쟁이 군 내 사기에 좋지 않은 영향을 끼치는 건 사실이니…… 여태 그러했던 것처럼 그대가 알아서 정리를 하라."

람은 아랫입술을 질끈 깨물었다. 역시 이번에도 하데스는 개입하지 않겠다는 의사를 확실하게 밝히고 있었다.

그나마 다행이라면 아랫사람에 대한 신의는 여전히 깊게 남아 있어서, 의심 없이 일을 맡겨 준다는 점이었다.

"그렇다면. 사도이자, 부관으로서 한 가지 청을 드려도 되겠습니까?"

"말해 보아라."

"플레이어들의 통제권에 더해 3개 군단에 대한 지휘권을 주셨으면 합니다."

하데스의 한쪽 입술 끝이 말려 올라갔다. 피곤기가 묻어 나는 눈동자에 살짝 흥미가 감돌았다.

"전투라도 치를 셈인가?"

"명령하신 대로 지난 며칠 동안 '명부전'과 '지천전'의 주변을 면밀하게 살피고 왔습니다. 그리고 주둔 병력이며 경계 상황이 많이 허술하다는 것을 확인할 수 있었습니다."

명부전과 지천전은 하데스의 옛 성역들이었다. '명왕의 신전'과 함께 13개 신전으로서 타르타로스를 밝히며 티탄과 기가스를 통제하던 곳. 하지만 지금은 티폰의 공세에 빼앗기고 만 장소였다.

람은 지난 며칠 동안 하데스의 명령에 따라, 다른 이들에게 알리지 않고 조용히 두 옛 성역들을 다녀왔었다.

그러고 나서 깨달은 바는 하나.

'되찾을 수 있다. 얼마든지.'

티탄과 기가스의 공세가 아무리 거칠다고 해도, 그들의 본거지에서 멀리 떨어져 있는 명부전과 지천전에까지 영향력을 투사하기엔 사실상 많이 힘들 수밖에 없었다. 더구나 두 곳에는 아직도 하데스의 신력이 상당수 남아 있었다.

어디 그뿐이랴.

최근 들어 명왕의 신전을 공략하기 위해, 티탄과 기가스의 병력은 대부분 '거신의 토령' 쪽에 집결된 상태였다.

가뜩이나 버려지다시피 한 명부전과 지천전에서도 그쪽으로 상당수의 병력이 빠져나갔을 건 불에 보듯 뻔한 일.

람으로서는 당연히 욕심이 들 수밖에 없었다.

적의 경계가 극도로 낮아진 지금이라면. 안타깝게 잃어버린 두 성역을 회복할 좋은 기회였다.

"키클롭스 아르게스로부터도 '횃불'을 복원할 수 있게 되었다는 보고를 받았습니다. 성역을 수복하려면 지금이 가장 적기입니다."

횃불.

정확하게는 신성화(神聖火)를 말하는 것이었다.

태초에 공허만이 가득했던 곳에서 우주를 탄생케 한 큰 폭발과 함께 생겨났다는 불길.

불길은 곧 빛이 되어 공허와 뒤섞이면서 여러 세계와 차원을 차례대로 열었으니.

신은 그런 불길의 잔재에서 스스로 일어난 존재. 당연히 어떻게든 자신들의 근본인 신성화를 지키기 위해 노력했다.

그리고 실제로, 신성화를 쟁취한 일족은 우주를 다스리는 막대한 권한을 획득할 수 있었으니.

우라노스에게서 크로노스에게로, 그리고 다시 제우스로 이어지는 주도권 쟁탈전의 이면에는 바로 이런 신성화가 있었다.

최근에는 루시엘이 신성화를 제멋대로 삼키려다가 모든 신과 악마들로부터 공분을 사 몰락을 하기도 했었다.

다만, 최근에는 제우스가 깊은 잠에 들고, 신성화의 화력이 알 수 없는 이유로 약해지면서 올림포스 내에서도 위기 감이 생겨나고 있던 중이었다.

하데스가 티탄과 기가스를 제어하기 위해 들였던 신성화가 꺼진 것도 바로 이 무렵이었으니.

사실 따지고 보면 티폰이 갑자기 크로노스의 시정을 채취할 수 있었던 것도 이런 전반적인 사정이 있었기 때문이었다.

그런데 키클롭스의 막내가 람에게 따로 보고를 해 왔다.

꺼진 불길을 다시 피울 수 있게 되었노라고.

그동안 신성화의 원재료인 영혼석을 갖고 있으면서도 불길을 추출할 방법이 없어서 발을 동동 구르고 있던 중이었는데, 다른 형제들이 돌아오면서 방법이 다시 생긴 것이다.

티폰과 기가스가 뿌린 어둠에 잠긴 성역에 다시 횃불을 붙일 수만 있다면.

성역은 다시 성역으로서의 제 기능을 되찾을 것이고, 유실된 하데스의 신력도 되돌아올 것이다.

그렇게 된다면 그의 권속인 디스 플루토도 다시 전력을 끌어올릴 수 있게 되겠지.

본디 권속은 모시는 존재의 격에 따라, 가지는 힘도 천차만별로 달라지는 법이었으니.

"그러니 허락해 주십시오. 군단을 끌고 성역을 되찾아오겠습니다. 플레이어들 역시 공적치를 필요로 하고, 포세이돈 등도 타르타로스를 돕겠다는 명분을 대고 있으니 절대 거부하지 못할 겁니다."

"그 두 곳 사이에는 크로노스의 사체도 놓여 있는데도?"

람은 타르타로스를 이등분할 정도로 엄청난 규모를 자랑하는 크로노스의 사체를 떠올리다가, 무겁게 고개를 끄덕였다.

"해 보이겠습니다."

이미 협정 따위는 제대로 발동되기도 전에 연우가 이미 깨 버린 지 오래.

다시 전투가 벌어진다고 해도 문제는 없었다.

하데스는 이제야 겨우 전열을 정비하기 시작한 군단을 이렇게 내보내도 괜찮을까 하는 생각이 문득 들었지만.

'……나와는 다르군.'

람의 불타는 눈빛을 보니 거절을 할 수도 없었다.

의욕을 상실해 가는 그와 다르게, 수하들은 언제부턴가 희망을 찾고 있었다.

그런 불씨를, 자신의 손으로 꺼뜨릴 수 없는 노릇이었다.

"마음대로, 하라."

그렇게.

출정 명령이 떨어졌다.

하데스의 명령은 비밀리에 전해졌다.

이번 출정을 제안한 람의 계획에 따르면, 이번 일은 절대 외부에 새어 나가서는 안 되었다. 아군도 모르는 사이에 기습적으로, 전격전이 이뤄질 예정이었다.

그렇기 때문에 출정에 참여하게 된 10, 11, 12군단은 비상 대기령에 따라 각자 병영에서 대기 중이었고.

플레이어들을 따로 모아 둔 13군단 역시 각자가 하던 일을 모두 멈추고, 병영에 모여야만 했다.

아직 하늘 날개를 완성하지 못한 연우로서는 되도록 지하 감옥에 남고 싶은 마음이 굴뚝같았지만.

'퀴네에를 타 내려면 어쩔 수 없지.'

칠흑왕의 형틀 세트를 완성시켜야 하는 연우로서는 어쩔 수 없이 참여를 해야만 했다.

그뿐만이 아니었다.

'아이테르와 엘로힘 쪽도 걸리긴 마찬가지고.'

연우는 같은 군단인데도 불구하고, 어느새 크게 두 갈래로 나눠진 병영을 보면서 가볍게 혀를 찼다.

저쪽 갈래에는 익숙한 얼굴들이 섞여 있었다.

람에게 손이 잘려 나갔던 아이테르와 엘로힘의 파티원들.

녀석들은 이글거리는 눈길로 이쪽을 노려보고 있는 중이었다. 람에게 당하기는 했지만, 그 원인이 연우 일행에게 있다고 생각하는 것이다.

다행인지 불행인지, 녀석들 중에 전문 치유술사가 있어서 잘린 오른손을 다시 붙일 수는 있었지만. 아직 제어가 잘되지 않는지 표정이 좋질 않았다.

만약 수시로 이곳을 들락날락하는 람의 눈빛이 없었더라면, 진즉에 다시 부딪쳤겠지.

물론, 연우 일행은 그들이 노려보건 말건 간에, 아예 대놓고 코웃음을 치면서 무시를 하고 있었다.

파네스 일행의 모함에 대해서 밤새 그게 아니라며 사정을 설명했고, 적지 않은 이들이 그들의 편을 들어 주었기 때문이었다.

더구나 연우까지 감옥에서 나와 가세를 한 상태.

더 이상 반감을 참을 필요가 없었던 것이다.

이미 연우도 저들이 다시 시빗거리를 던진다면, 뒤도 돌아보지 않고 목을 쳐 버려도 된다는 허락까지 받은 상태였다.

그래도 다행인지 불행인지.

13군단 내에서는 아직 이렇다 할 반목은 없었다. 분명 각 군단병이 가진 친분 여하나 이해관계에 따라 파벌은 갈라지고 있었지만, 그보다 디스 플루토로서의 정체성을 더 중시하기 때문이었다.

파네스 일행도 그 사실을 잘 알기 때문에, 이 이상 문젯거리를 만들지 않고 있었다.

물론.

연우는 그게 얼마 가지 않으리란 걸 너무 잘 알고 있었다.

'기회만 엿보고 있는 거겠지.'

연우는 이쪽을 고요한 눈빛으로 보고 있는 파네스와 아이테르를 보고 가볍게 웃음을 터뜨렸다.

저들 딴에는 최대한 들키지 않으리라 생각하고 하는 행동이겠지만.

'저렇게 대놓고 포세이돈의 시선을 붙여 두고서야.'

[헤르메스가 이름을 밝히지 않은 신(1, 올림포스)
이 당신을 노려본다고 설명합니다.]
[아레스가 이름을 밝히지 않은 신(2, 올림포스)이
당신을 지켜본다고 낄낄거리며 언질을 줍니다.]
    ......

채널링으로 연결된 신과 악마들이 자신을 노려보는 누군가가 있다고 언질을 주는데, 몰라서는 바보가 아닐까.

물론, 인과율이라는 시스템의 통제 때문에 대놓고 이름을 밝힐 수는 없지만.

우회를 해서 누군지 힌트 정도는 충분히 줄 수 있는 것이다.

더구나 이들의 고자질이 없어도, 연우는 그 어떤 플레이어들보다도 훨씬 많은 채널링을 보유하고 있었다. 아니, 그 정도를 넘어 서버 클라우드까지 만들고 있는 중이었다. 당연히 다른 플레이어가 가진 채널링을 일부 엿보는 거야 문제도 아니었다.

그런 상황에서 포세이돈이 더 많은 신들을 이끌고 자신을 찾아왔다. 그리고 시빗거리를 조장하기까지 했다.

그게 무엇을 의미하는지, 어찌 모를까.

연우는 차라리 잘되었다는 생각이 들었다.

오른쪽 날개야 이동하는 와중에 완성하면 그만. 그보다 완성된 하늘 날개를 써먹을 장소를 찾아야 했었는데, 마침 무대가 마련된 것이다.

더군다나.

전혀 생각지도 못한 상황에서 호박이 넝쿨째 굴러들어온 셈이었으니.

아이테르는 어차피 동생의 몫이었고, 자신은 대신에 다른 것을 가져가면 그만이었다.

'감사히 잘 먹겠습니다.'

연우는 일용할 양식—신의 인자—를 가득 떠먹여 줄 포세이돈이 있는 곳으로, 가볍게 웃음을 흘렸다.

"우선, 아직 면식이 없는 이들도 있을 테니 간단하게 자기소개부터 하지."

람의 주도하에, 13군단의 플레이어들은 가볍게 인사를 나누게 되었다.

"안녕하세요. 이름은 팜. 검사입니다."

"토르닥. 창사요."

"세이. 궁수입니다. 관측병 역할도 겸하고 있습니다."

13군단은 사실 따지고 보면 '군단'이라고 하기엔 그 수가 너무 적었다.

대개 지상 층계를 공략하다가 자기 수련을 위해 흘러들어 온 자들.

하지만 그렇기에 그들은 하나하나가 강자들이었다.

대부분 위에서도 이름이 알려진 자들.

열 개의 관문을 통과할 정도이니 이미 기량이 검증되기도 했고, 신적인 존재들과 겨루면서 실력이 그만큼 성장하기도 했기 때문이었다.

연우도 그들의 이름을 들으면서 용신안으로 실력을 확인

하는 한편, 자신의 마력은 필요한 만큼만 드러냈다.

"파네스."

엘로힘 쪽 파티의 리더는 자신의 이름만 가볍게 밝혔다. 여기 있는 사람 중 자신을 모르는 이는 아무도 없으리라 여기는 듯했다.

'신살을 이뤘다고 했었지.'

듣자 하니 메가에라를 잡았다던가.

신살을 이뤘다는 건, 그만한 실력을 겸비했을 뿐만 아니라 격을 초월할 만한 특별한 재주가 있다는 뜻이었다.

'포세이돈 등이 강신했나? 아니면 비슷한 무언갈 주었나?'

연우는 파네스가 숨겨 둔 패가 무엇인지 궁금했다. 녀석을 가호하고 있는 포세이돈 등이 어떤 것을 내린 건 분명한데, 그게 무엇인지 도통 감이 잡히질 않았던 것이다. 파네스가 순수한 실력으로 신살을 이뤘다고는 생각하기 힘들었다.

덕분에 아스트라이오스를 잡은 이벤트의 효과가 반감되긴 했지만.

그래도 연우는 녀석들이 두 번 이상의 요행을 바라기는 힘들 것이란 생각이 들었다.

그때, 자기소개가 끝난 파네스가 이쪽을 보았다.

어떻게 보면 노려보는 것 같기도. 혹은 통성명의 다음 차례를 말해 주는 것 같기도 한 눈빛.

"카인."

연우는 녀석의 시선을 맞받아치면서 대답했다.

그때, 파네스가 눈을 가늘게 좁혔다.

"정말 그게 본명이 맞는 건가요?"

"그게 중요하나?"

"중요하죠. 앞으로 등을 맡기게 될 사람인데. 본명조차 떳떳하게 밝히지 못하는 사람과 함께하고 싶지는 않으니까요."

"카인. 그 이상 말해 줄 건 없어. 이런 걸 믿지 못한다면…… 내가 빠지든가 하지."

플레이어들의 얼굴에 순간 당황하는 기색이 어렸다.

목표가 얼마 남지 않은 지금. 갑자기 뒤로 빠지겠다는 의사를 밝히니 황당할 수밖에.

쾅!

그때, 람이 들고 있던 창으로 바닥을 세게 내리찍었다. 그녀는 신경질적인 시선으로 연우와 파네스를 번갈아 봤다.

"한 번만 더 아군 사이에서 불필요한 신경전을 벌이면 목을 잘라 버린다고 경고했을 텐데? 정말 그래 주길 원하나?"

연우는 가볍게 어깨를 으쓱거렸고, 파네스는 뒤로 한 발자국 물러서며 고개를 숙였다.

"죄송합니다."

"모두 들어라. 너희들이 지지든 볶든 나와는 상관없다. 하지만 전투 중에는 절대 분란 일으키지 마. 지금은 여기에만 집중해라."

람은 마지막 경고를 던진 뒤, 모든 플레이어들이 고개를 숙이는 것을 확인하고 작전을 설명하기 시작했다.

"지금부터 우리가 확보해야 할 곳은 '명부전'이라는 곳이다. 현재 그곳에서 파악된 티탄은 둘. 토에와 키모다."

토에와 키모는 크로노스의 시정을 제대로 섭취하지 못한 티탄으로 알려져 있었다. 티탄 중에서도 급수가 아주 낮은 신격이란 뜻이었다. 그 외에 명부전에 주둔해 있는 병력은 둘에게 딸린 권속들이 대부분. 나머지는 티폰 아래로 차출된 까닭이었다.

"우리는 11, 12군단과 함께 명부전을 들이칠 예정이다. 비밀리에, 그리고 아주 빠르게."

"10군단은 어찌 됩니까?"

"그들은 우리가 두 티탄의 발목을 묶는 사이, 후방에서 비밀리에 움직일 것이다."

람은 거기까지만 설명했을 뿐, 10군단이 정확하게 무엇을 노리는지는 말해 주지 않았다.

하지만.

'성동격서. 세 군단이 주의를 끌어 주는 동안, 10군단은 중앙에 있는 신전을 빠르게 점거하려는 거다.'

연우는 단번에 람의 노림수를 알아챌 수 있었다.

'횃불을 밝혀서 하데스의 신력을 깨울 생각인가?'

그런 것이라면 아주 괜찮은 작전이었다.

물론.

'토에와 키모라는 티탄이 호락호락한 놈들이라면.'

하지만 이러나저러나 분명히 해 볼 만한 작전인 건 사실이었다.

'어차피 협정은 깨졌으니 지킬 필요는 없을 테고. 그래도 언제 놈들이 다시 전투를 걸어올지 모르는 마당에 이렇게 3할이나 되는 병력을 따로 빼는 것 치고는 조금 약한…… 아니군.'

연우는 생각을 정리하다가, 전투가 여기서 끝나지 않으리라는 걸 눈치챘다.

'여기를 점거하고 나면, 곧바로 다른 성역으로 가려는 건가? 전격전. 밤새 몇 개의 성역에다 횃불을 밝히는지가 관건인 거군.'

이미 디스 플루토는 궁지까지 밀릴 대로 밀린 상황. 이런 와중에 반격을 꾀할 만한 방법을 찾았으니, 대대적인 반전을 노릴 만도 하다는 생각이 들었다. 지금처럼 고립되어서는 결국 패배라는 결과만 맞이하게 될 테니.

"그럼 움직인다."

람의 지시하에.

13군단이 빠르게 움직이기 시작했다.

*　　　*　　　*

명부전은 명왕의 신전에서 가장 가까운 성역 중 한 곳이었다.

물론, 그렇다고 해도 원체 타르타로스의 규모가 크다 보니, 이동하는 데 꽤 많은 시간이 걸렸다. 더구나 그동안 티탄과 기가스가 풀어 놓은 권속들을 만나지 않기 위해 우회를 하느라 더 많은 시간을 소요해야만 했다.

『타르타로스라. 한 번쯤 와 보고 싶던 곳이긴 한데. 소란스럽네, 이곳은. 여전히.』

정우는 연우의 시야를 공유하면서 가볍게 혀를 찼다. 히든 스테이지인 열 개의 관문을 모두 통과하지는 못했던 그로서는 이곳이 신기하기만 했다.

하지만 딱히 감흥이 들거나 하지는 않았다. 보이는 것이라고는 온통 붉은빛으로 가득한 하늘과 다 죽어 가는 대지뿐이었으니. 이런 곳에 계속 오래 머물다가는 정신도 똑같이 피폐해질 것 같다는 느낌을 강하게 받았다.

『그런데 형.』

'왜?'

『이제 어떻게 하려고?』

정우의 목소리가 낮게 깔렸다.

『아직 날개는 미완성이잖아. 그런데 괜히 벌써부터 실력을 보일 필요는…….』

'아니. 그렇게 해야만 해.'

연우가 피식 웃었다.

'그래야 알아서 고개를 숙이거나, 혹은 뒤통수를 치거나 할 테니.'

『……대체 뭘 어쩔 생각이야?』

정우는 대체 연우가 어떻게 나서려는지 짐작할 수가 없었다.

'이렇게 할 생각이다.'

연우가 피식 웃으면서 앞으로 나섰다.

그러자 자세를 낮추면서 명부전으로 쳐들어갈 타이밍을 재고 있던 군단병들의 시선이 일제히 연우 쪽으로 쏠렸다.

"선봉, 제가 서겠습니다."

람이 눈을 가늘게 좁혔다. 그러고는 한쪽 입술 끝을 비틀었다.

"신살을 이뤘다고 무엇이든지 다 할 수 있는 것 같나 보지? 허튼소리 말고, 대기하고 있어."

"10군단을 기다리고 있는 것이라면, 그들은 이미 도착했습니다."

"무슨 말을······!"

람이 버럭 소리를 지르려던 그때였다.

휘익, 펑—

갑자기 하늘을 따라 푸른 폭죽이 잘게 퍼져 나갔다. 10군단이 목표 지점까지 도착했다는 것을 알리는 신호탄이었다. 이 신호가 떨어지면 11, 12, 13군단이 공격을 개시하며, 이후 람이 금색 폭죽을 터뜨리면 10군단이 비로소 움직이기로 계획되어 있었다.

람은 대체 10군단이 도착한 걸 어떻게 알았는지, 놀란 눈으로 연우를 돌아봤다.

그녀 역시 일반 플레이어들은 따라잡을 수 없는 예민한 감각을 지니고 있었지만, 연우는 도무지 말이 안 되었다. 10군단과의 거리는 너무 멀리 떨어져 있었으니까.

"그럼 먼저 가 보겠습니다."

하지만 연우는 람의 의문을 풀어 줄 생각이 전혀 없다는 듯이, 먼저 지면을 거세게 박차며 앞으로 튀어 나갔다.

와아아—

동시에 북쪽과 서쪽에서 일제히 함성 소리가 들렸다. 11

군단과 12군단이 움직이는 소리였다.

멍하니 있던 람도 뒤늦게 정신을 차리고, 목청을 돋워 소리쳤다.

"전원, 돌격!"

플레이어들은 일제히 함성 소리를 내면서 앞으로 달리기 시작했다. 그곳에는 예기치 못한 연우의 움직임에 당황해하는 파네스 일행과 플레이어들 사이에 섞여 움직이는 연우의 일행도 있었다.

크로이츠는 성검 줄피카르를 뽑으면서 중앙에다 승리를 상징하는 터키석을 소환해 일행들에게 막대한 버프를 실었고, 빅토리아는 환하게 빛나는 손으로 허공에다 크게 글자를 새겨 넣었다.

룬 문자가 잘게 부서졌다. 타르타로스가 산 자들에게 내리는 저주를 씻어 내자, 일행들의 움직임이 한결 수월해졌다.

『고맙군.』

갈리아드는 잇달아 터지는 화려한 이펙트의 효과를 한 몸에 받으면서, 어기전성으로 빅토리아에게 감사의 인사를 보내고 화살을 시위에다 걸었다.

타르타로스에 머무는 동안 좋은 술친구가 된 헤노바가 심심하다며 만들어 준 활, 아트락시아.

하지만 아트락시아의 기능은 결코 '심심하다'는 단어로 품평할 수 있는 게 아니었다.

구하기 힘들다는 세계수의 나뭇가지를 엮어 만든 활답게, 기능 면에서는 웬만한 신물을 뛰어넘을 정도로 대단했다.

여태껏 좋은 도구는 사냥꾼의 감을 상하게 만든다고만 여겼던 갈리어드의 생각을 단번에 바꿀 정도였으니.

무엇보다. 갈리어드는 활이 자신의 손에 착 달라붙는다는 게 마음에 들었다.

실전에서 사용하는 건 분명 이번이 처음이었지만, 그렇게 느껴지지 않았다. 마치 오랫동안 길들여 온 장비인 것처럼 너무 잘 맞았다.

'드워프에게 이렇게 도움을 받을 줄은 생각도 못 했지만.'

기실 엘프와 드워프는 절대 사이가 좋으려야 좋을 수가 없는 사이였지만.

이렇게 도움을 받았으니, 종족의 지난 은원 따위는 아무래도 상관없었다. 어차피 그가 그런 것에 크게 휘둘리는 성격도 아니었고.

팟!

갈리어드는 나중에 술친구에게 좋은 술을 대접해야겠다고 생각하면서 지면을 세게 박찼다.

〈순보 — 어기충소〉

　갈리어드는 먼지기둥을 만들어 내면서 단번에 하늘로 치솟아 올랐다. 킬로미터 단위의 거리에서도 정확하게 목표를 찾아낸다는 엘프의 눈이, 명부전에 단단히 고정되었다.

　명부전은 하데스의 옛 성역이었다고 표현하기 힘들 정도로 곳곳이 파괴된 폐허였다. 부서진 성벽 하며 죽은 땅까지. 그동안 적들이 얼마나 무방비로 방치해 놓았는지 알 수 있는 대목이었다.

　그 너머로 티탄으로 보이는 것들이 바쁘게 움직이는 게 보였다. 권속들이 성역 밖으로 쏟아지려 하고 있었다. 뒤늦게 이쪽의 등장을 알아챈 모양이었다.

　'어디 한번 해 볼까?'

　갈리어드는 연우가 신살을 해낸 것처럼, 자신도 시도나 해 볼까 하는 생각에 가볍게 피식 웃으면서.

　"브라함!"

　절친한 벗의 이름을 외쳤다.

　그러자 아래쪽에 있던 브라함이 품에서 책자를 꺼냈다. 그는 못마땅하다는 표정으로 작게 투덜거렸다.

　"시키지 않아도, 알아서 해."

〈목성의 서〉. 수성의 서가 부서진 뒤로, 화성의 서와 함께 추가로 만든 그의 신물. 역시나 아트락시아처럼 헤노바의 손길이 닿아 있기도 한 물건이었다.

화아악!

주문을 가볍게 외자, 브라함의 발밑으로 마법진이 짙게 깔리면서 허공으로 금색 광채가 떠올랐다.

순간, 갈리어드는 몸에 묵직한 힘이 실리는 것을 느낄 수 있었다. 그래, 이거지. 그는 만족에 찬 웃음을 흘리면서 활대가 한계까지 휘도록 시위를 당겼다가 그대로 놓았다.

〈전신의 총애〉와 〈까만 까마귀의 깃〉.

두 친우가 오랫동안 함께 하면서 만들어 낸 합격술(合擊術)로, 화살 하나하나에 막대한 파괴력을 싣는 게 특징이었다.

콰앙—

쾅! 쾅! 콰콰콰—

그리고 그들이 자신감을 가졌던 것만큼, 화살은 엄청난 파괴력을 자랑했다.

화살이 닿을 때마다 가뜩이나 허물어져 가던 성벽은 그대로 터져 나갔고.

그 아래, 다급하게 밖으로 튀어 나가던 티탄의 권속들이 그대로 파묻히고 말았다.

생매장의 위기에서 겨우겨우 빠져나온 티탄의 권속들도 위험하긴 마찬가지였다. 갈리어드가 쉬지 않고 시위를 잡아당기는 통에 어떻게 피할 겨를이 없었던 것이다.

땅거죽이 마구잡이로 뒤집혔다. 권속들이 폭발에 휘말려 속속들이 죽어 가는 가운데.

『꿈이…… 저문다.』

연우의 권속들도 이에 질세라 활동을 개시했다.

가장 먼저 네메시스가 나타나 허공에 녹아들면서 적에게는 막대한 저주를, 아군에게는 축복을 내렸다. 특히 여기저기서 돌개바람이 불면서 티탄 권속들의 발을 묶어 놓았으니. 가뜩이나 무질서하게 밖으로 튀어 나가던 녀석들은 더길이 막혀 잠시간 병목 현상이 발생하고 말았다.

샤논과 한령은 바로 그 틈을 노렸다. 레베카와 함께 적들을 빠르게 쓸어 가는 칼날은 이전보다 더 정교하고 폭발적이었다.

상공에서는 공간이 비스듬히 벌어지면서 두 개의 눈동자가 활짝 열렸다.

「죽. 어라.」

부는 파우스트의 기억을 되찾아 가며 하루가 다르게 마

법 실력이 향상되고 있었다. 가벼운 진언과 함께 허공에 마법진이 잇달아 열리면서 마법들이 소낙비처럼 떨어져 티탄의 권속들을 빠른 속도로 지워 나갔다.

키아아악—

끄악! 끄아악!

계속되는 폭발과 일렁이는 화마가 적들을 무수히 집어삼켰다. 무차별적인 죽음이 계속 이어졌다.

이에 열심히 명부전으로 달려가던 11, 12, 13의 3개 군단은 도중에 멈칫거리면서 멍한 얼굴로 전장을 바라보기 일쑤였다.

그들이 크게 나서지 않아도 빠른 속도로 무너지는 적들을 보고 있노라니. 자신들이 참여하는 게 오히려 방해가 되리라 여겨질 정도였다.

하지만.

아직 재앙은 시작도 되지 않았으니.

"영역 선포."

어디선가 나지막하게 들린 목소리에 모든 이들의 시선이 그쪽으로 쏠렸다.

그리고 두 눈을 크게 뜨고 말았다.

명부전을 둘러싼 세상이 반전되고 있었다. 마치 보이지 않는 결계에 에워싸인 것처럼, 티탄의 권속들이 무언가에 단단히 가로막혀 앞으로 달려가지 못하고 우왕좌왕하고 있었다.

키에에엑!

놈들이 어서 치우라며 구슬픈 목소리로 비명을 질러 댔지만.

그들의 머리 위에는.

연우가 떠 있었다.

검은색 광채로 빛나는 왼쪽 날개를 한껏 펼친 채로.

세 갈래로 나눠진 날개는 하나하나의 크기가 어찌나 큰지, 저대로 하늘에 닿는 게 아닐까 싶을 정도로 검은 불길을 아주 크게 피워 대고 있었다.

그리고 날개가 크게 홰를 치면서 깃털 속에 숨겨진 666개의 권능을 일제히 깨운 순간.

…….

연우의 권역에는 깊은 침묵이 내려앉았다.

그 많던 티탄의 권속들이 일제히 죽어 있었다.

아무런 소리 소문도 없이.

침묵은 티탄의 권속들이 죽어 나자빠진 전장을 넘어, 명부전으로 열심히 달려가던 4개 군단과 티탄 쪽에까지 번지고 말았다.

적아를 가릴 것 없이, 사람들은 한동안 자신들이 본 광경을 이해할 수가 없었다.

'무, 뭐지? 어떻게 된 거지?'

'시간이 정지한 건가?'

'집단 저주? 뭐, 그런 광역 버프인가? 수면에 빠지게 하는?'

그런 생각이 드는 것도 당연했다.

괴물의 형상을 띤 티탄의 권속들은 기실 그동안 디스 플루토를 괴롭게 만든 주범이었으니까.

하데스와 군단장들이 어떻게든 티탄과 기가스를 상대한다고 해도, 끊임없이 쏟아지는 권속들은 디스 플루토만으론 상대하기가 까다로운 족속들이었다.

팔다리가 잘려도 달려들고, 머리가 떨어져도 심장이 멈출 때까지 마구 광란을 부리던 놈들. 포악성도 대단해서 매번 전투가 벌어지면 녀석들을 어떻게 해야 상대할 수 있을까 잔뜩 고민을 짊어져야만 했는데.

그런 것들이 전부 줄줄이 쓰러지고 말았다.

별다른 저항도 없이.

깨꼬닥, 하고.

단순히 날갯짓을 크게 한 번 한 게 전부인데 말이다.

현실성이 없어도 너무 없었다.

차라리 처음 연우가 나타나 신살을 벌였을 때가 더 실감 났다. 그때도 말도 안 되는 무용을 보여 주긴 했어도, 어쨌든 간에 그의 실력을 확실하게 알 수 있었으니까.

하지만 이건 그런 것도 아니지 않은가.

그리고.

그런 생각은 티탄 쪽도 마찬가지였다.

'뭐야, 저건?'

티탄 토에는 순간 자신이 뭔가 환각에 빠진 게 아닌가 하는 생각이 들었다. 그게 아니라면 집단 착란? 공황? 하여간 그런 것들에 잠긴 게 틀림없었다.

웬만한 저주가 아니고서야, 신격이 그런 것에 휘둘린다는 것 자체가 말이 안 되긴 했지만. 그러지 않고선 저 말도 안 되는 상황을 도저히 설명할 수가 없었다.

그가 가진 상식으로는 도저히 이해를 할 수 없는 광경이 벌어지고 있었다.

하데스의 병사들이 기습을 해 온 것이야 그렇다 칠 수 있다. 자신들이 방심했던 것이니. 그리고 이런 경우야 왕왕 있기도 했었고.

생각보다 뛰어난 화력을 자랑하는 것도 이해할 수 있었다. 하데스의 주요 권속인 군단장들과 사도 람은 티탄—기가스들도 인정하는 강자들이었으니 말이다.

하지만.

'한꺼번에 죽어 버린다고? 대체 어떻게?'

그저 하늘 위로 한 녀석이 나타났을 뿐이었다.

타르타로스의 하늘만큼이나 우중충한 검은 옷과 가면을 쓰고 나타난 플레이어. 녀석의 등 뒤로 한쪽 날개가 활짝 열리자 소란스럽던 전장에 갑자기 깊은 침묵이 흘렀다.

분명 방금 전까지만 해도 크게 날뛰던 권속들이 줄줄이 쓰러진 것이다.

더불어 키모와 연결되어 있던 고리들도 일제히 끊어졌다. 보이지 않는 무언가가 자르고 지나간 것처럼. 더듬어서 다시 연결하려 해도 저쪽 끝이 보이지 않았다.

때문에 반발력이 일어나 신격이 크게 흔들리고, 영혼이 찢길 것 같은 고통이 뒤따랐지만.

그는 도저히 그런 걸 신경 쓸 겨를이 없었다.

그만큼 충격이 컸던 것이다.

문제는 거기서 끝나지 않았다는 점이었다.

끼아아—

쓰러진 권속들 사이에서 음산한 귀곡성이 울려 퍼지더

니, 사체 위로 잿빛 아지랑이가 스멀스멀 피어올랐다.

아지랑이는 이리저리 뒤엉키면서 고통에 몸부림치는 인간의 얼굴 형상을 띠었다.

영혼. 아니, 망령이었다. 격이 영락할 대로 해 버린 권속들의 망령. 수백 개나 되는 것들이 그대로 뽑혀 나와 연우에게로 쏠려 들었다.

망령들은 잿빛 안개를 만들면서 연우의 주변을 맴돌다가 그대로 천천히 흡수되었다.

이쯤에 이르자, 토에는 정신이 너무 멍한 나머지 더 이상 말을 이을 수가 없었다.

죽인 건 그렇다 치더라도 영혼까지 다룬다고?

저건 신적인 영역, 그중에서도 대신격 혹은 태고신이나 개념신의 영역일 텐데……!

하지만 연우에게서 풍기는 건 영락없는 플레이어의 격이었으니.

그러다 토에는 하늘 끝에 닿는 게 아닐까 싶을 정도로 거대하고 시커먼 날개를 보고 몸을 파르르 떨고 말았다.

하나하나가 무척 커다란 권능들이, 무려 666개나 뭉쳐 서로 톱니바퀴처럼 맞물려 돌아가면서 큰 틀을 형성하고 있었다.

그리고 그 진체(眞體)를 파악한 순간.

"흡!"

토에는 자기도 모르게 헛바람을 크게 삼키고 말았다.

'죽음'이 자신을 보고 있었다.

언제라도 그의 목숨을 앗아가기 위해서.

마치 서슬 퍼런 사신의 낫처럼 소리 없이 다가와 호시탐탐 기회를 노리는 중이었다. 티탄이라는 신격이 가지는 영력에 떠밀려 더 가까이 접근하지 못할 뿐, 기회가 엿보인다면 언제라도 앗아갈 것 같았다.

파르르—

불멸을 이뤘다고 자부한 신격에게서도 '죽음'을 가져갈 수 있는 어둠의 손길. 날개 너머에 있는 666개의 시선은 못이 박힌 것처럼 그에게 단단히 틀어박혔다.

너무 오랜만에 만난 위기감. 토에는 자기도 모르게 몸을 떨고 말았다.

"……하데스!"

토에는 두려움을 떨쳐 내면서 억지로 목소리를 쥐어짰다. 신에게 죽음을 부여하는 힘. 그런 게 가능한 존재는, 타르타로스에서 단 한 명밖에 떠올릴 수 없었다.

"하데스가 나타났나?"

명계의 왕이 여기까지 직접 행차한 것이다.

그래.

한낱 필멸자 따위가 자신쯤 되는 신격을 두렵게 만들 수 있을 리가 없지.

그가 대체 무슨 생각을 하는 건지는 알 수 없어도, 분명 실력 괜찮은 플레이어를 미끼로 내세우고 뒤에서 조종하는 것이다 싶었다.

아마 전쟁 영웅 따위로 둔갑시키려는 수작이겠지. 궁지까지 내몰렸으니 어떻게든 수를 쓰려는 것일 게 분명했다.

죽음이라는 개념을 다룬다는 것은. 애당초 그쯤 되는 존재가 아니면 절대 불가능한 것이니.

그렇게 생각을 정리하고 나니, 토에는 머릿속이 환하게 밝아지는 느낌이 들었다. 한결 개운해졌다.

이 순간, 666개의 권능 속에 근원이 서로 다른 권능이 섞여 있다는 사실은 그의 눈에 들어오지 않았다. 죽음이라는 개념을 다루는 방식이 평소 하데스와 많이 다르다는 사실 역시도.

자기 합리화가 그의 눈을 가리고 있는 것이다.

으드득!

그리고 토에는 이를 바득 갈았다. 하데스가 직접 여기까지 행차했다면 자신들이 당해 낼 수 있는 방법은 없다. 후퇴만이 정답이었다.

하지만.

쾅—

그런 토에의 생각을 읽기라도 한 듯이. 연우가 갑자기 다시 한번 더 한쪽 날개로 홰를 치더니 쏜살같이 이쪽으로 날아오기 시작했다.

토에의 인상이 팍 일그러졌다.

하데스가 나타난 게 두려운 건 사실이지만, 그렇다고 해서 한낱 플레이어 따위에게 무시를 당할 정도는 아니었기 때문이었다.

하데스의 가호가 있다고 해서 자신이 진짜 하데스가 되기라도 한 줄 아는 것인지.

토에는 이참에 물러날 때 물러나더라도 녀석의 머리통은 잘라서 가야겠다는 생각이 들었다. 불민한 필멸자는 이따금 징치를 해 둬야 신으로서의 위엄도 사는 법이었으니.

그래서 허리춤에 있던 신물을 뽑으려는데.

팟!

날아오던 중에 연우의 신형이 움푹 꺼진다 싶더니, 갑자기 앞쪽 공간이 열리면서 그가 토에의 눈앞에 나타났다.

"무슨!"

토에는 눈을 크게 뜨고 말았다. 단순한 공간 이동인가? 아니면 점멸? 여하튼 공간을 '도약'하는 기술은 본래 공간의 설정권을 지닌 주인의 허락 없이는 절대 불가능한 일이었다.

현재 명부전은 티탄의 권역으로 설정된 지 오래. 하데스의 신력이 봉인되고, 토에와 키모의 성역이 되다시피 한 곳이란 뜻이었다.

당연히 성역에서는 여러 법칙을 설정할 수 있는 권한이 주인에게 있을 수밖에 없었고, 말할 필요도 없이 토에와 키모는 명부전에서 그에게 이러한 행위를 허락한 적이 없었다.

그런데 어떻게……?

"그야 지금은 이곳이 내 영역이니까."

연우는 놀란 토에의 얼굴을 보고 무슨 생각을 하고 있는지 깨닫고, 피식 웃으면서 충격적인 대답을 던져 주었다.

토에는 그제야 깨달았다.

권속들과의 연결 고리가 끊어지면서 생긴 반발력으로 감각이 교란되어 여태 눈치채지 못하고 있었는데, 명부전에 설정된 권역화가 어느새 해제되어 있었다.

정확하게는 해제가 아닌 '덮어쓰기'였다.

임시로 이뤄진.

그리고 그것의 정체는…….

'용……?'

분명 여름여왕과 함께 사멸했어야 할 옛 초월종의 권역, 비나(Binah)였다.

'아니야. 이건 마? 신? 너무 많은 것들이 담겨 있어……!'

대체 이게 뭐야! 토에는 그렇게 소리를 지르고 싶었다. 하지만 그의 생각이 채 끝나기도 전에.

휘리릭—

연우는 이미 몸을 크게 뒤틀면서 녀석의 복부를 정강이로 후려치고 있었다.

[제천류 — 화염륜]

쾅!

"컥!"

토에는 입 밖으로 피를 토해 내면서 크게 뒤로 튕겨 나고 말았다. 충격파가 얼마나 대단한지 공간을 따라 파문이 크게 번져 나갔다. 그 속에는 불길이 뜨겁게 일렁대고 있었다.

그리고 연우는 튕겨 난 토에를 따라 지면을 세게 박찼다. 발자국이 깊게 내려앉으면서 구덩이가 크게 파였고, 그가 달린 자리로 깊은 고랑이 남았다.

파바박—

그때, 연우의 품에서 여의봉의 조각들이 돌개바람을 그리면서 나타나 창대 모양으로 조립되었다.

연우는 오른손으로 창대를 잡고, 왼손으로 비그리드를 뽑아 두 개를 결합시켰다.

찰칵!

츠츠츠—

기분 좋게 맞물려 돌아가는 소리와 함께 칼날을 따라 검은 불길이 크게 차올랐다.

연우는 토에를 따라잡자마자 발을 크게 굴리면서 하체를 단단히 고정시켰다. 그리고 상체를 팽이처럼 돌리면서 관성으로 이어지려는 가속도를 회전력으로 바꾸었다.

외뿔부족이 진각(震脚)과 전사경(轉絲勁)이라고 부르는 동작들과 함께, 창을 앞으로 내질렀다.

[팔극검 — 사일, 파공]
[볼텍스]

콰콰콰—

한 점으로 압축된 불꽃 소용돌이가 잇달아 쏟아졌다.

토에는 어떻게 막을 겨를이 없었다. 가까스로 균형을 잡으려 해도 비그리드가 폭발력이 가득한 검은 불길을 마구 뿌려 대면서 달려오니 도저히 정신을 차릴 수가 없었던 것이다.

성화가 극한으로 압축된 오러이기도 한 불길은 신의 육체에다 계속 상처를 새겨 넣고 있었다. 가르고, 찌르고, 태워 대는 통에 방어기는 아무런 소용도 없었다.

문제는 그뿐만이 아니었다.

[검은 구비타라]

칼날이 그의 피부를 스칠 때마다 반점처럼 나타나는 피의 꽃은 어느새 흉측하게 전신을 뒤덮고 있었다.

'어째서! 어째서 아수라의 왕 중 왕의 권능이 이놈에게서 나타난단 말이냐!'

피의 꽃은 마력을 갈취하고, 심력을 마모시킨다. 그건 신이라고 해도 전혀 다를 게 없었다. 그래서 이 권능을 발휘하던 악마가 '왕 중 왕'이라는 칭호를 획득했던 것이고, 평화가 찾아온 현재까지도 신들 사이에 흉측한 악명으로 남아 있는 것이다.

푸화악!

비그리드가 그의 왼쪽 장딴지를 크게 훑고 지나갔다. 정맥이 끊어지면서 피가 크게 터졌다. 하지만 핏물은 바닥에 쏟아지기도 전에 지글거리는 대기에 증발해 사라졌으니.

혹독한 열기와 늘어나는 상처, 육체를 좀먹어 가는 피의 꽃은 토에를 허덕이게 만들었다.

하지만 그를 더 궁지로 몰아넣는 건, 홰를 칠 때마다 서서히 바짝 다가오는 '죽음'의 낫이었다.

666개의 권능에서 비롯된 보이지 않는 손길은 어느새 발밑을 지나 목에까지 다다르며, 그의 숨통을 강하게 옥죄어 가고 있는 중이었다.

권속들을 강제로 앗아 간 손길의 색이 점차 뚜렷해지고 있었다.

분명 그런 것들은 그에게만 비치는 환각에 불과했지만.

또한, 실제로 존재하는 것이기도 했다.

숨통이 턱턱 막혔다. 정신이 금방이라도 꺼질 것처럼 아찔했다. 심장 한편에서 빚어진 공포심이 어느새 마음을 가득 메우고, 머릿속을 까맣게 물들였다.

그렇게 되니 몸도 무겁게 착 가라앉았다.

여러 크고 작은 병들이 잇달아 터졌다. 중환, 맹독, 심병(心病) 등등. 근원도 가지각색인 것들. 죽음으로 치닫게 만드는 666개의 다양한 방식들이 실타래처럼 풀려 나와서 토에의 영혼을 바짝 옥죄어 나갔다.

서로가 더 잘났다는 듯이. 666개의 권능들은 자신들의 기량을 마음껏 뽐내면서 더 깊숙하게 파고들었다.

그러면서도 권능들 간의 충돌은 없었다. 오히려 서로가 보완재 역할을 하며, 톱니바퀴처럼 착실하게 맞물려 돌아가면서 '죽음'이라는 커다란 틀을 완성해 나가는 중이었다.

토에는 그제야 깨달았다. 이건 하데스의 권능 따위가 아니었다. 그보다 더 근원적인 것. 보다 더 근본적인 것이었다. 개념을 완성해 나가는 '과정'들이었다. 흔히 신과 악마들의 신위라고 부르는.

어떻게 이 많은 권능을 한낱 인간 따위가 전부 다 가지게 되었는지는 알 수 없었다.

하지만 이것만큼은 확실했다.

자신은 죽음이라는 늪에 빠졌고, 익사 직전까지 다다랐다는 것. 절대 빠져나올 수 없다는 것.

그리고.

이런 늪을 만든 666개 권능의 주인들이, 너무나 즐거워하고 있다는 것.

자신의 죽음을 보며 아주 즐거워한다는 것.

[네르갈이 폭소를 터뜨립니다.]

[이자나미가 엷은 미소를 띱니다.]

[태산부군이 흡족한 얼굴로 태사의를 두들깁니다.]

[아이쉬마—다이바가 웃습니다.]

[할파스가 웃습니다.]

[헬이 웃습니다.]

......

'미친…… 것들!'

역시 '그'의 후계들이라고 해야 할까. 신이고 악마고 간에 제정신인 놈들이 하나도 없었다. 타인의 죽음을 보며 만족스럽게 웃는 것들이라니. 아니, 그러니 죽음을 신위로 둘수 있는 걸까?

"쿠르릌!"

그 생각을 끝으로, 토에는 결국 죽음의 늪에서 빠져나오지 못하고 익사했다. 보이지 않는 손길이 마지막으로 영혼을 세게 움켜쥐고, 죽음의 낫이 비그리드가 되어 그 위로 날아들었다.

스걱—

푸화악!

토에의 머리통이 하늘 위로 튀어 올랐다. 핏물이 분수처럼 잔뜩 하늘로 뿜어졌다.

[쿄시티가르바가 만족스럽게 고개를 끄덕입니다.]

[타나토스가 만족스럽게 고개를 끄덕입니다.]

[디스 페이더가 만족스럽게 고개를 끄덕입니다.]

……

츠츠츠—

토에의 몸뚱이가 작은 입자로 쪼개지더니 여의봉 쪽으로
빨려 들어갔다.

θoń

아스트라이오스 옆에 새롭게 박힌 글자.

그것을 보고 있던 티탄 키모의 얼굴이 와락 일그러졌
다.

"토…… 컥!"

하지만 정작 키모는 토에가 있는 곳으로 달려올 새가 없
었다. 관자놀이를 강타하는 공격에 억지로 몸을 보호하면
서 뒤로 물러나야만 했던 것이다.

"이런. 이런. 한눈을 파시면 쓰나. 그래도 오랫동안 전장
에 있었다고 하는 신께서."

저 멀리서, 갈리어드는 시위에 다시 화살을 걸면서 피식
웃음을 흘렸다. 여태껏 키모가 연우와 토에가 있는 곳으로
가지 못하게 발목을 묶고 있던 그로서는 딱히 그럴 필요가
없었다는 사실에 헛웃음이 나왔다.

하지만 한편으로는 이렇게 신적인 존재를 마음껏 유린하
고 있다는 사실이 너무 재미있었다. 지금이 아니라면 또 언

제 이런 유쾌한 경험을 해 볼까.

뭐, 이런 것도 한때 신적인 존재였던 브라함이 어느 정도 격을 되찾고 보조 역할을 해 주면서 가능하게 된 것이지만.

그래도 한 가지 확실한 건, 여태껏 신적인 존재라고 하면 까마득하게만 여겨졌던 거리가, 생각보다 가깝다는 점이었다.

'물론, 저런 자잘한 놈들 말고, 이름이 널리 알려진 것들은 전혀 차원이 다르겠지만.'

갈리어드는 처음 브라함을 만났을 때, 요정안으로 보았던 브라흐마의 진체를 새삼 떠올리면서.

파앗—

길게 잡아당겼던 시위를 손에서 놓았다. 수십 갈래의 빛줄기가 응축되면서 기다란 빛의 화살로 변하며 공간을 꿰뚫었다.

쾅!

키모는 어떻게든 피하려 했지만, 화살에는 추격 장치가 실려 있어 도중에 방향을 확 꺾었다.

쾅, 쾅, 콰앙—

키모는 그렇게 한없이 이래저래 떠밀려 나다가.

퍽!

별안간 뒤쪽에서 이어진 충격에 피를 입가로 뿜었다. 억지로 고개를 돌렸다. 뒤쪽에는 람이 어느새 싸늘한 표정으로 나타나 있었다.

사도. 키모가 중얼거린 마지막 말이었다.

람의 창에서 어둠이 활짝 피어나더니 게걸스럽게 키모를 집어삼켰다. 하데스가 그녀에게 따로 하사한 신물, 식음창(食陰槍)은 격살한 대상을 어둠 속에 삼키는 것으로 유명했다. 그 권능은 신살도 가능할 정도였다.

그렇게.

첫 번째 전투인 명부전의 탈환이 성공적으로 끝났다.

뒤늦게 찾아온 4개 군단은 환호할 새도 없이 멍하니 그 광경을 바라보았다. 너무 비상식적인 일들이 연달아 벌어지니 어안이 벙벙해진 것이다.

그러다.

"와아아!"

한 명이 퍼뜩 정신을 차리고 크게 환호를 질렀다.

그러자 옆에 있던 자들도 상황을 깨닫고 함성을 터뜨렸다.

와아아아!

승리의 함성이었다.

　　　　*　　　*　　　*

"이거 정말 죽은 거 맞지?"

"보고도 모르나? 숨도 안 쉬는구만."

"그래도 어떻게 이런 게 가능한 거지? 다친 곳도 하나도 없잖아."

디스 플루토의 병사들은 금방이라도 다시 일어나 그들에게 달려들 것 같은 티탄의 권속들을 이리저리 무기로 들쑤시고 다녔다.

정말 혹시나 살아 있는 게 있을지도 모르니 확인 사살을 하려는 것이다. 물론, 숨이 조금이라도 붙어 있는 녀석은 한 놈도 찾을 수 없었지만.

이게 전부 다 연우가 만들어 놓은 광경이었다.

그들의 상식으로는 도저히 있을 수 없는 일.

아무리 권능을 발휘한다고 해도, 분명 연우가 해낸 일은 말이 제대로 나오지 않을 만큼 터무니없는 것이었다.

신적인 존재가 자신의 신위를 법칙에 새겼을 때 나타난다는 현상. 권능을 넘어선 신능(神能)이었다. 하지만 필멸자가 해낸 일이니 그렇게 부를 수도 없는 일. 혼란은 더 커질수밖에 없었다.

그리고 그건 람도 마찬가지였다.

필멸자로서 평균적으로 허락된 수명보다 훨씬 긴 세월 동안 하데스를 모셨던 그녀였지만.

그와 같은 광경은 거의 본 적이 없었다. 하데스는 자신의 격과 신능을 개방하는 것을 그다지 즐기는 스타일이 아니었다. 성역을 계속 잃으면서 신체에 무리가 가기도 했었고.

그런데도 일개 플레이어가 그런 걸 해내 보였으니.

'날개를 펼칠 때만 해도, 분명히 전혀 다른 존재였어. 666개체의 신과 악마들이 강림한 것 같은…… 아니, 그보다 더 근본적인 '개념'이 나타난 것 같은…….'

아직도 눈을 감으면 생생하게 보일 만큼 충격적인 광경. 그녀는 지금도 눈앞에 있는 자가 당시의 연우와 동일 인물인지 헷갈렸다.

"이제 불을 밝히겠습니다."

그때, 제단 위에 올라간 연우가 람을 보면서 말했다.

람은 다시 현실로 돌아오면서 고개를 끄덕였다. 지금은 연우에 대한 것보다는 횃불을 밝히는 데 우선해야 할 때였다.

연우가 손에 들고 있던 횃불을 청동화로에다 갖다 붙였다. 겉보기엔 평범해 보였지만, 그건 온 우주가 처음 창조되었을 때에 나타났다는 신성화였다. 키클롭스 형제들이 다시 한자리에 모이면서 영혼석에서 추출할 수 있게 된 불꽃.

화르륵!

오랫동안 제대로 관리가 되지 않아 낡을 대로 낡았던 청동화로에 간만에 불길이 붙었고.

빛은 신전에 드리웠던 어둠과 적막을 한꺼번에 물리쳤다. 그리고 여태껏 땅속 깊은 곳에 가라앉아 있던 하데스의 신력이 깨어나 지면으로 올라왔다.

우울한 분위기가 감돌던 명부전이 갑자기 환한 빛무리에 잠겼다. 영험한 신력이 아지랑이처럼 하나둘씩 스멀스멀 올라오면서 티탄의 잔재 기운을 내쫓았다.

그 과정에서 여태 바닥에 널브러져 있던 권속의 사체들이 일제히 불길에 잠기면서 타닥타닥 타올랐다.

그렇게 나타난 광채들은 하나둘씩 어우러지면서 명부전의 지붕 끝에 맺혔으니.

마치 타르타로스에서 유일하게 명부전에만 태양이 떠오른 것처럼, 성역 전체가 환해졌다.

덕분에 낡을 대로 낡아 폐허가 되다시피 한 성역의 상태가 훤히 드러났지만.

오히려 그런 모습이 이곳에 서 있는 자들에게는 영험하고 신성하게 보였다.

그러다 빛은 점차 커지고 커지다 하늘 위로 빛의 기둥을 쏘아 올렸다.

꿈틀—

람은 체내에 잠겨 있던 하데스의 힘이 부쩍 자라나는 것을 느낄 수 있었다. 아마 이보다 더 많은 힘이 하데스에게로 되돌아갔을 것이다.

'조금만 더.'

람은 주먹을 꽉 쥐었다. 반전의 기회가 보이기 시작했다.

'조금만 더 횃불을 밝힐 수 있다면.'

창을 쥐는 그녀의 손길에 바짝 힘이 실렸다.

'올림포스와의 계단을 놓을 수 있게 된다.'

* * *

그날 밤.

타르타로스의 하늘에는 세 개의 빛기둥이 솟았다.

티탄과 기가스가 눈 깜짝할 새에 하데스의 옛 성지 세 곳을 빼앗기고 만 것이다.

명부전과 지천전, 그리고 '이왕전'까지.

연우의 맹활약 덕분에 디스 플루토도 처음 계획에 잡지 못했던 곳을 추가로 획득한 것이다.

횃불이 환하게 밝혀지면서 어둠에만 잠겨 있던 타르타로스에 빛의 기둥이 내려앉아 환한 빛무리를 가져다주었고.

4개 군단은 간만에 힘 있는 발걸음으로 명왕의 신전으로 복귀를 할 수 있었다.

군사들의 입에서는 연우의 이름이 절대 빠지지 않았다.

카! 인!

카! 인!

그건 이제 일종의 구령이 되어 있었다. 발걸음을 옮길 때마다 힘차게 내뱉는.

실제로 정말 마법의 주문처럼 몸에 부쩍 힘이 들어가는 것 같은 기분이 들기도 했다.

정작 존경의 대상이 된 연우는 불편하기만 했지만.

『형, 여기서 완전히 아이돌인데? 어때? 여기 있으면 심심한데 응원봉이라도 만들어 봐?』

회중시계가 잘게 떨렸다. 장난기가 가득 섞인 웃음소리. 연우가 이런 걸 그다지 내켜 하지 않는다는 것을 잘 알기 때문에 깐족대는 것이다.

연우는 정우 녀석을 끄집어 올려 머리통을 한 대 세게 쥐어박고 싶은 마음이 굴뚝같았지만, 억지로 꾹 참았다.

대신에 여전히 자신의 이름을 열심히 부르는 이들을 한 번 보다가, 쓰게 웃었다.

이들이 무엇 때문에 그토록 열광하는지 잘 알고 있었다.

'정작 하늘 날개를 제대로 펼친 건 지천전에서밖에 없었

는데.'

비록 한 쪽밖에 되지 않지만, 수많은 권능을 묶어 개념을 강제로 법칙에 새겨 넣은 왼쪽 날개는 펼치는 것만으로도 연우에게 상당한 심력과 체력을 소모케 했다.

그래서 그 뒤로는 왼쪽 날개를 더 이상 펴지 않고, 오로지 가진 실력으로만 싸워야 했다.

물론, 마신룡체를 이룬 만큼 그것만으로도 대단한 위력을 자랑했지만.

'자주 써먹을 건 못 돼.'

연우는 자신의 왼쪽 날개 부근을 매만지면서 작게 중얼거렸다.

현재 가능한 운용 시간은 끽해야 대략 20초.

아직 스킬이 미완성이고 초창기라 효율이 많이 떨어지는 편이었기에, 조금만 더 손을 보면 30초까지도 늘릴 수 있을 것 같았다.

다만, 그 뒤에 하루 이상은 쿨 타임으로 가져야 할 것 같았다.

문제는.

'날개가 하나 더 늘 경우.'

전쟁을 키워드로 삼을 오른쪽 날개는 차근차근히 준비가 이뤄지고 있었다. 분류 작업에 시간이 걸렸을 뿐이지, 마무리만 된다면 곧바로 진행할 사안이었다.

하지만 왼쪽 날개만으로도 이렇게 몸에 과부하가 걸리는데, 오른쪽 날개까지 더해진다면?

'과부하도 그만큼 더 심해지겠지. 사용 시간도 짧아지고, 쿨 타임도 길어질 테고.'

불필요한 전투를 생략하고 신을 잡는 데 아주 유용했지만. 편리한 만큼 사용 제약도 아직 여러모로 많은 것 같았다.

조금 더 개량이 필요로 했다.

'어떻게 방법이 없을까?'

그러다 연우는 고개를 들었다.

문득 타르타로스의 하늘과 땅 사이를 잇는 빛의 기둥이 눈에 들어왔다.

'저게 계속 쌓이면 단절되었던 올림포스와의 통로가 열린다고 했지? 아주 조금이지만, 천계와 이어진다라.'

연우는 정우가 체험했던 여러 특전 중에 한 가지가 문득 떠올랐다.

사람들은 그것을 두고 '봉선(封禪)' 의식이라고 했다.

단(壇)을 쌓아 땅과 하늘을 연결하고, 모시는 신을 하계로 초대하는 의식.

올포원이 77층을 기준으로 탑을 완전히 위아래로 가른 뒤, 위와 아래의 교류가 단절되자 소통을 위해 만들어진, 일종의 편법이었다.

엘로힘이 주로 시도하지만 실패했던 것을, 마군이 그대로 모방해서 천마의 힘을 일부 깨우는 데 성공했다고 했었지. 아니, 정확하게는 천마의 또 다른 얼굴인 제천대성의 형제들, 동주칠마왕의 힘이라고 했었다.

때문에 마군의 전력은 금세 불어나, 금방이라도 탑을 집어삼킬 것처럼 매서웠다.

올포원은 탑의 생태계에 많은 변화를 가져다주었다.

그중 하나가 바로 봉선.

단절된 천계와 하계를 잇는 몇 안 되는 방법 중 하나였다.

횃불은 그런 봉선 의식을 거행하고 유지게 하는 주요 도구였다. 올림포스를 끌어오기도 하고, 반대로 타르타로스가 올림포스로 넘어가게도 하는 교두보.

'일종의 등대? 아니, 봉화라고 보면 되겠지.'

티탄과 기가스는 그동안 이런 횃불들이 있던 하데스의 성역을 빼앗아, 올림포스와의 교류를 단절시키고 하데스를 고립시키는 데 주력했다.

그리고 이제 성역을 되찾아 올림포스에 봉화를 올렸으니.

이제부터 올림포스에서도 타르타로스로 내려오기 위해 많은 준비를 할 터였다.

지원군이 당도하는 것이다.

'내게는 좋은 건지, 나쁜 건지 모르겠지만.'

그때.

[이름을 밝히지 않은 신(1)이 당신을 노여운 눈으로 바라봅니다.]

[이름을 밝히지 않은 신(2)이 충격에 젖은 눈으로 당신의 날개를 바라봅니다.]

[이름을 밝히지 않은 신(3)이 당신이 착용한 팔찌에 대해 다른 이름을 밝히지 않은 신(4)과 의논을 나눕니다.]

연우는 자신을 노려보는 시선을 느낄 수 있었다.

4개 군단 중에서 그를 못마땅하게 보는 무리는 딱 한 곳밖에 없었으니까.

파네스 일행은 연우의 압도적인 신위를 보고 난 뒤부터는 이제 시비도 걸지 않고 있었다.

하지만 시선에는 질시나 분노가 가득했다.

연우는 저들이 기회를 노리고 있다는 걸 잘 알고 있었다. 저렇게 올림포스의 신들이 노골적으로 노려보고 있는 마당에 모르는 게 바보 천치겠지만.

특히 죽음의 날개가 나타난 뒤로, 올림포스 4대신의 눈초리는 더 날카로워져 있었다.

그가 칠흑왕의 권능을 다루는 것을 가장 달가워하지 않았던 게 포세이돈이었던 것을 감안한다면.

'더 이상 내가 활개를 치지 않도록 막아야 한다고 생각하겠지. 파네스 녀석들은 포세이돈 등이 계속 닦달을 해 대니 미칠 지경일 테고.'

빛의 기둥이 계속 열릴수록 올림포스와 타르타로스 간의 거리도 가까워진다. 파네스 일행에게 내려지는 포세이돈 등의 축복도 그만큼 더 강해지겠지.

그렇다면.

'다음이 기회다.'

연우는 다음 전투에서 파네스 일행이 자신을 노릴 것이라고 생각했다. 포세이돈의 성격으로 봐서는 지금까지 참고 기다린 게 용할 정도였다.

더구나 파네스 일행은 이번 전투들로 인해 자신들을 지지해 주던 기반도 연우에게 꽤 많이 빼앗긴 상태. 단단히 뿔이 날 수밖에 없었다. 눈빛이 흉흉해진 것도 그 때문이었다.

그리고 그건.

연우로서도 나쁠 것은 없었다. 그도 언젠가는 눈엣가시
나 다름없는 저들을 칠 생각이었으니까. 다만, 다른 눈들이
있어 부담됐을 뿐이었다.

하지만 혼란스러운 틈을 탄다면?

전혀 어려울 게 없었다.

그리고 아마 녀석들도 같은 생각일 것이다. 다음 전투는
분명 지금까지 하던 것과 다르게 아주 힘든 싸움이 될 테니
까.

그리고 그런 연우의 생각이 끝나기 무섭게.

"람! 티탄의 군세로 보이는 자들이 근방까지 쫓아왔습니
다! 아무래도 추격대를 보낸 듯합니다!"

"뭐?"

람은 인상을 찡그렸다. 하지만 어떻게 보면 당연한 일이
었다.

저들로서도 하루아침에 생각지도 못하게 주둔지를 세 곳
이나 빼앗긴 셈이었으니. 설욕을 하든, 주둔지를 되찾든,
어떻게든 수를 써야 했을 것이다.

"전원, 대형을 갖춰라—!"

람의 지시에 따라 4개 군단이 일사불란하게 움직이기 시
작했다. 그들의 얼굴에는 비장한 각오가 어렸다.

여태껏 있었던 전투에서는 이렇다 할 활약을 못 했다. 하지만 지금만큼은 올림포스 산하의 천군(天軍) 중 한때 최강이라 불렸던 디스 플루토의 활약상을 보여 줄 생각이었다.

처처척—

그렇게 다들 타워 실드를 앞에 내세우며, 사이사이로 장창을 내뻗는 팔랑크스 대형을 갖추는 사이.

띠링—

파네스는 자신의 눈앞에 나타난 퀘스트 창을 바라보고 있었다.

[서든 퀘스트 / 사살(射殺)]

내용: 올림포스의 4대신, 포세이돈 · 데메테르 · 헤스티아 · 헤라는 필멸자에게 절대 허락되지 않은 옛 위대한 존재, 칠흑왕의 권능을 이어받으려 하는 플레이어 ###에 강한 위험성을 느꼈습니다.

그리고 플레이어 ###가 차후 탑의 질서에 커다란 교란을 일으킬 것으로 판단, 미리 제거할 필요가 있다고 결의하였습니다.

지금, 이 퀘스트를 받게 된 당신에게 포세이돈 · 데메테르 · 헤스티아 · 헤라의 사도에 버금가는 축복과 가호가 따르기 시작했습니다.

당신의 기세는 포세이돈처럼 폭풍우를 부르고, 데메테르처럼 지진을 일으킬 것이며, 헤스티아처럼 세상을 불태우고, 헤라처럼 번뜩이는 날카로움을 보유하게 될 것입니다.

당신과 당신의 일족들이 그토록 바라던 신의 힘입니다.

그 힘을 바탕으로, 곧 벌어질 혼란을 틈타 플레이어 ###를 무사히 제거하십시오.

그리한다면 지금 주어진 모든 축복과 가호가 온전히 당신의 소유가 될 것입니다.

제한 조건: 플레이어 ### 사살
제한 시간: ―
보상:
1. 올림포스의 축복과 가호
2. 초월성 부여

"……!"

파네스는 주먹을 꽉 쥐었다. 단순한 신탁을 넘어 이제는 보상을 내건 퀘스트까지 주어졌다. 특히 보상 중에 '초월성 부여'라는 단어가 가장 눈에 밟혔다.

옛 조상들이 상실한 신격을 되찾기 위해서는 반드시 필요한 힘이 바로 눈앞에 있었다. 어떻게든 해내야만 했다.

그리고.

[서든 퀘스트 / 생존(生存)]

내용: 올림포스의 이름을 밝히지 않은 네 신들이 당신을 노리고 있습니다. 그들의 위협으로부터 살아 남으십시오.

제한 조건: 생존

제한 시간: ―

보상:

1. 올림포스의 축복과 가호

2. 초월성 부여

그 시각.

연우도 비슷하지만 전혀 상반된 퀘스트를 받고 있었다.

신과 악마는 일종의 법칙이다. 그건 곧 시스템의 '일부'라는 뜻이기도 하기 때문에, 시련을 내려 주는 차원에서 원하는 대상에게 퀘스트를 부여하는 권한도 있었다.

연우는 이런 퀘스트를 준 존재가 누군지 알 것 같았다.

'아테나.'

 [아테나가 우울한 얼굴로 당신을 바라봅니다.]

 정우의 진실을 알고 난 뒤, 아테나는 그에게 말도 걸지
못하고 계속 주변을 뱅글뱅글 맴돌면서 우울한 시선으로
바라보기만 했다.

 미안한 걸까, 아니면 다른 말을 더 하고 싶은 걸까.

 그녀의 정확한 속내는 알 수 없었지만, 그래도 한 가지만
큼은 확실했다.

 그들 형제를 많이 걱정하고 있다는 것.

 그래서 이런 퀘스트도 내어 준 것이다. 포세이돈 등이 그
를 노리려는 것을 알고, 조심하라는 의미로.

 올림포스와 타르타로스 간의 거리가 가까워질수록 포세
이돈은 더 노골적으로 그를 압박하려 할 것이다.

 하지만 이건 반대로 말하면 그녀와 헤르메스도 얼마든지
가까이 다가갈 수 있다는 뜻. 그러니 그때까지 버티라는 것
이다.

 연우는 자기도 모르게 피식 웃음이 나왔다.

 포세이돈을 비롯한 윗세대들은 자신이 가진 힘이 우려된
다는 이유로 어떻게든 제지를 가하려는 반면에.

아테나와 헤르메스를 위시한 아랫세대들은 도리어 자신을 보호하기 위해 나서고 있으니.

자신을 둘러싼 올림포스 내부의 세대 갈등이라.

대체 칠흑왕이라는 존재가 무엇인지, 이제는 궁금하다 못해 미칠 지경이었다.

그리고 그럴수록.

'더 취해야지. 이 힘을.'

칠흑왕의 권능에 대한 갈망은 더욱 깊어졌다.

올림포스의 대신격들도 두려워하는 힘이라면 어떻게든 가져야 하지 않겠는가.

"칸."

그래서 연우는 옆에 있는 친구에게로 고개를 돌렸다. 칸이 왜 그러느냐는 얼굴로 그를 바라보았다.

연우는 자잘한 설명 없이 퀘스트 창을 칸에게 공유시켰다. 내용을 살핀 뒤, 칸의 표정이 딱딱하게 굳었다. 그리고 잔뜩 일그러진 얼굴로 파네스 일행 쪽을 노려보았다.

그러다 다시 무표정한 얼굴로 되돌아와 연우를 보았다.

도일을 구하기 위해서 미후왕의 후예들을 한창 사냥하고 다녔을 때의 모습.

평소 웃음기가 많은 그였지만, 적을 앞에 두었을 때는 그렇게 여유롭지 못했다.

"뭘 하면 되지?"

연우의 입술이 달싹였다. 설명을 듣는 내내 칸의 고개가 몇 번씩이나 끄덕여졌다.

*　　　*　　　*

─그 아이를 살펴보아라.

티탄 이아페토스는 저 멀리, 건방지게도 감히 그들에게 맞서기 위해 군영을 갖추는 디스 플루토를 보면서 인상을 일그러뜨렸다.

한때, 크로노스를 봉양하며 티탄 족을 이끌던 대신으로서의 영광도 없이, 이딴 곳에 끌려온 것만 해도 그로서는 불쾌한 일이건만.

일군을 이끌고 '거신의 토령'을 나서기 직전, 티폰이 그를 붙잡고 했던 말이 문득 떠올랐던 탓이었다.

─그 아이라면……?

─있지 않은가. 신살을 이뤘던.

─아스트라이오스를 잡은, 그 플레이어 말인가?

─그래. 신과 악마와 용의 사랑을 한 몸에 받는.

그러면서 그들의 가능성도 동시에 품고 있는. 끔찍
한 혼종인 것 같으면서도 순혈을 고수하는. 그 아
이.

티폰은 그들의 형제였던 아스트라이오스뿐만 아니라, 다
른 세 성역에 머물고 있었을 티탄까지 모두 잡았을 게 분명
한 필멸자를 이야기하면서도 재미있다는 듯이 웃고 있었다.

　　―그 말은…… 놈을 죽이지 말라는 뜻인가?

이아페토스는 티폰의 생각을 도저히 알 수가 없어 눈을
가늘게 좁혀야만 했다.

힘이 부족해 어쩔 수 없이 티폰을 따르긴 해도, 그는 자
신이 티탄을 이끌던 영도자였다는 사실을 한시도 잊은 적
이 없었다.

그래서 자신이 하려는 일에 누군가 토를 다는 것을 불쾌
해했고, 그것은 티폰이라고 해도 다르지 않았다.

하지만 티폰은 포악하면서도 속을 알 수 없는 자였다.

　　―누가 그러던가. 죽이지 말라고.
　　―하면……?

—그냥 한번 지켜보란 뜻이다. 별로다 싶으면 죽이고. 괜찮다 싶으면 잡아먹고. 조금 버겁다 싶어지면 도망치고.

도망이라니!

이아페토스는 그 말을 듣고 울컥하고 말았다.

비록 지금은 타르타로스에 처박히면서 옛날의 격을 대부분 상실하고 말았지만.

그래도 그는 아스트라이오스나 토에 같은 덜떨어진 것들과 비교를 해서는 안 되는 지고한 신분이었다.

티탄의 12주신.

오늘날의 올림포스에는 제우스를 비롯한 헤라, 포세이돈, 데메테르 등의 12주신이 있어 영광을 자랑한다지만.

녀석들이 집권하기 전에는 그가 크로노스와 함께 열두 자리 중 일좌(一座)를 차지하며 하계를 굽어다 봤었다.

그리고 98층을 이루는 숱한 사회 중 한 집단에 불과한 지금과 다르게, 그들이 지배하던 시절의 올림포스는 천계에서 누구도 쉽게 범접할 수 없는 독보적인 위세를 구가하기도 했었다.

그런 옛 영광을 기억하는 그로서는 '도망'을 운운하는 티폰의 말에 화가 날 수밖에 없었다.

그건 자신을 모욕하는 행위였다.

하지만.

그건 어디까지나 속내일 뿐. 결코 밖으로 드러낼 수가 없었다.

그는 당시와 다르게 영락해 버릴 대로 영락해 버린 상태였고, 주도권은 티폰에게 있었다.

그리고 티폰도 그런 사실을 잘 알기 때문에, 별다른 말을 하지 못하는 그를 보면서 비웃음을 던졌다.

모욕을 당하고도 덤빌 엄두도 내지 못하는 신이, 네가 멍청하다고 운운하는 저급한 것들과 뭐가 다르냐는 듯이.

─여하튼. 명심해라. 기둥이 열리는 것은 도리어 우리가 바라던 일임을. 결국 가이아의 은총은 우리와 함께하고 있다. 우리가 있을 곳은 이런 갑갑한 타르타로스가 아니라.

티폰은 언제나 그들에게 했던 말을 똑같이 되풀이했다.

─올림포스라는 사실을, 잊지 마라.

빛의 기둥.

저것은 그들에게 여러모로 치욕의 역사를 돌이키게 하는 상징이나 다름없었다.

타르타로스에 구금된 신세였던 그들의 신격을 짓누르던 족쇄. 저것을 떨쳐 내기 위해 얼마나 많은 고생을 했던가.

하지만 이제 그것은 그들에게 새로운 기회를 줄 계단이었다.

올림포스에서 타르타로스로 내려올 수 있다는 건, 반대로 타르타로스에서 올림포스로 올라갈 수도 있다는 뜻.

티폰을 위시한 티탄과 기가스가 바라는 건, 단순히 이런 쓰레기 같은 타르타로스의 지배권이 아니었다.

천계!

신과 악마들이 즐비한 98층으로 올라가, 평화 협정이다 뭐다 하면서 편 가르기에만 바쁜 신과 악마들을 모두 잡아먹고 탑을 독차지하는 게 그들의 목표였다.

그리고 그들은 그게 충분히 가능하다고 생각했다.

평화에 찌든 저들과 다르게, 그들은 지난 수천 년 동안 타르타로스에서 숱한 고생을 해야 했고.

또한, 그들에게는 크로노스의 '죽음' 이 가호처럼 따르고 있었다.

'우리들의 형제, 크로노스여. 죽은 그 자리에서도 죽음으로 우리를 돌보아다오.'

이아페토스는 그들의 등 뒤에 산맥처럼 우뚝 솟아 있는 크로노스의 사체 쪽으로 작게 기도를 올렸다.

전장에 나설 때 티탄들끼리 거행하는 작은 의식이었다. 한때는 자신과 피를 나눈 혈육이었지만, 지금은 신들의 신이 된 존재를 향한.

그리고 그 순간.

파앗—

이아페토스는 하늘을 가로지르는 어떤 힘을 느끼고 고개를 돌렸다.

저 멀리.

붉은빛으로 가득한 하늘을, 검붉은 궤적이 가로지르고 있었다.

어떤 외침과 함께.

"켜져라, 여의!"

검붉은 궤적은 정확하게 자신을 노리고 있었다.

무엇이든 꿰뚫을 것 같은 기세.

이아페토스의 인상이 잔뜩 일그러졌다. 아스트라이오스를 단박에 처치했던 바로 그 궤적이었다!

그는 똑같은 방식으로 자신을 노린다는 사실이 못내 불

쾌했다.

잔뜩 구겨진 얼굴로 손에 바짝 힘을 주었다. 그러자 검은 기운이 피부를 타고 흘러와 손을 가득 물들였다.

체내에 상당한 양이 축적된 크로노스의 시정, 흔히 그들이 거신력(巨神力)이라고 부르는 힘이었다.

이것을 개방하는 동안에는 상실했던 격을 일부 되찾는 게 가능했다.

쾅!

이아페토스는 손을 앞으로 뻗어 검붉은 궤적과 그대로 정면에서 충돌했다.

손끝이 욱신거렸다. 이아페토스의 얼굴이 더 크게 구겨졌다. 올림포스의 것들만큼이나 시건방지던 제천대성의 무기를 다룬다더니, 그 때문일까? 생각보다 강했다.

이아페토스는 궤적을 아예 부술 생각을 포기하고, 거신력을 더 크게 담아 궤적을 하늘 위로 크게 튕겨 올렸다.

그러자 여의봉은 곧 하늘로 치솟았다.

구름이 갈라졌다.

하늘에 뻥 하고 구멍이 뚫린 듯, 그 너머의 더 짙고 어두운 하늘이 훤히 드러났다.

그리고.

"내려라!"

다시 한번 더 외쳐진 진언과 함께, 갑자기 붉은 하늘에 어울리지 않는 짙은 먹구름이 몰리더니.

우르르, 콰쾅!

콰르르—

갑자기 검붉은 불벼락이 떨어졌다.

하나하나가 수십 수백 개의 불벼락을 잔뜩 응집시킨 것이었다. 그리고 그 커다란 것들은 소낙비처럼 연달아 무수히 쏟아졌다.

한순간, 어둡던 세상이 환하게 밝아졌다. 싸늘했던 공기는 불벼락이 뿜어낸 열기로 금세 뜨겁게 달아올라 숨이 턱턱 막힐 정도였다.

웬만한 하급 신격들도 대거 떨어져 나갈 것 같은 힘!

이아페토스의 낯이 잔뜩 일그러졌다. 신의 눈에는, 저 불벼락 속에 담긴 구성 요소들이 똑똑히 보였다.

"적수 지정에 폭발 확산, 저주 감염? 무슨 권능들이 이리도……! 거기다 아수라의 왕 중 왕의 권능까지? 이것들이 미쳐도 단단히 미쳤구나!"

이아페토스는 불벼락을 이루는 수많은 권능들을 읽고 버럭 소리를 질렀다.

대체 어떻게 한낱 인간 따위에게 저토록 많은 권능이 주어진 것인지 이해할 수도 없었을뿐더러, 또 그런 짓을 저지른 5천여 명의 신과 악마들이 미쳤다고 여겨졌기 때문이었다.

그렇다고 해서 이대로 내버려 둘 수는 없는 일.

저 불벼락은 한번 떨어진다고 해서 끝나는 게 아니었다.

한번 떨어지고 나면 불똥이 그만큼 큰 폭발을 일으키고, 벼락은 또 다른 벼락과 이어지면서 주변을 쑥대밭으로 만든다. 거기다 전염병처럼 피어나는 비마질다라의 혈화는 어떤 참상을 일으킬지 불에 보듯 뻔했다.

아마 이곳에 끌고 온 권속들의 태반이 쓸려 나갈 테지.

그들 하나하나가 이아페토스에게는 힘이었다. 이제야 막 올림포스로 올라갈 기회를 노리고 있는 그로서는 여기서 힘을 잃을 수 없는 노릇이었다.

그래서 이아페토스는 여태 억누르고 있던 격을 한껏 개방했다. 거신력이 깨어나면서 그의 신체를 한껏 크게 부풀렸다.

단숨에 그가 있던 자리로, 빛의 기둥만큼이나 커다란 검은 거신이 강림했다.

크어어어—

수 킬로미터에 달하는 어마어마한 크기를 자랑하는 거신

은 하늘을 향해 손을 우악스럽게 뻗었다. 불벼락을 쏟아 내는 먹구름을 모두 찢어발길 요량으로.

콰르르릉—

먹구름이 저항하려는 듯, 불벼락을 마구 쏟아 내며 이아페토스를 한껏 밀어내려 했지만.

콰콰쾅!

이아페토스는 불벼락이 전신을 몇 번씩이나 가로질러도 아랑곳하지 않고 먹구름을 단단히 붙잡았다.

두꺼운 피부 표면을 따라 피의 꽃이 멍울처럼 피어나 빠른 속도로 전신을 뒤덮어 갔지만.

그는 눈썹 한번 꿈틀거리지 않았다. 그리고 먹구름을 그대로 좌우로 찢었다.

갈 곳을 잃은 불벼락들이 사방으로 흩어졌다. 여의봉도 어느새 사라지고 없었다.

『어…… 디냐……?』

이아페토스는 진언을 크게 흘리면서 여의봉의 주인을 찾아 시선을 돌렸다.

분명 방금 전까지만 해도 선명하게 느껴지던 기운이 사라지고 없었다. 대체 어디로 간 걸까?

그 순간.

쿵!

이아페토스는 자신도 모르게 한쪽 무릎을 지면에다 찍고 있었다. 덩치가 덩치이니만큼, 마치 산자락이 떨어진 것처럼 지면이 그대로 내려앉아 먼지구름이 높게 치솟았다.

『무슨……!』

이아페토스는 자신의 발목을 내려다보았다. 아킬레스건이 잘려 나간 자리로, 검은 그림자 같은 괴상한 것들이 빠르게 움직이고 있었다.

「뭐긴 뭐야? 사냥꾼들이지. 살다 살다가 이렇게 큰 표적도 다 만나 보네?」

샤논이 이아페토스를 보면서 차갑게 웃고 있었다. 이아페토스에 비하면 날파리에 불과한 크기였지만, 〈볼케이노〉를 휘감으며 휘두르는 검격은 그의 발목을 크게 자르고 지나가기 충분했다.

『감히……!』

이아페토스는 샤논을 잡기 위해 아래쪽으로 손길을 뻗었

다. 쾅. 지면에 거대한 손자국이 남았지만, 그사이 샤논은 빠르게 사라지고 없었다. 대신에 이번에는 목덜미가 화끈해졌다.

쿠쿵!

한령이 어느새 공간을 열고 나타나 한껏 크게 칼을 후려치고 있었다.

크어엉. 이아페토스의 입에서 울음소리가 나왔다. 워낙에 큰 탓에 타르타로스 전체가 크게 울릴 정도였다.

하지만 공세는 거기서 그치지 않았다.

강풍이 불어닥친다 싶더니 레베카가 칼바람이 되어 휘몰아치고 있었고, 어느새 하늘 위로 공간이 크게 열리면서 부의 두 눈이 나타나 마법으로 이아페토스를 어떻게든 옥죄려 하고 있었다.

그 외에도 칸과 도일이 아래에서 이아페토스의 이목을 끌었고, 갈리어드가 브라함의 도움을 받아 화살을 잇달아 쏘아 댔다. 크로이츠와 빅토리아의 공세도 더해지는 가운데.

콰콰콰—

"카인을 따라라!"

"어떻게든 도와라! 이아페토스를 잡을 수 있다! 티탄의 주신을 거꾸러뜨릴 유일한 기회다!"

이아페토스가 등장했다는 사실에 바짝 긴장했던 디스 플루토들도, 연우를 따라 다시 전진하면서 두 개의 분대로 나뉘어 외곽은 이아페토스의 권속들을 막고, 안쪽은 연우 일행을 엄호했다.

『감히……! 감히……!』

이아페토스는 몇 번이고 절규를 내뱉으면서 디스 플루토를 내치고자 했다.

그 와중에 상당수가 큰 피해를 입긴 했지만, 디스 플루토는 여태껏 티탄들을 상대했던 대로 착실하게 뒤로 물러나면서 대응했고.

연우 일행은 녀석의 이목을 끌기 위해 계속 사각지대를 교묘하게 노리면서 착실하게 체력을 깎아 나갔다.

그렇게 모두의 얼굴에 '할 수 있다'는 환희가 어린 순간.

팟—

연우가 어느새 블링크를 사용해 나타나 이아페토스의 정수리에다 불의 파도를 작렬시키고 있었다.

내려치는 지점은 용신안이 가리키는 대로 결이 잔뜩 응집된 혈(穴), 거신력의 핵심이 되는 부분이었다.

이대로 찔린다면 거신의 형체가 무너질 수 있었다.

콰르릉, 콰르르—

그렇게 비그리드가 이아페토스의 혈에 박히려는 순간.

꾸어어엉!

갑자기 이아페토스가 거친 울음소리를 터뜨리더니, 체내에 응집되어 있던 거신력을 외부로 강하게 방출시켰다.

거신력이 돌풍이 되어 대기를 뜨겁게 달구고, 그대로 충격파를 형성하면서 사방팔방으로 뻗쳐 나갔다.

대기가 그대로 떠밀려 났다.

그 속에는.

연우를 비롯한 디스 플루토의 병력들 대부분이 섞여 있었다.

* * *

그리고 그 순간.

『움직여라.』

파네스의 명령에 따라, 숨죽이고 있던 엘로힘의 파티원들이 움직이기 시작했다.

'지금이 가장 적기야.'

파네스는 파티원들을 보면서 이를 악물었다. 앞을 주시하는 그녀의 눈빛이 표독스럽게 빛났다.

지금 이 순간에도 포세이돈 등은 계속 그녀를 채근하고 있었다.

[포세이돈이 어서 퀘스트를 이행할 것을 요구하고 있습니다.]

[데메테르가 당신과 일행에게 더 강한 가호를 선물합니다.]

[헤스티아가 고요한 눈으로 바라봅니다.]

[헤라가 짜증 섞인 시선으로 당신을 지켜봅니다.]

서든 퀘스트, 사살.

이것이 처음 뜬 순간, 그녀는 드디어 올 것이 왔다고 생각했다.

그녀가 타르타로스에 온 가장 큰 이유는 포세이돈을 대신해서 연우를 찾기 위해서였고, 그다음에는 데메테르 · 헤스티아 · 헤라를 대신해서 그가 올림포스에 위협이 될 만한 존재인가를 판단하기 위해서였다.

사실 처음에만 하더라도, 신탁의 본뜻을 알았을 때에는 '왜 그래야 하지?' 라는 생각을 가졌었다.

일족의 염원을 이뤄 주겠다는 약속을 받긴 했다지만. 그래도 신적인 존재들이, 그것도 올림포스라는 거대 사회를 이끈다는 대신격들이 플레이어 한 명을 제재하기 위해 직접 나선다는 게 도무지 이해가 되질 않았던 것이다.

오히려 기회만 주어진다면 직접 자신이 나서서 목을 칠 수 있겠다는 생각이 들기도 했었다.

자신은 두 개의 가문을 이은 혈손. 아홉 왕을 제외한다면 어느 누구도 자신을 당해 내지 못하리라는 자신이 있었다.

아니, 네 신격들의 가호가 더해진다면, 아홉 왕도 따라잡을 수 있을 거란 자신이 있었다.

하지만.

밤새 여러 번의 전장을 전전하다 보니 확실히 깨달을 수 있었다.

'저건 위험해.'

'대체 어떻게 인간이 신능을 다룰 수 있는 거지?'

연우가 다루는 힘은 분명히 절대 필멸자에게 허락되지 않은 힘이었다.

아니, 제대로 다루기만 한다면, 올림포스의 신격들조차
도 함부로 손을 댈 수 없을 힘.

그제야 왜 포세이돈 등이 연우를 계속 눈여겨보고, 틈만
나면 그를 죽이기 위해 안달이 났었는지를 알 것 같았다.

'올림포스는 분명히 카인이 이대로 더 성장하는 것을 묵
인할 수 없는 거겠지.'

1층에서부터 34층까지, 한 개의 층계를 제외한 모든 명
예의 전당의 기록을 갈아 치우기도 했던 돌풍의 주역.

벌써부터 저만한 힘을 가졌는데, 랭커의 기준이라는 50
층에 다다랐을 때에는 어떤 모습을 보일지. 짐작도 가질 않
았다.

그래서.

파네스는 크게 질투했다.

피도 깨끗하지 못한 저급한 인간 태생 따위가, 자신도 이
루지 못한 업적을 기록하다니. 가당치나 하단 말인가?

게다가 줄곧 녀석을 따라다니는 저 많은 초월자들의 시
선은 또 무엇인가.

자신은 이 4명 대신들의 주목을 받기 위해서 그토록 전
전긍긍하며 피눈물 나는 노력들을 해야만 했었는데. 저 안
일하게만 보이는 인간은 그것을 너무 어렵지 않게 이뤄 내
고 있었다.

아니, 따지고 보면 포세이돈 등이 그녀에게 관심을 주는 것도, 전부 연우로 인한 것이었으니. 엄연히 따지자면 자신의 공이라고 할 수도 없었다.

그것이, 너무나 싫었다.

한낱 인간 따위가.

우연히 얻은 힘과 관심으로 기고만장해져서는……!

녀석이 가진 힘은 여태껏 그녀가 걸어온 길을 부정하는 것. 그래서 파네스는 그런 것들을 모두 지워 버리고자 했다.

녀석을 어서 죽이라고 외쳐 대는 포세이돈 등의 칼잡이가 되고자 했다.

그래.

따지자면.

'열등감.'

아마 그렇게 표현해야 할지도 몰랐다.

언제나 엘리트로만 살아왔던 그녀에게는 절대 허락되지 않아야 할 감정.

그렇다면 서둘러 치워야 했다.

그리고.

지금이 유일한 기회였다.

팟―

파밧—

이아페토스가 갑자기 방출한 열풍으로 인해 한창 공세가
이어지고 있던 디스 플루토의 진영은 완전히 깨지고 말았
다. 그건 이아페토스의 권속들도 마찬가지. 전장 자체가 박
살이 난 것이다.

하지만 이아페토스는 그것으로도 모자랐는지, 열풍을 계
속 잇달아 방출해 대고 있었으니.

그 앞에서는 어느 누구도 제대로 일어날 수조차 없었다.
일어난다고 해도 지면이 뒤집히면서 쏟아지는 돌무더기에
그대로 치여 피떡이 되고 말았다.

대기도 뜨겁게 달아올라 화상을 입거나, 기관지가 그대
로 타 버려 절명하는 자들도 속출했다. 허공에는 강풍을 버
티지 못하고 같이 휩쓸린 자들도 많았다.

우르르. 대기가 떨리고, 공간이 울렸다. 세상이 이대로
무너지는 게 아닐까 싶을 정도로 어마어마한 충격이었다.

그런 엄청난 혼란 속에서.

유일하게 강풍에 휩쓸리지 않은 존재들이 아이테르를 비
롯한 파네스의 파티원들이었다.

[포세이돈의 가호, '폭풍우를 거스르다'가 파티
에 더해집니다.]

[데메테르의 축복, '진원(震源) 저항'이 파티에
더해집니다.]

　……

강풍을 거스를 수 있도록 4대신의 가호와 축복이 쉬지
않고 쏟아지고 있는 중이었다.

물론 퀘스트 한정이라고 하지만, 그래도 덕분에 그들은
평소에 낼 수 있는 힘보다 훨씬 많은 힘을 자랑할 수 있었
다.

분명 파네스가 알기로는 이 정도라면 4대신들로서도 상
당한 인과율의 반발을 감내해야 할 게 분명했지만. 그래도
이렇게 떠먹여 준다는데 거부할 필요는 전혀 없었다.

표적의 위치도 이미 정확하게 파악해 둔 상태.

연우는 이아페토스의 열풍과 정면에서 부딪쳤다. 아마
사경을 헤매고 있거나, 그에 준하는 부상을 입었을 게 분명
하다. 파티원들이 그런 연우를 암습해 손발을 잘라 놓으면,
마지막에 파네스가 개입해서 목을 치는 게 계획의 순서였
다.

그리고 별반 어렵지 않게 이뤄질 것이라고 장담했다.

그런데.

'뭐지?'

파네스는 파티원들에게서 이렇다 할 연락이 오질 않자 살짝 인상을 찡그렸다.

이번 작전에서 가장 중요한 건, 빠른 히트 앤 런이다.

모두가 정신이 없는 틈을 타서 기습적으로 연우를 제거해야만 아군의 눈에 발각되지 않을 수 있었다.

그런데도 여태 모습을 비치지 않으니.

시야를 확보하고 싶어도 열풍이 쓸어온 먼지구름이 너무 두터워 파악하기도 힘들었다. 감각도 도중에 가로막혀서 안쪽을 파악하기가 힘들었다.

일순, 마음 한편에서 불안한 감정이 들던 그때.

크어어어!

이아페토스가 다시 고개를 들어 포효했다. 처음 등장했을 때보다 크기가 3분의 2 정도로 축소되었지만, 그래도 기세는 여전히 줄어들지 않았다.

아니, 오히려 여태껏 쌓인 화를 전부 털어놓겠다는 듯, 이전보다 더 강렬한 열풍과 강풍을 발산했다.

콰콰콰—

지면이 깎일 대로 깎이면서 사방이 모래 폭풍으로 어지러워지는 가운데.

'피 냄새?'

파네스의 예민한 코는 비릿한 냄새를 맡고 말았다. 디스플루토가 쓸려 나가면서 사방에 풍기는 게 피 냄새라지만. 이건 조금 달랐다.

미미하지만 신혈이 섞인 냄새. 아군의 냄새가 분명했다.

[포세이돈이 무엇을 하냐며 버럭 역정을 냅니다.]

[데메테르가 마음에 들지 않는다는 듯 인상을 찡그립니다.]

[헤스티아가 당신에 대한 기대를 접습니다.]

[헤라가 당신에 대한 기대를 접습니다.]

그리고 곧 이어지는 메시지에 파네스도 뭔가 일이 이상하게 돌아간다는 사실을 뒤늦게 깨달았다.

그래서 움직이려는데.

"가…… 주."

갑자기 모래 폭풍을 뚫고, 익숙한 얼굴이 나타났다.

로시디스. 그녀가 각별히 아끼는 집사. 그녀의 오른팔이었다. 그런데 그가 지금 전신이 온통 피투성이가 되어 헐떡대고 있었다.

무슨 일이냐고 묻고 싶었지만.

"도망…… 치십시오."

로시디스는 그 말이 끝나기 무섭게 무언가에 강하게 치여 그대로 터지고 말았다. 한때 로시디스였던 육편들이 산산이 부서져 흩어지는 가운데.

저벅—

그 사이로, 검을 아래로 길게 늘어뜨린 남자가 조용한 발걸음으로 모습을 드러냈다.

그를 알아본 파네스의 표정이 잔뜩 일그러졌다.

"넌……?"

"너희들은 어떻게든 내 손으로 잡고 싶었지. 쥐새끼들아."

칸은 온통 피칠갑을 한 채 흉측한 송곳니를 훤히 드러내면서 으르렁거렸다.

언뜻 보면 로시디스와 비슷한 몰골이었지만, 파네스는 칸이 뒤집어쓴 피가 전부 파티원들의 것이라는 걸 깨달을 수 있었다.

"어떻게……?"

파네스는 말을 이을 수가 없었다. 충격으로 인해 눈꺼풀이 파르르 떨렸다. 분명 조용히 움직였을 텐데. 대체 어떻게 들킨 거지? 아니, 그보다 저토록 강한 열풍에 휩쓸렸는데, 어떻게 저 녀석은 온전하게 있을 수 있는 거지?

칸이 선술을 부릴 수 있고, 숙련도만 따진다면 탑에서 최고라는 것을 모르는 그녀로서는. 충격에 빠질 수밖에 없는 상황이었다.

하지만 칸은 그녀의 의문 따위에는 대답해 줄 이유가 전혀 없다는 듯, 강하게 지면을 박찼다.

가뜩이나 그는 툭하면 시빗거리를 만들고, 일행들의 명예를 깎으려 했던 파네스 일행에 대한 짜증이 머리끝까지 치밀었던 상황.

그런 와중에 녀석들이 먼저 판을 깔아 주었으니, 마다할 이유가 전혀 없었다.

더구나 지금 그의 손에 잡힌 블러드 소드는 놈들의 피를 잔뜩 머금으면서 강화될 대로 강화된 상태였다.

[블러드 소드]
등급: S
숙련도: 75.1%
설명: 적으로 지정된 대상의 피를 흡수하면 흡수할수록 공격력과 공격 속도가 최대 350%까지 상승한다.

여기에 선술까지 더해진다면 공격력은 다시 몇 곱절로 늘어나니.

지금 이 순간, 칸을 막을 수 있는 사람은 아무도 없었다.

　촤아악—

　칸이 빠르게 움직이면서 블러드 소드를 크게 휘둘렀다. 파네스가 흠칫 놀라며 몸을 크게 뒤틀었다. 포세이돈의 가호가 더해지면서 권능, 〈폭풍우〉가 전개되었다.

　쾅!

　　　*　　　*　　　*

　"씨발…… 여기가 대체 어디야?"

　아이테르는 인상을 찡그리면서 주변을 두리번거렸다. 분명 파티원들과 함께 연우를 잡으러 움직이고 있었는데. 갑자기 언뜻 정신을 차리고 보니 이상한 곳에 있었다.

　도저히 영문을 알 수 없는 곳이었다.

　강풍이나 열풍은 전혀 느껴지지 않는 깜깜한 어둠 속. 웃긴 건 자신의 몸만은 빛으로 비춘 것처럼 생생하게 보인다는 점이었다.

　결국 아이테르는 무작정 앞으로 걷기만 했다. 계속 걷다 보면 무언가라도 나오지 않을까 싶어서.

　만약 이게 특정 대상에게만 주는 저주라면 이런 저주를

건 자가 어떤 행동을 보일 것이고, 그게 아니라 무작위적인 저주였다면 곧 해제될 거란 생각에서였다.

정신 계통의 환각이라면 신혈이 금세 씻어 줄 테니 걱정은 없었다.

누가 도와주러 올 거란 생각은…… 애당초 할 수도 없었다.

"젠장."

그런 생각이 드니, 자기도 모르게 욕지거리가 나왔다.

억울했다.

생각하면 할수록 자신의 신세가 너무 처량하게 느껴졌던 것이다.

엘로힘에도 마군에도 들지 못하는 삶. 아버지처럼 멍청하게 살지 않겠노라, 위대한 삶을 살겠노라, 그렇게 다짐했지만 돌아오는 건 배신자라는 낙인과 명예를 모른다는 손가락질뿐. 그리고 지금 자신의 꼴은 길을 잃은 청승맞고 비루한 개였다.

개.

그래.

그 말이 너무 잘 맞았다.

아무리 생각할수록 자신은 개가 맞았다.

아니, 개만도 못한 신세지.

개는 그래도 충성을 바치면 주인에게 버림이라도 받지
않을 테니. 예쁨도 받을 수 있을 것이다.

하지만 자신은 어느 누구에게도 예쁨을 받지 못했다. 누
울 곳도, 기댈 곳도 없었다.

"하하, 하! 씨발."

그래서 문득 이런 생각이 들곤 했다.

만약.

정말 만약에 아르티야를 등지지 않았더라면.

정우를…… 버리지 않았더라면.

지금, 자신의 신세는 많이 달랐을까?

"나라고 이러고 싶었겠냐고."

아이테르는 손으로 얼굴을 덮었다. 자신을 보고 있는 사
람은 아무도 없었지만, 그래도 밖으로 내보이기 싫었다. 자
신의 얼굴을. 표정을.

"나도, 이러고 싶지 않았다고!"

영웅이 되고 싶었다. 많은 사람들로부터 환호를 받고, 인
정을 받고 싶었다. 등을 맞대는 동료가 있기를 바랐다.

단지 그것만 바랐을 뿐인데.

최소한 아르티야에 있을 때는 그런 게 너무 쉽게 보였다.
하지만 울타리를 나왔을 때에는 찬바람만 쌩쌩 불었다.

여전히 환호해 줄 줄 알았던 사람들은 거짓말처럼 침묵

했고, 인정해 줄 줄 알았던 시선들은 냉소로 돌아왔다.

그게 너무 쓸쓸했다.

언젠가 스스로에게 물었을 때, 아르티야를 나온 것에 대해서 후회를 절대 하지 않는다고 대답한 적이 있었다.

하지만.

그건 거짓말이었다.

스스로에 대한 거짓말.

후회하고 있었다.

너무 크게.

그때가 그리웠다.

아무런 걱정 없이 크게 웃을 수 있고. 등을 맞댈 수 있고. 사람들로부터 칭송을 받던. 환호를 받고, 인정을 받던. 영웅이라고 추앙받던 그때가.

"……정우야, 미안하다. 정말."

어째서 그런 소중한 것들은 잃고 나서야 깨닫게 되는 건지. 시간을 거스를 수 있다면 옛날의 자신을 발로 걷어차고 싶었다.

손가락 틈 사이로 눈물이 뚝뚝 흘렀다.

그때.

"끝까지 넌 똑같구나."

너무 익숙한 목소리가 들렸다.

환청인 걸까.

"네가 후회하는 건, 그냥 그때가 좋았구나 하는 게 전부야. 지금이 너무 힘드니까, 좀 더 편한 길을 찾고 싶은 것뿐이지. 반성하는 척, 후회하는 척하면서."

환청이 아니었다.

아이테르는 얼굴에서 손을 뗐다. 그리고 일견 두려움에 젖은 얼굴로 버럭 소리를 질렀다.

"누구냐!"

"그래. 넌 그런 놈에 불과했어."

"누구냐고!"

정우의 목소리였다.

그것도 산 자가 말하는 듯 생생한 목소리.

절대 있을 수 없는 일이었다.

"그리고."

그 순간, 아이테르 앞쪽으로, 어둠이 갈라지면서 누군가가 뚜벅뚜벅 걸어 나왔다.

성스러운 하얀 갑주와 날개를 두른, 검은 머리칼과 눈을 가진 사내가.

아이테르의 기억 속 그대로.

"넌……!"

그 모습이 환각이 아니란 것을 깨달은 아이테르의 눈이

커졌다. 눈꺼풀이 파르르 떨렸다.

"그런 네놈 따위를 진짜 친구라고 생각했던 내가 멍청했
던 거지."

하지만 기억 속의 모습을 그대로 간직한 옛 친구는 한 가
지만큼은 달랐다.

그때는 늘 웃고 있었지만.

지금은 무표정한 얼굴과 싸늘한 눈빛으로, 그를 노려보
고 있었다.

"그러니 그 멍청했던 과거를 지우고 싶다, 아이테르."

정우가 으르렁거렸다.

* * *

처음 기나긴 꿈에서 깼을 때.

정우는 생각했다.

'다행이다.'

자신의 이런 고생이, 형에게 조금이라도 도움이 될 수 있
어서.

하지만.

그 뒤에 문득 그런 생각이 들었다.

여기가 진짜 현실이라면.

'내가 여기에 있는 것처럼.'

어딘가에.

'녀석들도 있지 않을까?'

*   *   *

정우는 얼굴이 새파랗게 질린 아이테르를 보면서 피식 웃음을 흘렸다.

진짜 웃음이 아니었다.

실소.

어이가 없어서 웃는.

'만나게 되면 화가 날 줄 알았는데.'

정우는 자신이 수없이 겪었던 특전들을 떠올렸다.

특전을 반복한다는 것은 그만큼 많은 배드 엔딩을 반복한다는 뜻이다. 그리고 그중에 후반부까지 닿았던 것들 대부분은 어김없이 동료들의 배신으로 일단락이 되었다.

가슴이 찢어지는 고통을 매번 겪어야 했다는 뜻이었다.

물론, 그중에는 그렇지 않은 것들도 있었다. 하지만 대부분이 배신이었다. 사유도 항상 똑같았다. 욕심. 탐욕. 제안.

그리고 그건 진짜 그가 겪은 현실에서도 똑같았다.

지금 돌이켜 보면. 아르티야가 해체를 하게 된 주된 원인 중 하나는 자신이었다.

지쳐 가는 동료들을 외면하고, 엘릭서를 구하기 위해 계속 우직하게 상위 층계로 올라가자고 다독였다.

그 와중에 주변의 여러 클랜으로부터 견제를 당하기도 했었지만, 늘 무시를 했었다.

그런 과정에서 쌓인 억울함과 분노, 짜증, 오해들이 겹겹이 쌓여 그 사달이 난 것이다.

배신으로 인해 비참한 결말을 맞은 특전을 되돌아봐도 대부분 독선적인 자신의 성격이 발단인 경우가 많았다.

하지만.

그렇다고 해서 저들의 잘못까지 사라지는 건 아니었다.

사디는 마지막까지 동료들을 걱정했었다. 쿤 흐르는 연인을 위해 눈물을 흘릴 줄 알았다. 잔느는 지쳐 가는 그를 어떻게든 응원해 주려 하다가 죽었다.

모두가 그들과 같은 결정을 내린 건 아니란 뜻이었다.

바할. 리언트. 베이럭. 아이테르. 그리고 비에라 듄.

그들은 현실에서나 특전에서나 언제나 똑같은 결정을 내렸고.

그의 심장에다 칼을 박았을 때에는 웃고 있었다.

그렇기에.

정우는 그들을 이해하려야 도저히 이해할 수가 없었다.

또한, 그렇기에.

정우는 그들과 다시 만날 수 있다면 묻고 싶었다.

왜 그랬느냐고.

어째서 너희들은 어느 상황에서도 똑같은 결정을 내리느냐고.

같이 웃고, 떠들고, 눈물을 흘리던, 동료애를 외치던 지난날을 어떻게 그렇게 쉽게 단번에 벗어던지고, 돌아설 수 있었느냐고.

그래서.

그 결과로 행복했느냐고.

하지만 바할과 리언트는 이미 연우의 손에 죽고 없었고. 베이럭은 상위 충계로 올라가 자취를 감춘 지 오래라고 했다. 비에라 둔은 대지모신을 잡아먹고 이상한 신 노릇을 하는 중이라 어떻게 물어볼 길이 없었다.

그래도 하늘이 도우려는 걸까.

여기에 아이테르가 있었으니. 드디어 물어볼 길이 생겼다.

[하늘 날개]

화아악—

정우가 입은 은색 갑주 뒤로 새하얀 날개가 높이 일어섰다. 그에게 헤븐윙이라는 별칭을 가져다주었던 시그니처 스킬.

콰콰콰—

정우를 따라 퍼져 나간 돌풍에 두 사람을 둘러싸고 있던 어둠이 잘게 떨었다.

연우가 완성하고 있는 하늘 날개와 다르게, 정우의 하늘 날개는 용의 인자가 품은 가능성을 극성으로 깨우치게 한다.

드래고닉 블러드가 감각을 한껏 깨우고, 프레셔가 사방을 짓눌렀다. 그리고 퍼져 나오는 드래곤 피어는 이곳이 자신의 영역이라며 한껏 위세를 부렸다.

이 날개를 펼치고 있는 동안 만큼은 그가 바로 주인공이었다.

쾅!

정우는 공간을 거세게 박찼다. 위력이 얼마나 대단한지 어둠이 위아래로 크게 출렁일 정도였다.

쐐애액—

허공을 가로지르나 싶더니 그대로 매서운 파공성과 함께 아이테르에게로 육박했다.

아이테르는 뒤늦게 정신을 차렸다. 죽은 자가 되돌아온

말도 안 되는 기현상을 겪어 당황스럽긴 했지만, 그래도 우선 몸을 보호하는 게 급선무였다.

〈백광(帛光)〉. 손뼉을 마주치면서 손바닥을 뒤집어 위로 쳐올렸다. 두 사람 사이로 두꺼운 빛의 장막이 깔리면서 정우의 접근을 차단했다.

아니, 차단하고자 했다.

콰쾅!

원래대로라면 결계만큼이나 단단한 내구성을 자랑해야 하지만. 빛의 장막은 하늘 날개를 몸에다 두르고 쇄도해 온 몸통 박치기에 그대로 박살이 나 버렸다.

유리창이 깨지듯이, 수백 개의 파편이 우수수 쏟아지는 아래에서.

정우는 하늘 날개를 옆으로 치우면서 몸을 크게 우측으로 돌렸다. 어느새 그의 손에는 엄청난 두께와 길이를 자랑하는 장검이 들려 있었다.

입고 있는 갑주만큼이나 찬란한 은빛으로 빛나는 검, 드래곤 슬레이어.

[드래곤 슬레이어]
분류: 양손 장검
등급: A+ (*원본: EX)

설명: 고룡 칼라투스가 제공한 늑골을 명장 드워프 헤노바가 깎아 만든 검. 드래곤 본으로 이뤄진 만큼 대단한 내구성과 효율 높은 마력 전도율을 자랑하며, 요소요소마다 오리하르콘으로 만든 구슬이 박혀 증폭 효과까지 더한다.

현재 마도전핵이 더해져 강화된 상태다.

* 용잡이

용종의 가능성을 조금이라도 품은 존재와 조우했을 경우, 자연스럽게 지배와 복종을 이끌어 낼 수 있게 된다.

* 용의 시선

피해를 입힌 대상에게 높은 확률로 체력과 마력을 갈취한다. 갈취당한 대상은 용의 시선에 노출된 것처럼 공포 상태에 잠기게 되며, 이때 공포는 상대의 면역력과 내성을 모두 무시한다.

* 용언 수식

검면을 따라 갖가지 마법 수식을 새겨 넣을 수 있다. 이때 새겨진 마법은 용언의 형태로 이뤄져 불발되지 않으며, 발동 시에도 소량의 마력만을 필요로 한다.

드래곤 슬레이어는 무구로서의 성능뿐만 아니라, 마법 도구로서의 옵션도 아주 뛰어났다.

엄청난 내구성은 어떤 무기와 부딪쳐도 절대 부서질 걱정이 없어 상대를 압도하고, 검면에 새겨진 마법들은 소량의 마력만을 소모하면서도 원전(元典)보다 더 뛰어난 효과를 발휘한다.

자체적으로 용언을 품고 있기 때문이었다.

단순한 말 몇 마디로 법칙을 바꾼다는 언령 마법 중에서도 최상위에 해당하는 마법. 용종이 마나의 축복을 받은 종족이었기에 가능한 일이었고, 그렇기에 한때 신이나 악마와 어깨를 나란히 할 수 있었던 것이었다.

거기다 마도전핵까지 더해졌으니 위력은 두말할 것도 없는바.

물론, 지금 정우가 들고 있는 드래곤 슬레이어는 진품이 아닌 정교하게 만들어진 가품, 레플리카(Replica)에 불과했다.

하지만 그렇다고 해도, 정우는 드래곤 슬레이어를 오랫동안 사용했던 만큼 기능뿐만 아니라, 세세한 모양이나 무게까지 또렷하게 기억하고 있었고.

이런 기억을 바탕으로 재조된 레플리카는 등급만 몇 단계 아래로 떨어졌을 뿐, 성능은 아주 뛰어났다.

특히 정우와의 상성이 가장 잘 맞았으니.

효과만 따진다면 웬만한 신물도 견주기 힘들 정도였다.

그리고 그건 드래곤 슬레이어만이 아니었다.

입고 있는 갑옷, 천공주갑(天空紂鉀)과 오거 파워 건틀릿 (OPG), 깃털 구름 신발 등등.

그를 상징하는 모든 것들이 똑같이 재현되어, 정우를 살아 있던 시절의 헤븐윙으로 되돌려 놓고 있었다.

정우는 다시는 쥘 수 없으리라 생각했던 무기를 이렇게 되찾게 해 준 대상에게 감사의 인사를 보냈다.

'고마워, 네메시스.'

『무엇을……. 전 주인, 그대만큼이나 나 역시 이 순간을 바라 왔던 것을.』

[꿈꾸는 미몽]

네메시스의 스킬, 꿈꾸는 미몽은 상대를 환몽과 악몽의 경계선에 가두는 특징을 자랑한다.

그렇기에 원래 실질적인 효과는 네메시스가 특정 범위에 걸쳐 공허를 내리면서 적들을 공황 상태에 빠지게 하는 것이지만.

범위를 좁혀 한 명에게 특정할 경우에는 고유 결계가 열린 것 같은 효과를 만들어 낸다.

대상을 공간의 이면 속에 가두고, 따로 처리할 수 있게 되는 것이다.

정우가 한창 네메시스의 전생, 미리내와 함께 활약할 당시에 자주 써먹던 전법이기도 했다.

비록 네메시스가 품은 성질이 바뀌면서 배경은 꿈의 경계선이 되었지만.

정우는 오히려 이곳이 좋았다.

모든 것을 가능케 하는 꿈의 경계선에서만큼은. 이미지만 제대로 구축할 수 있다면 모든 것들이 가능했으니까.

반쯤 부서진 영혼으로도. 옛날의 모습을 잠깐이라도 되찾을 수 있는 것이다.

─털고 와. 전부.

그리고 이건 형인 연우가 그를 위해 특별히 만들어 준 무대이기도 했다.

콰쾅!

"컥!"

아이테르가 공격을 버텨 내지 못하고 피를 뿌리면서 뒤로 크게 튕겨 났다.

정우는 다시 한번 더 하늘 날개를 크게 휘저으면서 녀석을 쫓아 여러 차례 드래곤 슬레이어를 휘둘러 댔다.

〈참격(斬擊)〉. 정우가 적을 상대하면서 자주 써먹던 스킬. 원래는 별다른 효과가 없는 평범한 스킬이었지만, 그가 사용할 때는 달랐다.

파지직, 파직―

검면을 따라 샛노란 스파크가 하나둘씩 튀어 오른다 싶더니.

우르르, 쾅쾅쾅!

서로 연결된 스파크는 곧 어마어마한 우렛소리를 내면서 벼락을 잇달아 토해 냈다. 〈빛의 파도〉였다.

쾅르르―

원래 정우가 처음 탄생시켰던 빛의 파도는 그도 제어하기가 아주 힘들 정도로 대단한 파괴력을 자랑했다.

그래서 동료들은 빛의 파도를 볼 때마다 도망치기 바빴고, 광역 스킬이 아니라 자살기라면서 혀를 내둘렀다.

하지만 정우의 플레이어 랭킹이 계속 오르면 오를수록 빛의 파도를 다루는 법도 능숙해지면서 이야기는 달라졌다.

모든 걸 파괴하는 미친 필살기.

그렇게 받아들여진 것이다.

콰콰콰!

"말도 안 돼!"

아이테르는 참격과 함께 날아오는 빛의 파도를 보면서 비명을 질렀다.

이제는 다시 볼 수 없을 거라고 생각했던 기술이 눈앞에 떡 하니 나타났으니. 놀랄 수밖에.

그래서 아이테르는 이를 악물면서 손을 아래로 내리쳤다.

〈백광(百光)〉. 손가락 끝에 맺힌 빛이 잘게 부서지면서 소낙비처럼 아래로 우수수 쏟아졌다. 참격이 빛의 파편에 부딪치면서 부서졌다.

어둠만이 가득한 세계가 환하게 밝아졌다가, 고열로 뜨겁게 달아오르기도 했다.

그것을 보면서, 정우는 어이가 없다는 듯이 헛웃음을 흘렸다.

"백광? 언젠가는 동생에게서 되찾겠다 뭐다 그러더니. 결국엔 잡아먹었구나, 너."

백광은 아이테르의 아버지가 죄를 지어 일족에게서 내쫓겼을 때, 잃어버렸던 권능이었다. 아이테르는 그것을 가져갔을 쌍둥이 여동생 헤메라를 늘 증오했었고, 언젠가는 되찾아 올 것이라며 입버릇처럼 이야기하곤 했었다.

문제는 그런 말을 정우 앞에서만 했었다는 점이었다.

아르티야를 등지기 직전. 아이테르가 정말 정우를 친한 친구라고 여겼을 때에 했던 말. 정우 외에는 아는 사람이 전혀 없었다.

"이건 환각이야! 환각이라고!"

아이테르의 얼굴은 이제 창백해지다 못해 기괴하게 일그러지고 있었다.

죽은 사람은 되돌아올 수 없다. 그렇다면 이건 환각이었다. 그게 아니면 말이 되지 않았다. 최근 들어 이래저래 스트레스를 많이 받다 보니 정신력이 많이 약해진 게 틀림없었다.

정우는 자꾸만 현실에서 도피하려는 녀석의 그런 모습이 더 어이없었지만.

"마음대로 생각해. 네 마음대로."

콰쾅—

다시 한번 더 휘두른 참격이 아이테르의 백광을 자르고, 녀석의 상반신을 크게 휩쓸었다.

"언제나 그랬던 것처럼."

"큭!"

아이테르는 가까스로 상체를 뒤로 내빼면서 참격에서 벗어날 수 있었다. 하지만 뇌전은 그의 전신을 크게 휩쓸어 몸 곳곳이 터져 나가고 말았다.

이대로는 죽는다.

아이테르의 머릿속으로 그런 생각이 스쳐 지나갔다. 그
래서 녀석은 아랫입술을 질끈 깨물면서 수많은 빛으로 산
란해, 우선 이 장소부터 탈출하고자 했다.

하지만.

"좀 위험하다 싶으면 꽁무니부터 빼는 건 예나 지금이나
똑같구나. 어째 넌 달라진 게 그리도 없니?"

정우는 비웃음을 던지면서 드래곤 슬레이어를 역수로 쥐
어 지면에다 그대로 꽂았다.

우우웅—

순간, 검면을 따라 용언으로 가득한 문자가 가득 올라오
더니, 허공을 따라 수많은 마법진이 열매처럼 맺혔다.

[무차별 난사]

만통이라는 특성과 용의 지식이라는 연산 장치를 이용
해, 메모라이즈되었던 수많은 마법들을 동시에 개방하는
스킬.

정우가 미리 메모라이즈해 두었던 마법들은 드래곤 슬레
이어에 이미 한가득 저장되어 있었고.

그것을 하나도 남김없이 개방한 순간, 꿈의 경계선에는
마력 폭풍이 쉴 새 없이 휘몰아쳤다.

콰르릉, 콰르, 콰르르—

아이테르는 어디로도 도망칠 수 없었다.

가뜩이나 꿈의 경계선이라는 좁은 공간은 감옥이나 다를 바가 없었기에, 그 안쪽으로 마력 폭풍이 들이닥친다면 폭풍우에 휩쓸린 난파선 신세밖에 되지 않는 것이다.

결국 녀석이 다시 나타났을 때는 전신이 크고 작은 화상 자국과 상처로 가득해져 버린 상태였다.

꺽.

꺽.

이미 폐까지 전부 익어 버렸는지, 거칠게 숨을 몰아쉴 때마다 검은 연기와 함께 탄내가 퍼져 나왔다. 숨도 금방 끊어질 것처럼 헐떡이기 바빴다.

그래도 어떻게든 일어나서 도망치려 발버둥 치는 녀석에게.

퍽!

정우는 조용히 다가가 드래곤 슬레이어로 복부를 내리찍었다. 아이테르는 핀에 고정된 나비처럼 퍼덕이기 바빴다.

"정…… 우야."

아이테르는 흐리멍덩한 시야로 정우를 담았다. 부상으로 시력을 대부분 상실해 버린 상태였지만. 이것으로 확실히 알 수 있었다.

눈앞에 있는 것은.

진짜였다.

가짜가 아닌 진짜.

죽었던 친구가 어떻게 돌아왔는지는 알 수 없었다.

하지만. 그런 것보다 그는 지금 당장이 중요했다.

"살려…… 줘."

아이테르는 힘없는 손길로 정우의 바짓가랑이를 붙잡았
다. 제발 살려 달라며. 구해 달라며. 애타는 시선으로 그를
바라보았다.

그리고 이렇게 빌다 보면, 살려 줄 것이라고 믿었다. 정
우는 그런 친구였으니까.

겉으로는 인성이니 뭐니 놀려 댔지만, 잔정만큼은 많았
던 친구였다. 그리고 그가 얼마나 소중한 친구였는지 이번
에 뼈저리게 반성하면서 알게 되지 않았던가.

"우…… 린 친구잖아. 그러…… 니 제발……!"

그러니. 이번에는 다를 것이다. 친구가 돌아왔으니, 이번
에는 그의 옆을 지켜서 다시는 지난번과 같은 실수를 되풀
이하지 않으리라, 그렇게 다짐했다.

물론, 쉽지 않으리란 건 잘 알고 있었다. 그에게 준 상처
는 너무 컸으니까. 하지만 몇 년 몇십 년이 걸려도 자신의
진심을 보여 준다면. 그런다면 정우도 마음을 열어 줄……!

스걱—

정우는 드래곤 슬레이어를 뽑아 그대로 녀석의 머리를 날렸다. 금붕어처럼 벙긋벙긋 대던 그대로, 아이테르의 머리통이 바닥을 나뒹굴었다.

"개소리하고 자빠졌네."

녀석을 만나면 왜 그랬냐고 이유를 묻고 싶었지만. 이로써 확실해졌다. 전혀 들을 필요가 없었다. 녀석의 말을 듣고 있는 것만으로도 귀가 썩을 것 같았으니까.

정우는 짜증 섞인 얼굴로 녀석의 머리통을 발로 짓밟았다.

콰직—

〈다음 권에 계속〉

E타란

ETAN

ORIGINAL FANTASY STORY & ADVENTURE

쥬논 판타지 장편소설

〈흡혈왕 바하문트〉, 〈샤피로〉, 〈하라간〉을 잇는
쥬논의 사대신수 시리즈, 그 마지막 이야기!

혹독한 훈련을 받고 가문을 위한 희생양으로서
다른 차원으로 보내진 이탄.
듀라한으로 다시 태어난 그는 신관이 되어
본래 세계로 돌아갈 방법을 찾기 시작한다.

dream
books
드림북스

『제왕록』, 『무림에 가다』 시리즈의 작가 박정수
그가 거침없는 현대 판타지로 돌아왔다!

『신화의 전장』

주먹을 믿지 마라.
우리가 살아가는 이 땅에 인간을 벗어난 자들이 존재한다.

dream
books
드림북스

『마법군주』 발렌 작가의 신작!

『정령의 펜던트』

"정령사는 말이지, 되고 싶다고 해서 되는 게 아니야.
그냥 그렇게 태어나는 거지.
날 때부터 정해진 운명 같은 거라고."

dream books
드림북스